insel taschenbuch 2855

Hermann Hesse

Wer lieben kann, ist glücklich

P. Westphal

Hermann Hesses Romane, Erzählungen, Betrachtungen und Gedichte ebenso wie seine Briefe enthalten eine Fülle von Impulsen und Anregungen zu neuen und zukunftsorientierten Formen der Bewältigung unserer aktuellen Zeit- und Lebensprobleme. Eine Auswahl solcher Gedanken hat Volker Michels nach Themen geordnet in dem Sammelband *Lektüre für Minuten* zusammengefaßt, einem Buch, das inzwischen Millionen Leser fand. Was dort nur in aphoristischer Kürze geboten werden konnte, hat er in fünf, die wichtigsten Leitmotive Hesses aufgreifenden Lesebüchern ausführlicher dokumentiert. Aus oft entlegenen Teilen des Werkes vereinigt, findet man hier in einem abwechslungsreichen Mosaik aus erzählenden, betrachtenden und lyrischen Texten erstmals alles beisammen, was Hesse auf die großen Lebensfragen geantwortet hat, auf die scheinbar »nur subjektiven und privaten«, ebenso wie auf deren Verkettung mit den »objektiven«, den sozialen und gesellschaftlichen.

»Hier ist es gelungen, einen weiten Einblick in die Gedankenwelt des großen Schriftstellers zu vermitteln.« *Hessische Allgemeine*

»Die Themenbände der *Hesse-Lesebücher* lassen keinen Bereich des Lebens unberücksichtigt: die Liebe, Rebellion und Anpassung, Krisen und Veränderungen, Religion und Mythen, Natur und Kunst.«
Südwest-Presse, Ulm

Hermann Hesse

Wer lieben kann, ist glücklich

Über die Liebe

Ausgewählt von Volker Michels

Insel Verlag

insel taschenbuch 2855
Erste Auflage 2002

Hinweise zu dieser Ausgabe am Schluß des Bandes
Vertrieb durch den Suhrkamp Taschenbuch Verlag
Umschlag: Michael Hagemann
Satz: Hümmer GmbH, Waldbüttelbrunn
Druck: Druckhaus Nomos, Sinzheim
Printed in Germany
ISBN 978-3-458-34555-8

8 9 10 11 12 13 – 14 13 12 11 10 09

Wer lieben kann, ist glücklich

Auf dem Eise

Es war ein langer, strenger Winter, und unser schöner Schwarzwaldfluß lag wochenlang hart gefroren. Ich kann das merkwürdige, gruselig-entzückte Gefühl nicht vergessen, mit dem ich am ersten bitterkalten Morgen den Fluß betrat, denn er war tief und das Eis war so klar, daß man wie durch eine dünne Glasscheibe unter sich das grüne Wasser, den Sandboden mit Steinen, die phantastisch verschlungenen Wasserpflanzen und zuweilen den dunklen Rücken eines Fisches sah.

Halbe Tage trieb ich mich mit meinen Kameraden auf dem Eise herum, mit heißen Wangen und blauen Händen, das Herz von der starken, rhythmischen Bewegung des Schlittschuhlaufs energisch geschwellt, voll von der wunderbaren gedankenlosen Genußkraft der Knabenzeit. Wir übten Wettlauf, Weitsprung, Hochsprung, Fliehen und Haschen, und diejenigen von uns, die noch die altmodischen beinernen Schlittschuhe mit Bindfaden an den Stiefeln befestigt trugen, waren nicht die schlechtesten Läufer. Aber einer, ein Fabrikantensohn, besaß ein Paar »Halifax«, die waren ohne Schnur oder Riemen befestigt und man konnte sie in zwei Augenblicken anziehen und ablegen. Das Wort Halifax stand von da an jahrelang auf meinem Weihnachtswunschzettel, jedoch erfolglos; und als ich zwölf Jahre später einmal ein Paar recht feine und gute Schlittschuhe kaufen wollte und im Laden Halifax verlangte, da ging mir zu meinem Schmerz ein Ideal und ein Stück Kinderglauben verloren, als man mir lächelnd versicherte, Halifax sei ein veraltetes System und längst nicht mehr das Beste. Am liebsten lief ich allein, oft bis zum Einbruch der Nacht. Ich sauste dahin, lernte im raschesten Schnellauf an jedem beliebigen

Punkte halten oder wenden, schwebte mit Fliegergenuß balancierend in schönen Bogen. Viele von meinen Kameraden benutzten die Zeit auf dem Eise, um den Mädchen nachzulaufen und zu hofieren. Für mich waren die Mädchen nicht vorhanden. Während andere ihnen Ritterdienste leisteten, sie sehnsüchtig und schüchtern umkreisten oder sie kühn und flott in Paaren führten, genoß ich allein die freie Lust des Gleitens. Für die »Mädelesführer« hatte ich nur Mitleid oder Spott. Denn aus den Konfessionen mancher Freunde glaubte ich zu wissen, wie zweifelhaft ihre galanten Genüsse im Grunde waren.

Da, schon gegen Ende des Winters, kam mir eines Tages die Schülerneuigkeit zu Ohren, der Nordkaffer habe neulich abermals die Emma Meier beim Schlittschuhausziehen geküßt. Die Nachricht trieb mir plötzlich das Blut zu Kopfe. Geküßt! Das war freilich schon was anderes als die faden Gespräche und scheuen Händedrücke, die sonst als höchste Wonnen des Mädleführens gepriesen wurden. Geküßt! Das war ein Ton aus einer fremden, verschlossenen, scheu geahnten Welt, das hatte den leckeren Duft der verbotenen Früchte, das hatte etwas Heimliches, Poetisches, Unnennbares, das gehörte in jenes dunkelsüße, schaurig lockende Gebiet, das von uns allen verschwiegen, aber ahnungsvoll gekannt und streifweise durch sagenhafte Liebesabenteuer ehemaliger, von der Schule verwiesener Mädchenhelden beleuchtet war. Der »Nordkaffer« war ein vierzehnjähriger, Gott weiß wie zu uns verschlagener Hamburger Schuljunge, den ich sehr verehrte und dessen fern der Schule blühender Ruhm mich oft nicht schlafen ließ. Und Emma Meier war unbestritten das hübscheste Schulmädchen von Gerbersau, blond, flink, stolz und so alt wie ich.

Von jenem Tage an wälzte ich Pläne und Sorgen in meinem Sinn. Ein Mädchen zu küssen, das übertraf doch alle meine bisherigen Ideale, sowohl an sich selbst, als auch weil es ohne Zweifel vom Schulgesetz verboten und verpönt war. Es wurde mir schnell klar, daß der solenne Minnedienst auf der Eisbahn hierzu die einzige gute Gelegenheit sei. Zunächst suchte ich denn mein Äußeres nach Vermögen hoffähiger zu machen. Ich wandte Zeit und Sorgfalt an meine Frisur, wachte peinlich über die Sauberkeit meiner Kleider, trug die Pelzmütze manierlich halb in der Stirn und erbettelte von meinen Schwestern ein rosenrot seidenes Foulard. Zugleich begann ich auf dem Eise die etwa in Frage kommenden Mädchen höflich zu grüßen und glaubte zu sehen, daß diese ungewohnte Huldigung zwar mit Erstaunen, aber nicht ohne Wohlgefallen bemerkt wurde.

Viel schwerer wurde mir die erste Anknüpfung, denn in meinem Leben hatte ich noch kein Mädchen »engagiert«. Ich suchte meine Freunde bei dieser ernsten Zeremonie zu belauschen. Manche machten nur einen Bückling und streckten die Hand aus, andere stotterten etwas Unverständliches hervor, weitaus die meisten aber bedienten sich der eleganten Phrase: »Hab' ich die Ehre?« Diese Formel imponierte mir sehr, und ich übte sie ein, indem ich zu Hause in meiner Kammer mich vor dem Ofen verneigte und die feierlichen Worte dazu sprach.

Der Tag des schweren ersten Schrittes war gekommen. Schon gestern hatte ich Werbegedanken gehabt, war aber mutlos heimgekehrt, ohne etwas gewagt zu haben. Heute hatte ich mir vorgenommen, unweigerlich zu tun, was ich so sehr fürchtete wie ersehnte. Mit Herzklopfen und todbeklommen wie ein Verbrecher ging ich zur Eisbahn, und ich glaube, meine Hände zitterten beim Anlegen der Schlittschuhe. Und dann stürzte ich mich in die Menge, in weitem

Bogen ausholend, und bemüht, meinem Gesicht einen Rest der gewohnten Sicherheit und Selbstverständlichkeit zu bewahren. Zweimal durchlief ich die ganze lange Bahn im eiligsten Tempo, die scharfe Luft und die heftige Bewegung taten mir wohl.

Plötzlich, gerade unter der Brücke, rannte ich mit voller Wucht gegen jemanden an und taumelte bestürzt zur Seite. Auf dem Eise aber saß die schöne Emma, offenbar Schmerzen verbeißend, und sah mich vorwurfsvoll an. Vor meinen Blicken ging die Welt im Kreise.

»Helft mir doch auf!« sagte sie zu ihren Freundinnen. Da nahm ich, blutrot im ganzen Gesicht, meine Mütze ab, kniete neben ihr nieder und half ihr aufstehen.

Wir standen nun einander erschrocken und fassungslos gegenüber, und keines sagte ein Wort. Der Pelz, das Gesicht und Haar des schönen Mädchens betäubten mich durch ihre fremde Nähe. Ich besann mich ohne Erfolg auf eine Entschuldigung und hielt noch immer meine Mütze in der Faust. Und plötzlich, während mir die Augen wie verschleiert waren, machte ich mechanisch einen tiefen Bückling und stammelte: »Hab' ich die Ehre?«

Sie antwortete nichts, ergriff aber meine Hände mit ihren feinen Fingern, deren Wärme ich durch den Handschuh hindurch fühlte, und fuhr mit mir dahin. Mir war zumute wie in einem sonderbaren Traum. Ein Gefühl von Glück, Scham, Wärme, Lust und Verlegenheit raubte mir fast den Atem. Wohl eine Viertelstunde liefen wir zusammen. Dann machte sie an einem Halteplatz leise die kleinen Hände frei, sagte »Danke schön« und fuhr allein davon, während ich verspätet die Pelzkappe zog und noch lange an derselben Stelle stehen blieb. Erst später fiel mir ein, daß sie während der ganzen Zeit kein einziges Wort gesprochen hatte.

Das Eis schmolz, und ich konnte meinen Versuch nicht wiederholen. Es war mein erstes Liebesabenteuer. Aber es vergingen noch Jahre, ehe mein Traum sich erfüllte und mein Mund auf einem roten Mädchenmunde lag.

Zu spät

Da ich in Jugendnot und Scham
Zu dir mit leiser Bitte kam,
Hast du gelacht
Und hast aus meiner Liebe
Ein Spiel gemacht.

Nun bist du müd und spielst nicht mehr,
Mit dunklen Augen blickst du her
Aus deiner Not,
Und willst die Liebe haben,
Die ich dir damals bot.

Ach, die ist lang verglommen
Und kann nicht wiederkommen –
Einst war sie dein!
Nun kennt sie keine Namen mehr
Und will alleine sein.

Die Liebe ist nicht da, um uns glücklich zu machen. Ich glaube, sie ist da, um uns zu zeigen, wie stark wir im Leiden und Tragen sein können.

In den Jahren vor der Geschlechtsreife umfaßt das jugendliche Liebesvermögen nicht nur beide Geschlechter, sondern alles und jedes, Sinnliches und Geistiges, und begabt alles mit dem Liebeszauber und der märchenhaften Verwandlungsfähigkeit, die nur Auserwählten und Dichtern auch noch in späteren Lebensaltern zuzeiten wiederkehrt.

Die Liebe erleidet man, aber je hingegebener man sie leidet, desto stärker macht sie uns.

Was man am schwersten haben kann, hat man am liebsten.

Liebe heißt jede Überlegenheit, jedes Verstehenkönnen, jedes Lächelnkönnen im Schmerz. Liebe zu uns selbst und unsrem Schicksal, herzliches Einverstandensein mit dem, was das Unerforschliche mit uns will und plant, auch wo wir es noch nicht übersehen und verstehen können, – das ist unser Ziel.

Hans Dierlamms Lehrzeit

1

Der Lederhändler Ewald Dierlamm, den man seit längerer Zeit nicht mehr als Gerber anreden durfte, hatte einen Sohn namens Hans, an den er viel rückte und der die höhere Realschule in Stuttgart besuchte. Dort nahm der kräftige und muntere junge Mensch zwar an Jahren, aber nicht an Weisheit und Ehren zu. Indem er jede Klasse zweimal absitzen mußte, sonst aber ein zufriedenes Leben mit Theaterbesuchen und Bierabenden führte, erreichte er schließlich das achtzehnte Jahr und war schon zu einem ganz stattlichen jungen Herrn gediehen, während seine derzeitigen Mitschüler noch bartlose und unreife Jünglinglein waren. Da er nun aber auch mit diesem Jahrgang nicht lange Schritt hielt, sondern den Schauplatz seines Vergnügens und Ehrgeizes durchaus in einem unwissenschaftlichen Welt- und Herrenleben suchte, ward seinem Vater nahegelegt, er möge den leichtsinnigen Jungen von der Schule nehmen, wo er sich und andre verderbe. So kam Hans eines Tages im schönsten Frühjahr mit seinem betrübten Vater heim nach Gerbersau gefahren, und es war nun die Frage, was mit dem Ungeratenen anzufangen sei. Denn um ihn ins Militär zu stecken, wie der Familienrat gewünscht hatte, dazu war es für diesen Frühling schon zu spät.

Da trat der junge Hans selber, zu der Eltern Erstaunen, mit dem Wunsche hervor, man solle ihn als Praktikanten in eine Maschinenwerkstätte gehen lassen, da er Lust und Begabung zu einem Ingenieur in sich verspüre. In der Hauptsache war es ihm damit voller Ernst, daneben hegte er aber noch die verschwiegene Hoffnung, man werde ihn in eine Großstadt tun, wo die besten Fabriken wären und wo er außer dem Beruf auch noch manche angenehme Gelegenheiten zum Zeitvertreib und Vergnügen zu finden dachte. Damit hatte er sich jedoch verrechnet. Denn nach den nötigen Beratungen teilte der Vater ihm mit, er sei zwar gesonnen, ihm seinen Wunsch zu erfüllen, halte es aber für rätlich, ihn einstweilen hier am Orte zu behalten, wo es vielleicht nicht die allerbesten Werkstätten und Lehrplätze, dafür aber auch keine Versuchungen und Abwege gebe. Das letztere war nun freilich auch nicht vollkommen richtig, wie sich später zeigen sollte, aber es war wohlgemeint, und so mußte Hans Dierlamm sich entschließen, den neuen Lebensweg unter väterlicher Beaufsichtigung im Heimatstädtchen anzutreten. Der Mechaniker Haager fand sich bereit, ihn aufzunehmen, und etwas befangen ging jetzt der flotte Jüngling täglich seinen Arbeitsweg von der Münzgasse bis zur unteren Insel, angetan mit einem blauen Leinenanzug, wie alle Schlosser einen tragen. Diese Gänge machten ihm anfangs einige Beschwerde, da er vor seinen Mitbürgern bisher in ziemlich feinen Kleidern zu erscheinen gewohnt gewesen war. Doch wußte er sich bald dareinzufinden und tat, als trage er sein Leinenkleid gewissermaßen zum Spaß wie einen Maskenanzug. Die Arbeit selbst aber tat ihm, der so lange Zeit unnütz in Schulen herumgesessen war, sehr gut, ja sie gefiel ihm sogar und regte erst die Neugierde, dann den Ehrgeiz, schließlich eine ehrliche Freude in ihm auf.

Die Haagersche Werkstatt lag dicht am Flusse, zu Füßen einer größeren Fabrik, deren Maschinen mit Instandhalten und Reparaturen dem jungen Meister Haager hauptsächlich zu arbeiten und zu verdienen gaben. Die Werkstätte war klein und alt, bis vor wenigen Jahren hatte der Vater Haager dort geherrscht und gutes Geld verdient, ein beharrlicher Handwerksmann ohne jede Schulbildung. Der Sohn, der jetzt das Geschäft besaß und führte, plante wohl Erweiterungen und Neuerungen, fing jedoch als vorsichtiger Sohn eines altmodisch strengen Handwerkers bescheiden beim Kleinen an und redete zwar gerne von Dampfbetrieb, Motoren und Maschinenhallen, werkelte aber fleißig im alten Stile weiter und hatte außer einer englischen Eisendrehbank noch keine nennenswerten neuen Einrichtungen angeschafft. Er arbeitete mit zwei Gesellen und einem Lehrbuben und hatte für den neuen Volontär gerade noch einen Platz an der Werkbank und einen Schraubstock frei. Mit den fünf Leuten war der enge Raum reichlich angefüllt, und durchwandernde Kollegen brauchten beim Zuspruch um Arbeit nicht zu fürchten, daß man sie beim Wort nehme.

Der Lehrling, um von unten auf anzufangen, war ein ängstliches und gutwilliges Bürschlein von vierzehn Jahren, das der neueintretende Volontär kaum zu beachten nötig fand. Von den Gehilfen hieß einer Johann Schömbeck, ein schwarzhaariger magerer Mensch und sparsamer Streber. Der andre Gehilfe war ein schöner, gewaltiger Mensch von achtundzwanzig Jahren, er hieß Niklas Trefz und war ein Schulkamerad des Meisters, zu dem er daher »du« sagte. Niklas führte in aller Freundschaftlichkeit, als könne es nicht anders sein, das Regiment im Hause mit dem Meister gemeinsam; denn er war nicht bloß stark und ansehnlich von Gestalt und Auftreten, sondern auch ein gescheiter und fleißiger Mechaniker, der wohl das Zeug zum Meister hatte. Haager selber, der Besitzer, trug ein sorgenvoll-geschäftiges Wesen zur Schau, wenn er unter Leute kam, fühlte sich aber ganz zufrieden und machte auch an Hans sein gutes Geschäft, denn der alte Dierlamm mußte ein recht anständiges Lehrgeld für seinen Sohn erlegen.

So sahen die Leute aus, deren Arbeitsgenosse Hans Dierlamm geworden war, oder so erschienen sie ihm wenigstens. Zunächst nahm ihn die neue Arbeit mehr in Anspruch als die neuen Menschen. Er lernte ein Sägblatt hauen, mit Schleifstein und Schraubstock umgehen, die Metalle unterscheiden, er lernte die Esse feuern, den Vorhammer schwingen, die erste grobe Feile führen. Er zerbrach Bohrer und Meißel, würgte mit der Feile an schlechtem Eisen herum, beschmutzte sich mit Ruß, Feilspänen und Maschinenöl, hieb sich mit dem Hammer den Finger wund oder verklemmte sich an der Drehbank, alles unter dem spöttischen Schweigen seiner Umgebung, die den schon erwachsenen Sohn eines reichen Mannes mit Vergnügen zu solcher Anfängerschaft verurteilt sah. Aber Hans blieb ruhig, schaute den Gesellen aufmerksam zu, stellte in den Vesperpausen Fragen an den Meister, probierte und regte sich, und bald konnte er einfache Arbeiten sauber und brauchbar abliefern, zum Vorteil und Erstaunen des Herrn Haager, der wenig Vertrauen zu den Fähigkeiten des Praktikanten gehabt hatte.

»Ich meinte allweil, Sie wollten bloß eine Weile Schlosser spielen«, sagte er einst anerkennend. »Aber wenn Sie so weitermachen, können Sie wirklich einer werden.«

Hans, dem in seinen Schulzeiten Lob und Tadel der Lehrer ein leeres Geräusch gewesen waren, kostete diese erste Anerkennung wie ein Hungriger einen guten Bissen. Und da auch die Gesellen ihn allmählich gelten ließen und nimmer wie einen Hanswurst anschauten, wurde ihm frei und wohl, und er fing an, seine Umgebung mit menschlicher Teilnahme und Neugierde zu betrachten.

Am besten gefiel ihm Niklas Trefz, der Obergesell, ein ruhiger dunkelblonder Riese mit gescheiten grauen Augen. Es dauerte aber noch einige Zeit, bis dieser den Neuen an sich herankommen ließ. Einstweilen war er still und ein wenig mißtrauisch gegen den Herrensohn. Desto zugänglicher zeigte sich der zweite Gesell Johann Schömbeck. Er nahm von Hans je und je eine Zigarre und ein Glas Bier an, wies ihm zuweilen kleine Vorteile bei der Arbeit und gab sich Mühe, den jungen Mann für sich einzunehmen, ohne doch seiner Gesellenwürde etwas zu vergeben.

Als Hans ihn einmal einlud, den Abend mit ihm zu verbringen, nahm Schömbeck herablassend an und bestellte ihn auf acht Uhr in eine kleine Beckenwirtschaft an der mittleren Brücke. Dort saßen sie dann, durch die offenen Fenster hörte man das Flußwehr brausen, und beim zweiten Liter Unterländer wurde der Gesell gesprächig. Er rauchte zu dem hellen, milden Rotwein eine gute Zigarre und weihte Hans mit gedämpfter Stimme in die Geschäfts- und Familiengeheimnisse der Haagerschen Werkstatt ein. Der Meister tue ihm leid, sagte er, daß er so vor dem Trefz unterducke, vor dem Niklas. Das sei ein Gewalttätiger, und früher habe er einmal bei einem Streit den Haager, der damals noch unter seinem Vater arbeitete, windelweich gehauen. Ein guter Arbeiter sei er schon, wenigstens wenn es ihm gerade darum zu tun sei, aber er tyrannisiere die ganze Werkstatt und sei stolzer als ein Meister, obwohl er keinen Pfennig besitze.

»Aber er wird wohl einen hohen Lohn kriegen«, meinte Hans.

Schömbeck lachte und schlug sich aufs Knie. »Nein«, sagte er blinzelnd, »er hat nur eine Mark mehr als ich, der Niklas. Und das hat seinen guten Grund. Kennen Sie die Maria Testolini?«

»Von den Italienern im Inselviertel?«

»Ja, von der Bagage. Die Maria hat schon lang ein Verhältnis mit dem Trefz, wissen Sie. Sie schafft in der Weberei uns gegenüber. Ich glaube nicht einmal, daß sie ihm gar so anhänglich ist. Er ist ja ein fester großer Kerl, das haben die Mädel alle gern, aber extra heilig hat sie's nicht mit der Verliebtheit.«

»Aber was hat das mit dem Lohn zu tun?«

»Mit dem Lohn? Ja so. Nun, der Niklas hat also ein Verhältnis mit ihr und könnte schon längst eine viel bessere

Stellung haben, wenn er nicht ihretwegen hier bliebe. Und das ist des Meisters Vorteil. Mehr Lohn zahlt er nicht, und der Niklas kündigt nicht, weil er nicht von der Testolini fort will. In Gerbersau ist für einen Mechaniker nicht viel zu holen, länger als dies Jahr bleib' ich auch nimmer da, aber der Niklas hockt und geht nicht weg.«

Im weiteren erfuhr Hans Dinge, die ihn weniger interessierten. Schömbeck wußte gar viel über die Familie der jungen Frau Haager, über ihre Mitgift, deren Rest der Alte nicht herausgeben wolle, und über die daraus entstandene Ehezwietracht. Das alles hörte Hans Dierlamm geduldig an, bis es ihm an der Zeit schien, aufzubrechen und heimzugehen. Er ließ Schömbeck bei dem Rest des Weines sitzen und ging fort.

Auf dem Heimweg durch den lauen Maiabend dachte er an das, was er soeben von Niklas Trefz erfahren hatte, und es fiel ihm nicht ein, diesen für einen Narren zu halten, weil er einer Liebschaft wegen angeblich sein Fortkommen versäume. Vielmehr schien ihm das sehr einleuchtend. Er glaubte nicht alles, was der schwarzhaarige Gesell ihm erzählt hatte, aber er glaubte an diese Mädchengeschichte, weil sie ihm gefiel und zu seinen Gedanken paßte. Denn seit er nicht mehr so ausschließlich mit den Mühen und Erwartungen seines neuen Berufes beschäftigt war wie in den ersten Wochen, plagte ihn an den stillen Frühlingsabenden der heimliche Wunsch, eine Liebschaft zu haben, nicht wenig. Als Schüler hatte er auf diesem Gebiete einige erste Weltmannserfahrungen gesammelt, die freilich noch recht unschuldig waren. Nun aber, da er einen blauen Schlosserkittel trug und zu den Tiefen des Volkstums hinabgestiegen war, schien es ihm gut und verlockend, auch von den einfachen und kräftigen Lebenssitten des Volkes seinen Teil zu haben. Aber damit wollte es nicht vorwärtsgehen. Die Bürgermädchen, mit denen er durch seine Schwester Bekanntschaft hatte, waren nur in Tanzstuben und etwa auf einem Vereinsball zu sprechen und auch da unter der Aufsicht ihrer strengen Mütter. Und in dem Kreis der Handwerker und Fabrikleute hatte Hans es bis jetzt noch nicht dahin gebracht, daß sie ihn als ihresgleichen annahmen.

Er suchte sich auf jene Maria Testolini zu besinnen, konnte sich ihrer aber nicht erinnern. Die Testolinis waren eine komplizierte Familiengemeinschaft in einer traurigen Armutgegend und bewohnten mit mehreren Familien welschen Namens zusammen in einer unzählbaren Schar ein altes, elendes Häuschen an der Insel. Hans erinnerte sich aus seinen Knabenjahren, daß es dort von kleinen Kindern gewimmelt hatte, die an Neujahr und manchmal auch zu anderen Zeiten bettelnd in seines Vaters Haus gekommen waren. Eines von jenen verwahrlosten Kindern war nun wohl die Maria, und er malte sich eine dunkle, großäugige und schlanke Italienerin aus, ein wenig zerzaust und nicht sehr sauber gekleidet. Aber unter den jungen Fabrikmädchen, die er täglich an der Werkstatt vorübergehen sah und von denen manche ihm recht hübsch erschienen waren, konnte er sich diese Maria Testolini nicht denken.

Sie sah auch ganz anders aus, und es vergingen kaum zwei Wochen, so machte er unerwartet ihre Bekanntschaft.

Zu den ziemlich baufälligen Nebenräumen der Werkstatt gehörte ein halbdunkler Verschlag an der Flußseite, wo allerlei Vorräte lagerten. An einem warmen Nachmittag im Juni hatte Hans dort zu tun, er mußte einige hundert Stangen nachzählen und hatte nichts dagegen, eine halbe oder ganze Stunde hier abseits von der warmen Werkstatt im Kühlen zu verbringen. Er hatte die Eisenstangen nach ihrer

Stärke geordnet und fing nun mit dem Zählen an, wobei er von Zeit zu Zeit die Summe mit Kreide an die dunkle Holzwand schrieb. Halblaut zählte er vor sich hin: dreiundneunzig, vierundneunzig –. Da rief eine leise, tiefe Frauenstimme mit halbem Lachen: »Fünfundneunzig – hundert – tausend –«

Erschrocken und unwillig fuhr er herum. Da stand am niederen, scheibenlosen Fenster ein stattliches blondes Mädchen, nickte ihm zu und lachte.

»Was gibt's?« fragte er blöde.

»Schön Wetter«, rief sie. »Gelt, du bist der neue Volontär da drüben?«

»Ja. Und wer sind denn Sie?«

»Jetzt sagt er ›Sie‹ zu mir! Muß es immer so nobel sein?«

»Oh, wenn ich darf, kann ich schon auch ›du‹ sagen.«

Sie trat zu ihm hinein, schaute sich in dem Loche um, netzte ihren Zeigefinger und löschte ihm seine Kreidezahlen aus.

»Halt!« rief er. »Was machst du?«

»Kannst du nicht so viel im Kopf behalten?«

»Wozu, wenn es Kreide gibt? Jetzt muß ich alles noch einmal durchzählen.«

»O je! Soll ich helfen?«

»Ja, gern.«

»Das glaub ich dir, aber ich hab andres zu tun.«

»Was denn? Man merkt wenig davon.«

»So? Jetzt wird er auf einmal grob. Kannst du nicht auch ein bißchen nett sein?«

»Ja, wenn du mir zeigst, wie man's macht.«

Sie lächelte, trat dicht zu ihm, fuhr ihm mit ihrer vollen warmen Hand übers Haar, streichelte seine Wange und sah ihm nahe und immer lächelnd in die Augen. Ihm war so etwas noch nie geschehen und es wurde ihm beklommen und schwindlig.

»Bist ein netter Kerl, ein lieber«, sagte sie.

Er wollte sagen: »Und du auch.« Aber er brachte vor Herzklopfen kein Wort heraus. Er hielt ihre Hand und drückte sie.

»Au, nicht so fest!« rief sie leise. »Die Finger tun einem ja weh.«

Da sagte er: »Verzeih.« Sie aber legte für einen kurzen Augenblick ihren Kopf mit dem blonden, dichten Haar auf seine Schulter und schaute zärtlich schmeichelnd zu ihm auf. Dann lachte sie wieder mit ihrer warmen, tiefen Stimme, nickte ihm freundlich und unbefangen zu und lief davon. Als er vor die Tür trat, ihr nachzusehen, war sie schon verschwunden.

Hans blieb noch lange zwischen seinen Eisenstangen. Anfangs war er so verwirrt und heiß und befangen, daß er nichts denken konnte und schwer atmend vor sich hin stierte. Bald aber war er über das hinweg, und nun kam eine erstaunte, unbändige Freude über ihn. Ein Abenteuer! Ein schönes großes Mädchen war zu ihm gekommen, hatte ihm schöngetan, hatte ihn liebgehabt! Und er hatte sich nicht zu helfen gewußt, er hatte nichts gesagt, wußte nicht einmal ihren Namen, hatte ihr nicht einmal einen Kuß gegeben! Das plagte und erzürnte ihn noch den ganzen Tag. Aber er beschloß grimmig und selig, das alles wiedergutzumachen und das nächste Mal nicht mehr so dumm und blöde zu sein.

Er dachte jetzt an keine Italienerinnen mehr. Er dachte beständig an »das nächste Mal«. Und am folgenden Tage benutzte er jede Gelegenheit, auf ein paar Minuten vor die

Werkstatt zu treten und sich überall umzusehen. Die Blonde zeigte sich aber nirgends. Statt dessen kam sie gegen Abend mit einer Kameradin zusammen ganz unbefangen und gleichgültig in die Werkstatt, brachte eine kleine Stahlschiene, das Stück einer Webmaschine, und ließ sie abschleifen. Den Hans schien sie weder zu kennen noch zu sehen, scherzte dagegen ein wenig mit dem Meister und trat dann zu Niklas Trefz, der das Schleifen besorgte und mit dem sie sich leise unterhielt. Erst als sie wieder ging und schon Adieu gesagt hatte, schaute sie unter der Türe nochmals zurück und warf Hans einen kurzen warmen Blick zu. Dann runzelte sie die Stirn ein wenig und zuckte mit den Lidern, wie um zu sagen, sie habe ihr Geheimnis mit ihm nicht vergessen und er solle es gut verwahren. Und fort war sie.

Johann Schömbeck ging gleich darauf an Hansens Schraubstock vorüber, grinste still und flüsterte:

»Das war die Testolini.«

»Die Kleine?« fragte Hans.

»Nein, die große Blonde.«

Der Volontär beugte sich über seine Arbeit und feilte heftig drauflos. Er feilte, daß es pfiff und daß die Werkbank zitterte. Das war also sein Abenteuer! Wer war jetzt betrogen, der Obergesell oder er? Und was jetzt tun? Er hätte nicht gedacht, daß eine Liebesgeschichte gleich so verwikkelt anfangen könne. Den Abend und die halbe Nacht konnte er an nichts andres denken.

Eigentlich war seine Meinung von Anfang an, er müsse nun verzichten. Aber nun hatte er sich vierundzwanzig Stunden mit lauter verliebten Gedanken an das hübsche Mädchen beschäftigt, und das Verlangen, sie zu küssen und sich von ihr liebhaben zu lassen, war mächtig groß in ihm geworden. Ferner war es das erste Mal, daß eine Frauenhand ihn so gestreichelt und ein Frauenmund ihm so schöngetan hatte. Verstand und Pflichtgefühl erlagen der jungen Verliebtheit, die durch den Beigeschmack eines schlechten Gewissens nicht schöner, aber auch nicht schwächer ward. Mochte es nun gehen, wie es wollte, die Maria hatte ihn gern und er wollte sie wieder gernhaben.

Wohl war ihm allerdings nicht dabei. Als er das nächste Mal mit Maria zusammentraf im Treppenhaus der Fabrik, sagte er sogleich: »Du, wie ist das mit dem Niklas und dir? Ist er wirklich dein Schatz?«

»Ja«, meinte sie lachend. »Fällt dir sonst nichts ein, was du mich fragen kannst?«

»Doch, gerade. Wenn du ihn gernhast, kannst du doch nicht auch noch mich gernhaben.«

»Warum nicht? Der Niklas ist mein Verhältnis, verstehst du, das ist schon lang so und soll so bleiben. Aber dich hab ich gern, weil du so ein netter kleiner Bub bist. Der Niklas ist gar streng und herb, weißt du, und ich will dich zum Küssen und Liebsein haben, kleiner Bub. Hast du was dagegen?«

Nein, er hatte nichts dagegen. Er legte still und andächtig seine Lippen auf ihren blühenden Mund, und da sie seine Unerfahrenheit im Küssen bemerkte, lachte sie zwar, schonte ihn aber und gewann ihn noch lieber.

2

Bis jetzt war Niklas Trefz, als Obergesell und Duzfreund des jungen Meisters, aufs beste mit diesem ausgekommen, ja er hatte eigentlich in Haus und Werkstatt meistens das erste Wort gehabt. Neuerdings schien dies gute Einvernehmen etwas gestört zu sein, und gegen den Sommer hin wurde

Haager in seinem Benehmen gegen den Gesellen immer spitziger. Er kehrte zuweilen den Meister gegen ihn heraus, fragte ihn nicht mehr um Rat und ließ bei jeder Gelegenheit merken, daß er das frühere Verhältnis nicht fortzusetzen wünsche.

Trefz war gegen ihn, dem er sich überlegen fühlte, nicht empfindlich. Anfangs wunderte ihn diese kühle Behandlung als eine ungewohnte Schrulle des Meisters. Er lächelte und nahm es ruhig hin. Als aber Haager ungeduldiger und launischer wurde, legte Trefz sich aufs Beobachten und glaubte bald hinter die Ursache der Verstimmung gekommen zu sein.

Er sah nämlich, daß zwischen dem Meister und seiner Frau nicht alles in Ordnung war. Es gab keine lauten Händel, dafür war die Frau zu klug. Aber die Eheleute wichen einander aus, die Frau ließ sich nie in der Werkstatt blicken, und der Mann war abends selten zu Hause. Ob die Uneinigkeit, wie Johann Schömbeck wissen wollte, daher rührte, daß der Schwiegervater sich nicht bereden ließ, mehr Geld herauszurücken, oder ob persönliche Zwistigkeiten dahintersteckten, jedenfalls war eine schwüle Luft im Hause, die Frau sah oft verweint und verärgert aus, und auch der Mann schien vom Baume einer schlimmen Erkenntnis gekostet zu haben.

Niklas war überzeugt, daß dieser häusliche Unfrieden an allem schuld sei und ließ den Meister seine Reizbarkeit und Grobheit nicht entgelten. Was ihn heimlich plagte und zornig machte, war die leise schlaue Art, mit der Schömbeck sich die Verstimmung zunutze machte. Dieser war nämlich, seit er den Obergesellen in Ungnade gefallen sah, mit einer unterwürfigsüßen Beflissenheit bemüht, sich dem Meister zu empfehlen, und daß Haager darauf einging und den

Schleicher sichtlich begünstigte, war für Trefz ein empfindlicher Stich.

In dieser unbehaglichen Zeit nahm Hans Dierlamm entschieden für Trefz Partei. Einmal imponierte ihm Niklas durch seine gewaltige Kraft und Männlichkeit, alsdann war ihm der schmeichlerische Schömbeck allmählich verdächtig und zuwider geworden, und schließlich hatte er das Gefühl, durch sein Verhalten eine uneingestandene Schuld gegen Niklas gutzumachen. Denn wenn auch sein Verkehr mit der Testolini sich auf kurze hastige Zusammenkünfte beschränkte, wobei es über einiges Küssen und Streicheln nicht hinausging, wußte er sich doch auf verbotenem Wege und hatte kein sauberes Gewissen. Desto entschiedener wies er dafür Schömbecks Klatschereien zurück und trat mit ebensoviel Bewunderung wie Mitleid für Niklas ein. Es dauerte denn auch nicht lange, bis dieser das fühlte. Er hatte sich bisher kaum um den Volontär gekümmert und in ihm einfach ein unnützes Herrensöhnchen gesehen. Jetzt schaute er ihn freundlicher an, richtete zuweilen das Wort an ihn und duldete, daß Hans in den Vesperpausen sich zu ihm setzte.

Schließlich lud er ihn sogar eines Abends zum Mitkommen ein. »Heut ist mein Geburtstag«, sagte er, »da muß ich doch mit jemand eine Flasche Wein trinken. Der Meister ist verhext, den Schömbeck kann ich nicht brauchen, den Lump. Wenn Sie wollen, Dierlamm, so kommen Sie heut mit mir. Wir könnten uns nach dem Nachtessen an der Allee treffen. Wollen Sie?«

Hans war hocherfreut und versprach, pünktlich zu kommen.

Es war ein warmer Abend zu Anfang Juli. Hans aß daheim sein Abendbrot mit Hast, wusch sich ein wenig und eilte zur Allee, wo Trefz schon wartete.

Dieser hatte seinen Sonntagsanzug angelegt, und als er Hans im blauen Arbeitskleid kommen sah, fragte er mit gutmütigem Vorwurf:

»So, Sie sind noch in der Uniform?«

Hans entschuldigte sich, er habe es so eilig gehabt, und Niklas lachte: »Nur keine Redensarten! Sie sind halt Volontär und haben Spaß an dem dreckigen Kittel, weil Sie ihn noch nicht lang tragen. Unsereiner legt ihn gern ab, wenn er am Feierabend ausgeht.«

Sie schritten nebeneinander die dunkle Kastanienallee hinunter vor die Stadt hinaus. Hinter den letzten Bäumen trat plötzlich eine hohe Mädchengestalt hervor und hängte sich an des Gesellen Arm. Es war Maria. Trefz sagte kein Wort des Grußes zu ihr und nahm sie ruhig mit, und Hans wußte nicht, war sie von ihm herbestellt oder unaufgefordert gekommen. Das Herz schlug ihm ängstlich.

»Da ist auch der junge Herr Dierlamm«, sagte Niklas.

»Ach ja«, rief Maria lachend, »der Volontär. Kommen Sie auch mit?«

»Ja, der Niklas hat mich eingeladen.«

»Das ist lieb von ihm. Und auch von Ihnen, daß Sie kommen. So ein feiner junger Herr!«

»Dummes Zeug!« rief Niklas. »Der Dierlamm ist mein Kollege. Und jetzt wollen wir Geburtstag feiern.«

Sie hatten das Wirtshaus zu den drei Raben erreicht, das dicht am Flusse in einem kleinen Garten lag. Drinnen hörte man Fuhrleute sich unterhalten und Karten spielen, draußen war kein Mensch. Trefz rief dem Wirt durchs Fenster hinein, er solle Licht bringen. Dann setzte er sich an einen der vielen ungehobelten Brettertische. Maria nahm neben ihm und Hans gegenüber Platz. Der Wirt kam mit einer schlecht brennenden Flurlampe heraus, die er überm Tisch an einem Draht aufhängte. Trefz bestellte einen Liter vom besten Wein, Brot, Käse und Zigarren.

»Hier ist's aber öd«, sagte das Mädchen enttäuscht. »Wollen wir nicht hineingehen? Es sind ja gar keine Leute da.«

»Wir sind Leute genug«, meinte Niklas ungeduldig.

Er schenkte Wein in die dicken Kübelgläser, schob Maria Brot und Käse zu, bot Hans Zigarren hin und zündete sich selber eine an. Sie stießen miteinander an. Darauf spann Trefz, als wäre das Mädchen gar nicht da, ein weitläufiges Gespräch über technische Dinge mit Hans an. Er saß vorgebeugt, den einen Ellbogen auf dem Tische, Maria aber lehnte sich neben ihm ganz in die Bank zurück, verschränkte die Arme vor der Brust und schaute aus der Dämmerung unverwandt, mit ruhigen, zufriedenen Augen in Hansens Gesicht. Dem wurde dadurch nicht behaglicher, und er umgab sich aus Verlegenheit mit dicken Rauchwolken. Daß sie drei einmal an einem Tisch beieinandersitzen würden, hätte er nicht gedacht. Er war froh, daß die beiden vor seinen Augen keine Zärtlichkeiten wechselten, und er vertiefte sich geflissentlich in die Unterhaltung mit dem Gesellen.

Über den Garten schwammen blasse Nachtwolken durch den gestirnten Himmel, im Wirtshause klang zuweilen Gespräch und Gelächter, nebenzu lief mit leisem Rauschen der dunkle Fluß talab. Maria saß regungslos im Halbdunkel, hörte die Reden der beiden dahinrinnen und hielt den Blick auf Hans geheftet. Er empfand ihn, auch wenn er nicht hinübersah, und bald schien er ihm verlockend zu winken, bald spöttisch zu lachen, bald kühl zu beobachten.

So verging wohl eine Stunde, und die Unterhaltung war allmählich langsamer und träger, endlich schlief sie ein, und eine kurze Weile redete niemand ein Wort. Da richtete die

Testolini sich auf. Trefz wollte ihr einschenken, sie zog aber ihr Glas weg und sagte kühl:

»Ist nicht nötig, Niklas.«

»Was gibt's denn?«

»Einen Geburtstag gibt's. Und dein Schatz sitzt dabei und kann einschlafen. Kein Wort, keinen Kuß, nichts als ein Glas Wein und ein Stück Brot! Wenn mein Schatz der steinerne Mann wär, könnt es nicht schöner sein.«

»Ach, geh weg!« lachte Niklas unzufrieden.

»Ja, geh weg! Ich geh auch noch weg. Am Ende gibt's andre, die mich noch ansehen mögen.«

Niklas fuhr auf. »Was sagst?«

»Ich sag, was wahr ist.«

»So? Wenn's wahr ist, dann sag lieber gleich alles. Ich will jetzt wissen, wer das ist, der nach dir schaut.«

»Oh, das tun manche.«

»Ich will den Namen wissen. Du gehörst mir, und wenn einer dir nachläuft, ist er ein Lump und hat's mit mir zu tun.«

»Meinetwegen. Wenn ich dir gehör, mußt du aber auch mir gehören und nicht so ruppig sein. Wir sind nicht verheiratet.«

»Nein, Maria, leider nicht, und ich kann nichts dafür, das weißt du wohl.«

»Gut denn, so sei auch wieder freundlicher und nicht gleich so wild. Weiß Gott, was du seit einer Zeit hast!«

»Ärger hab ich, nichts als Ärger. Aber wir wollen jetzt noch ein Glas austrinken und vergnügt sein, sonst meint der Dierlamm, wir seien immer so ungattig. He, Rabenwirt! Heda! Noch eine Flasche!«

Hans war ganz ängstlich geworden. Nun sah er erstaunt den plötzlich aufgeflammten Streit ebenso schnell wieder beruhigt und hatte nichts dagegen, noch ein letztes Glas in fröhlichem Frieden mitzutrinken.

»Also prosit!« rief Niklas, stieß mit beiden an und leerte in einem langen Zug sein Glas. Dann lachte er kurz und sagte mit verändertem Ton: »Nun ja, nun ja. Aber ich kann euch sagen, an dem Tag, wo mein Schatz sich mit einem andern einläßt, gibt's ein Unglück.«

»Dummerle«, rief Maria leise, »was fällt dir auch ein?«

»Es ist nur so geredet«, meinte Niklas ruhig. Er lehnte sich wohlig zurück, knöpfte die Weste auf und fing zu singen an:

»A Schlosser hot an G'sella g'het ...?«

Hans fiel eifrig ein. Im stillen aber hatte er beschlossen, er wolle mit Maria nichts mehr zu tun haben. Er hatte Furcht bekommen.

Auf dem Heimweg blieb das Mädchen an der unteren Brücke stehen. »Ich geh heim«, sagte sie. »Kommst du mit?«

»Also denn«, nickte der Geselle und gab Hans die Hand.

Dieser sagte Gutenacht und ging aufatmend allein weiter. Ein peinliches Grauen war diesen Abend in ihn gefahren. Er mußte sich immer wieder ausmalen, wie es gegangen wäre, wenn ihn der Obergeselle einmal mit Maria überrascht hätte. Nachdem diese gräßliche Vorstellung seine Entschlüsse bestimmt hatte, wurde es ihm leicht, sie sich selber in einem verklärenden moralischen Lichte darzustellen. Er bildete sich schon nach einer Woche ein, er habe auf die Spielerei mit Maria nur aus Edelmut und aus Freundschaft für Niklas verzichtet. Die Hauptsache war, daß er nun das Mädchen wirklich mied. Erst nach mehreren Tagen traf er sie unvermutet allein, und da beeilte er sich, ihr zu sagen, er könne nicht mehr zu ihr kommen. Sie schien darüber betrübt zu sein, und ihm wurde das Herz schwer, als sie sich an ihn hängte und ihn mit Küssen zu bekehren suchte. Doch gab er ihr keinen zurück, sondern machte sich mit erzwungener Ruhe los. Sie aber ließ ihn nicht eher los, bis er in seiner Herzensangst drohte, dem Niklas alles zu sagen. Da schrie sie auf und sagte:

»Du, das tust du nicht. Das wär mein Tod.«

»Hast du ihn also doch lieb?« fragte Hans bitter.

»Ach was!« seufzte sie. »Dummer Bub, du weißt wohl, daß ich dich viel lieber hab. Nein, aber der Niklas würde mich umbringen. So ist er. Gib mir die Hand darauf, daß du ihm nichts sagst!«

»Gut, aber du mußt mir auch versprechen, daß du mich in Ruhe lassen willst.«

»Hast mich schon so satt?«

»Ach, laß! Aber ich kann die Heimlichkeit vor ihm nimmer haben, ich kann nicht, begreif doch. Also versprich's mir, gelt.«

Da gab sie ihm die Hand, aber er sah ihr dabei nicht in die Augen. Er ging still davon, und sie sah ihm mit Kopfschütteln und innigem Ärger nach. »So ein Hanswurst!« dachte sie.

Für den kamen jetzt wieder schlimme Tage. Sein durch Maria heftig erregtes und immer nur für den Augenblick beschwichtigtes Liebesbedürfnis ging nun wieder heiße, unbefriedigte Wege aufwühlender Sehnsucht, und nur die strenge Arbeit half ihm von Tag zu Tag durch. Sie machte ihn jetzt bei der zunehmenden Sommerhitze doppelt müde. In der Werkstatt war es heiß und schwül, anstrengende Arbeiten wurden halbnackt ausgeführt, und den dumpfen ewigen Ölgeruch durchdrang der scharfe Dunst des Schweißes. Am

Abend nahm Hans, zuweilen mit Niklas zusammen, ein Bad oberhalb der Stadt im kühlen Fluß, nachher fiel er todmüde ins Bett, und morgens hatte man Mühe, ihn zur Zeit wachzubringen.

Auch für die andern, Schömbeck vielleicht ausgenommen, war es jetzt in der Werkstatt ein böses Leben. Der Lehrling bekam Scheltworte und Ohrfeigen, der Meister war fortwährend barsch und erregt, und Trefz hatte Mühe, sein launisch-hastiges Wesen zu ertragen. Er fing allmählich auch an, brummig zu werden. Eine kurze Weile noch ließ er es gehen, wie es mochte, dann war seine Geduld erschöpft, und er stellte eines Mittags nach dem Essen den Meister im Hof.

»Was willst?« fragte Haager unfreundlich.

»Mit dir reden will ich einmal. Du weißt schon warum. Ich tue meine Arbeit, so gut du's verlangen kannst, oder nicht?«

»Ja, schon.«

»Also. Und du behandelst mich fast wie einen Lehrbuben. Es muß doch etwas dahinterstecken, daß ich dir auf einmal nichts mehr gelte. Sonst sind wir doch immer gut ausgekommen.«

»Lieber Gott, was soll ich sagen? Ich bin halt, wie ich bin, und kann mich nicht anders machen. Du hast auch deine Schrullen.«

»Jawohl, Haager, aber bei der Arbeit nicht, das ist der Unterschied. Ich kann dir nur sagen, du verdirbst dir selber dein Geschäft.«

»Das sind meine Sachen, nicht deine.«

»Na, dann tust du mir leid. Da will ich nicht weiterreden. Vielleicht wird's einmal von selber wieder anders.«

Er ging fort. An der Haustür traf er auf Schömbeck, der

zugehört zu haben schien und leise lachte. Er hatte Lust, den Kerl zu verprügeln, aber er nahm sich zusammen und ging ruhig an ihm vorbei.

Er verstand jetzt, daß zwischen Haager und ihm etwas andres stehen müsse als nur eine Verstimmung, und er nahm sich vor, dem auf die Spur zu kommen. Freilich, am liebsten hätte er noch heute gekündigt, statt unter solchen Verhältnissen weiterzuarbeiten. Aber er konnte und mochte Gerbersau nicht verlassen, Marias wegen. Dagegen sah es aus, als läge dem Meister wenig daran, ihn zu behalten, obgleich sein Weggang ihm schaden mußte. Ärgerlich und traurig ging er, als es ein Uhr schlug, in die Werkstatt hinüber.

Am Nachmittag war in der Webfabrik drüben eine kleine Reparatur zu machen. Das kam häufig vor, da der Fabrikant mit einigen umgebauten alten Maschinen Versuche anstellte, an denen Haager beteiligt war. Früher waren diese Reparaturen und Änderungen meistens von Niklas Trefz ausgeführt worden. Neuerdings aber ging der Meister immer selbst hinüber, und wenn ein Gehilfe nötig war, nahm er Schömbeck oder den Volontär mit. Niklas hatte nichts dagegen gesagt, doch kränkte es ihn wie ein Zeichen von Mißtrauen. Er hatte drüben bei diesen Gelegenheiten immer die Testolini getroffen, die in jenem Saal arbeitete, und nun mochte er sich nicht zur Arbeit drängen, damit es nicht aussehe, als tue er es ihretwegen.

Auch heute ging der Meister mit Schömbeck hin und überließ dem Niklas die Beaufsichtigung der Werkstatt. Eine Stunde verging, dann kam Schömbeck mit einigen Werkzeugen zurück.

»An welcher Maschine seid ihr?« fragte Hans, den die Versuche dort interessierten.

»An der dritten, beim Eckfenster«, sagte Schömbeck und

sah zu Niklas hinüber. »Ich hab alles allein machen müssen, weil sich der Meister so gut unterhalten hat.«

Niklas wurde aufmerksam, denn an jener Maschine hatte die Testolini Dienst. Er wollte an sich halten und sich mit dem Gesellen nicht einlassen, doch fuhr ihm wider seinen Willen die Frage heraus: »Mit wem denn? Mit der Maria?«

»Richtig geraten«, lachte Schömbeck. »Er macht ihr nach Noten den Hof. Es ist ja auch kein Wunder, so nett wie sie ist.«

Trefz gab ihm keine Antwort mehr. Er mochte Marias Namen aus diesem Munde und in diesem Ton nicht hören. Wuchtig setzte er die Feile wieder ein und maß, als er absetzen mußte, mit dem Kaliber so peinlich nach, als sei er mit allen Gedanken bei seiner Arbeit. Es lag ihm jedoch andres im Sinn. Ein böser Verdacht plagte ihn, und je mehr er daran herumsann, desto besser schien ihm alles Vergangene zu dem Verdacht zu passen. Der Meister stellte Maria nach, darum ging er seit einiger Zeit immer selber in die Fabrik hinüber und duldete ihn nimmer dort. Darum hatte er ihn so sonderbar grob und gereizt behandelt. Er war eifersüchtig, und er wollte es dahin treiben, daß er kündige und fortginge.

Aber er wollte nicht gehen, jetzt gerade nicht.

Am Abend suchte er Marias Wohnung auf. Sie war nicht da, und er wartete vor dem Hause bis zehn Uhr auf der Bank unter den Weibern und Burschen, die sich da den Abend vertrieben. Als sie kam, ging er mit ihr hinauf.

»Hast du gewartet?« fragte sie unterwegs auf der Treppe.

Er gab aber keine Antwort. Stillschweigend ging er hinter ihr her bis in ihre Kammer und machte die Türe hinter ihr zu.

Sie drehte sich um und fragte: »Na, bist wieder letz? Wo fehlt's denn?«

Er sah sie an. »Wo kommst du her?«

»Von draußen. Ich bin mit der Lina und der Christiane gewesen.«

»So.«

»Und du?«

»Ich hab drunten gewartet. Ich muß was mit dir reden.«

»Auch schon wieder! Also red.«

»Wegen meinem Meister, du. Ich glaub, er lauft dir nach.«

»Der? Der Haager? Liebe Zeit, so laß ihn laufen.«

»Das laß ich ihn nicht, nein. Ich will wissen, was damit ist. Er geht jetzt immer selber, wenn's bei euch zu tun gibt, und heut war er wieder den halben Nachmittag bei dir an der Maschine. Jetzt sag, was hat er mit dir?«

»Nichts hat er. Er schwätzt mit mir, und das kannst du ihm nicht verbieten Wenn's auf dich ankäme, müßt ich immer in einem Glaskasten sitzen!«

»Ich mache keinen Spaß, du. Gerade was er schwätzt, wenn er bei dir ist, möcht ich wissen.«

Sie seufzte gelangweilt und setzte sich aufs Bett.

»Laß doch den Haager!« rief sie ungeduldig. »Was wird's mit ihm sein? Verliebt ist er ein bißchen und macht mir den Hof.«

»Hast du ihm keine Maulschelle gegeben?«

»Herrgott, warum soll ich ihn nicht lieber gleich zum Fenster rausgeworfen haben! Ich laß ihn halt reden und lach' ihn aus. Heut hat er gesagt, er wolle mir eine Brosche schenken –«

»Was? Hat er? Und du, was hast du ihm gesagt?«

»Daß ich keine Broschen brauche, und er solle zu seiner Frau heimgehen. – Jetzt aber Punktum! Ist das eine Eifersucht! Du glaubst doch selbst nicht im Ernst an das Zeug.«

»Ja, ja. Also denn gut Nacht, ich muß heim.«

Er ging, ohne sich mehr aufhalten zu lassen. Aber er war nicht beruhigt, obwohl er dem Mädchen eigentlich nicht mißtraute. Allein er wußte nicht, fühlte es aber dunkel, daß ihre Treue zur Hälfte Furcht vor ihm sei. Solange er da war, konnte er vielleicht sicher sein. Aber wenn er wandern mußte, nicht. Maria war eitel und hörte gern schöne Worte, sie hatte auch jung schon mit der Liebe angefangen. Und Haager war Meister und hatte Geld. Er konnte ihr Broschen anbieten, so sparsam er sonst war.

Niklas lief wohl eine Stunde lang in den Gassen herum, wo ein Fenster ums andre dunkel ward und schließlich nur noch die Wirtshäuser Licht hatten. Er suchte daran zu denken, daß ja noch gar nichts Schlimmes geschehen war. Aber es war ihm angst vor der Zukunft, vor morgen und vor jedem Tag, an dem er neben dem Meister stehen und mit ihm arbeiten und reden mußte, während er wußte, daß der Mensch Maria nachstellte. Wie sollte das werden?

Müde und verstört trat er in eine Wirtschaft, bestellte eine Flasche Bier und trank Kühlung und Linderung mit jedem rasch geleerten Glase. Er trank selten, meistens nur im Zorn oder wenn er ungewöhnlich heiter war, und er hatte wohl ein Jahr lang keinen Rausch mehr gehabt. Jetzt überließ er sich halb unbewußt einem rechenschaftslosen Kneipen und war stark betrunken, als er das Wirtshaus wieder verließ. Doch hatte er noch so viel Besinnung, daß er es vermied, in diesem Zustande ins Haagersche Haus zu gehen. Er wußte unterhalb der Allee eine Wiese, die gestern geschnitten worden war. Dorthin ging er mit ungleichen Schritten und warf sich in das zur Nacht in Haufen getürmte Heu, wo er sogleich einschlief.

3

Als Niklas am folgenden Morgen müde und bleich, doch pünktlich zur rechten Zeit in die Werkstatt kam, war der Meister mit Schömbeck zufällig schon da. Trefz ging still an seinen Platz und griff nach der Arbeit. Da rief der Meister ihm zu:

»So, kommst auch endlich?«

»Ich bin auf die Minute dagewesen wie immer«, sagte Niklas mit mühsam gespielter Gleichgültigkeit. »Da droben hängt die Uhr.«

»Und wo bist die ganze Nacht gesteckt?«

»Geht's dich was an?«

»Ich will's meinen. Du wohnst bei mir im Haus, und da will ich Ordnung haben.«

Niklas lachte laut. Jetzt war es ihm einerlei, was kommen würde. Er hatte Haager und sein dummes Rechthabenwollen und alles satt.

»Was lachst du?« rief der Meister zornig.

»Ich muß eben lachen, Haager. Das kommt mir so, wenn ich was Lustiges höre.«

»Hier gibt's nichts Lustiges. Nimm dich in acht.«

»Vielleicht doch. Weißt du, Herr Meister, das mit der Ordnung hast du gut gesagt. ›Ich will Ordnung im Hause haben!‹ Schneidig hast du's gesagt. Aber es macht mich halt lachen, wenn einer von Ordnung redet und hat selber keine.«

»Was? Was hab ich?«

»Keine Ordnung im Haus. Mit uns zankst du und tust

wüst um jedes Nichtslein. Aber wie ist's denn mit deiner Frau zum Beispiel?«

»Halt! Hund du! Hund, sag ich.«

Haager war herbeigesprungen und stand drohend vor dem Gesellen. Trefz aber, der dreimal stärker war, blinzelte ihn beinahe freundlich an.

»Ruhig!« sagte er langsam. »Beim Reden muß man höflich sein. Du hast mich vorher nicht ausreden lassen. Deine Frau geht mich freilich nichts an, wenn sie mir auch leid tut –«

»Dein Maul hältst du, oder –«

»Später dann, wenn ich fertig bin. Also deine Frau, sag ich, geht mich nichts an, und es geht mich auch nichts an, wenn du den Fabrikmädchen nachläufst, du geiler Aff. Aber die Maria geht mich was an, das weißt du so gut wie ich. Und wenn du mir die mit einem Finger anrührst, geht's dir elend schlecht, darauf kannst du dich verlassen. – So, jetzt hab ich meine Sache gesagt.«

Der Meister war blaß vor Erregung, aber er wagte es nicht, Hand an Niklas zu legen.

Auch waren mittlerweile Hans Dierlamm und der Lehrling gekommen und standen am Eingang, erstaunt über das Geschrei und die bösen Worte, die hier schon in den ersten nüchternen Morgenstunden tobten. Er hielt es für besser, keinen Skandal aufkommen zu lassen. Darum kämpfte und schluckte er eine kleine Weile, um seiner zitternden Stimme Herr zu werden.

Dann sagte er laut und ruhig: »Also genug jetzt. Du kannst nächste Woche gehen, ich hab schon einen neuen Gesellen in Aussicht. – Ans Geschäft, Leute, vorwärts!«

Niklas nickte nur und gab keine Antwort. Sorgfältig spannte er eine blanke Stahlwelle in die Drehbank, probierte den Drehstahl, schraubte ihn wieder ab und ging zum Schleifstein. Auch die andern gingen mit großer Beflissenheit ihren Geschäften nach, und den ganzen Vormittag wurden in der Werkstatt keine zehn Worte gewechselt. Nur in der Pause suchte Hans den Obergesellen auf und fragte ihn leise, ob er wirklich gehen werde.

»Versteht sich«, sagte Niklas kurz und wandte sich ab.

Die Mittagsstunde verschlief er, ohne zu Tische zu gehen, auf einem Hobelspansack in der Lagerkammer. Die Kunde von seiner Entlassung kam aber durch Schömbeck über Mittag unter die Arbeiter aus der Weberei, und die Testolini erfuhr sie gleich am Nachmittag von einer Freundin.

»Du, der Niklas geht weg. Es ist ihm gekündigt worden.«

»Der Trefz? Nein!«

»Jawohl, der Schömbeck hat's brühwarm herumerzählt. 's ist schad um ihn, nicht?«

»Ja, wenn's wahr ist. Aber der Haager ist doch ein Hitziger, der! Er hat ja schon lang mit mir anbändeln wollen.«

»Geh, dem würd ich auf die Hand spucken. Mit einem Verheirateten soll eine überhaupt nicht gehen, das gibt bloß dumme Geschichten und nachher nimmt dich keiner mehr.«

»Das wär das wenigste. Heiraten hätt ich schon zehnmal können, sogar einen Aufseher. Wenn ich nur möchte!«

Mit dem Meister wollte sie es drauf ankommen lassen, der war ihr einstweilen sicher. Aber den jungen Dierlamm wollte sie haben, wenn der Trefz fort war. Der Dierlamm war so nett und frisch und hatte so gute Manieren. Daß er auch noch eines reichen Mannes Sohn war, daran dachte sie nicht. Geld konnte sie dann schon von Haager oder sonstwo bekommen. Aber den Volontär hatte sie gern, der war hübsch und stark und doch noch fast ein Bub. Niklas tat ihr leid, und sie fürchtete sich vor den nächsten Tagen, bis er fort wäre. Sie hatte ihn liebgehabt und fand ihn noch immer wundervoll stattlich und schön, aber er hatte gar zu viele Launen und unnötige Sorgen, träumte immerfort vom Heiraten und war neuerdings so eifersüchtig, daß sie eigentlich wenig an ihm verlor.

Am Abend wartete sie auf ihn in der Nähe des Haagerschen Hauses.

Gleich nach dem Abendessen kam er gegangen, sie grüßte und hängte bei ihm ein, und sie spazierten langsam vor die Stadt hinaus.

»Ist's wahr, daß er dir gekündigt hat?« fragte sie, da er nicht davon anfing.

»So, du weißt es auch schon?«

»Ja. Und was hast du im Sinn?«

»Ich fahre nach Eßlingen, dort ist mir schon lange eine Stelle angeboten. Und wenn's dort nichts ist, auf die Wanderschaft.«

»Und denkst nicht auch an mich?«

»Mehr als gut ist. Ich weiß nicht, wie ich's aushalten soll. Ich meine immer, du solltest halt mitkommen.«

»Ja, das wäre schon recht, wenn's ginge.«

»Warum geht's denn nicht?«

»Ach, sei doch gescheit! Du kannst doch nicht mit einem Frauenzimmer wandern gehen wie die Vagabunden.«

»Das nicht, aber wenn ich die Stelle habe –.«

»Ja, wenn du sie hast. Das ist's gerade. Wann willst du denn verreisen?«

»Am Sonntag.«

»Also dann schreibst du vorher noch und meldest dich an. Und wenn du dort unterkommst und es geht dir gut, dann schreibst du mir einen Brief und wir schauen dann weiter.«

»Du mußt dann nachkommen, gleich.«

»Nein, zuerst mußt du dort schauen, ob die Stelle gut ist und ob du bleiben kannst. Und dann geht es vielleicht, daß du mir auch eine Stelle dort besorgst, gelt? Und dann kann ich ja kommen und dich wieder trösten. Wir müssen halt jetzt eine Weile Geduld haben.«

»Ja, wie's in dem Lied heißt: ›Was steht den jungen Burschen wohl an? Geduld, Geduld, Geduld!‹ – Der Teufel hol's! Aber du hast recht, das ist wahr.«

Es gelang ihr, ihn zuversichtlicher zu machen, sie sparte die guten Worte nicht. Zwar dachte sie nicht daran, ihm jemals nachzureisen, aber einstweilen mußte sie ihm recht Hoffnung machen, sonst wurden diese nächsten Tage unerträglich. Und während sie ihn eigentlich schon fahren gelassen hatte und während sie überzeugt war, er werde in Eßlingen oder anderswo sie bald vergessen und eine andere finden, ward sie dennoch im Vorgefühl des Abschiednehmens in ihrem beweglichen Herzen zärtlicher und wärmer, als sie seit langer Zeit gegen ihn gewesen war. Er wurde schließlich beinahe vergnügt.

Das dauerte jedoch nur so lange, als Maria bei ihm war. Kaum saß er daheim auf dem Rand seiner Bettstatt, so war alle Zuversicht verflogen. Wieder quälte er sich mit angstvoll mißtrauischen Gedanken. Es fiel ihm plötzlich auf, daß sie eigentlich über die Nachricht von der Kündigung gar nicht betrübt gewesen war. Sie hatte es ganz leichtgenommen und nicht einmal gefragt, ob er nicht doch noch dableiben könne. Zwar konnte er das nicht, aber sie hätte doch fragen sollen. Und ihre Zukunftspläne schienen ihm jetzt auch nimmer so einleuchtend.

Er hatte den Brief nach Eßlingen heute noch schreiben wollen. Aber sein Kopf war jetzt leer und elend und die Müdigkeit überkam ihn so plötzlich, daß er beinahe in den Kleidern eingeschlafen wäre. Er stand willenlos auf, zog sich aus und legte sich ins Bett. Doch hatte er keine ruhige Nacht. Die Schwüle, die schon seit mehreren Tagen in dem engen Flußtal zögerte, wuchs von Stunde zu Stunde, ferne Donnerwetter zankten jenseits der Berge, und der Himmel zuckte im beständigen Wetterleuchten, ohne daß doch ein Gewitter oder Platzregen Luft und Kühle bringen wollte.

Am Morgen war Niklas müde, nüchtern und mißvergnügt. Auch sein gestriger Trotz war zum größeren Teil vergangen. Ein jämmerliches Vorgefühl von Heimweh fing an, ihn zu beklemmen. Überall sah er Meister, Gesellen, Lehrlinge, Fabrikler und Fabrikweiber gleichmütig in ihre Geschäfte und abends wieder heraus laufen, ja ein jeder Hund schien sich seines Rechtes auf Heimat und Haus zu freuen. Er aber sollte wider seinen Willen und wider alle Vernunft seine Arbeit, die ihm lieb war, und sein Städtchen verlassen und anderwärts um das bitten und sich bemühen, was er hier so lange Zeit unangefochten besessen hatte.

Der starke Mensch wurde weichmütig. Still und gewissenhaft ging er seiner Arbeit nach, sagte dem Meister und sogar Schömbeck freundlich guten Morgen, und wenn Haager an ihm vorüberging, sah er ihn beinahe flehentlich an und meinte jeden Augenblick, es tue dem Haager leid und er werde die Kündigung zurücknehmen, da er sich so willfährig zeigte. Allein Haager wich seinen Blicken aus und tat, als sei er schon nimmer da und zu Haus und Werkstatt gehörig. Nur Hans Dierlamm hielt sich zu ihm und gab durch ein revolutionäres Gebärdenspiel zu verstehen, daß er auf den Meister und auf Schömbeck pfeife und mit den Zuständen durchaus nicht einverstanden sei. Aber damit war dem Niklas nicht geholfen.

Auch die Testolini, zu der Trefz am Abend traurig und mißmutig ging, gab ihm keinen Trost. Zwar hätschelte sie ihn mit Liebkosungen und guten Worten, aber auch sie redete von seinem Fortgehen recht gleichmütig als von einer beschlossenen und unabänderlichen Sache; und als er auf die Trostgründe und auf die Vorschläge und Pläne zu sprechen kam, die sie gestern selber vorgebracht hatte, ging sie zwar darauf ein, schien aber doch alles nicht so ernst genommen zu haben und hatte sogar einige ihrer eignen Vorschläge offenbar schon wieder vergessen. Er hatte die Nacht bei ihr bleiben wollen, änderte aber seinen Sinn und ging zeitig weg.

In seiner Betrübnis wanderte er ziellos in der Stadt umher. Beim Anblick des kleinen Vorstadthauses, in dem er als Waisenkind bei fremden Leuten aufgewachsen war und wo jetzt eine andre Familie wohnte, fiel ihm flüchtig die Schulzeit und die Lehrlingszeit und manches Schöne von damals ein, aber es schien unendlich weit zurück zu liegen und berührte ihn nur mit leisem Anklang an Verlorenes und Fremdgewordenes. Schließlich ward die ungewohnte Hingabe an solche Gefühlsregungen ihm selber zuwider. Er zündete sich eine Zigarre an, machte ein unbekümmertes Gesicht und trat in eine Gartenwirtschaft, wo er sogleich von einigen Arbeitern aus der Weberei erkannt und angerufen wurde.

»Was ist«, rief ihm einer entgegen, der schon angeheitert war, »du wirst doch auch einen Abschied feiern und was zahlen, nicht?«

Niklas lachte und setzte sich unter die kleine Gesellschaft. Er versprach, für jeden zwei Schoppen Bier zu spenden, und bekam dafür von allen Seiten zu hören, wie schade es um ihn sei, daß er fort wolle, so ein netter und beliebter Kerl, und ob er nicht doch noch am Ende dableibe. Er tat nun auch, als sei die Kündigung von ihm ausgegangen, und prahlte mit guten Stellungen, die er in Aussicht habe. Ein Lied wurde gesungen, man stieß mit den Gläsern an, lärmte und lachte, und Niklas geriet in eine künstliche laute Fröhlichkeit hinein, die ihm übel anstand und deren er sich eigentlich schämte. Doch wollte er nun einmal den munteren Bruder spielen, und um ein übriges zu tun, ging er ins Haus und kaufte drinnen ein Dutzend Zigarren für seine Kameraden.

Wie er wieder in den Wirtsgarten trat, hörte er an jenem Tisch seinen Namen nennen. Die meisten dort waren leicht betrunken, sie schlugen beim Reden auf den Tisch und lachten unbändig. Niklas merkte, daß von ihm die Rede war, er blieb hinter einem Baum verborgen stehen und hörte zu. Als er das wüste Gelächter, das ihm zu gelten schien, gehört hatte, war seine Ausgelassenheit unversehens verdampft. Aufmerksam und bitter stand er im Dunkeln und horchte, wie über ihn geredet wurde.

»Ein Narr ist er schon«, meinte einer von den Stilleren, »aber vielleicht ist der Haager doch der Dümmere. Der Trefz ist vielleicht froh, daß er bei der Gelegenheit die Welsche los wird.«

»Da kennst du den schlecht«, meinte ein andrer. »Der hängt an der Person wie eine Klette. Und so vernagelt wie er ist, weiß er vielleicht nicht einmal, wohin der Hase läuft. Nachher wollen wir's mal probieren und ihn ein bißchen kitzeln.«

»Paß aber auf! Der Niklas kann ungemütlich werden.«

»Ach, der! Der merkt ja nichts. Gestern abend ist er mit ihr spazierengelaufen, und kaum ist er heim in's Bett, so kommt der Haager und geht mit ihr. Die nimmt ja einen jeden. Ich möcht nur wissen, wen sie heut bei sich hat.«

»Ja, mit dem Dierlamm hat sie auch angebändelt, mit dem Volontärbuben. Es muß scheint's doch allemal ein Schlosser sein.«

»Oder er muß Geld haben! Aber von dem kleinen Dierlamm hab ich's nicht gewußt. Hast du's selber gesehen?«

»Und ob. In der Sackkammer und einmal auf der Stiege. Sie haben einander verküßt, daß mir's ganz gegraust hat. Der Bube fängt beizeiten an, gerade wie sie auch.«

Niklas hatte genug. Wohl spürte er Lust, mit einem Donnerwetter zwischen die Kerle zu fahren. Doch tat er es nicht, sondern ging still davon.

Auch Hans Dierlamm hatte in den letzten Nächten nicht gut geschlafen. Die Liebesgedanken, der Ärger in der Werkstatt und die schwüle Hitze plagten ihn, und morgens kam er öfters eine Weile zu spät ins Geschäft.

Am folgenden Tage, nachdem er hastig Kaffee getrunken hatte und die Treppe hinabgeeilt war, kam ihm zu seinem Erstaunen Niklas Trefz entgegen.

»Grüß Gott«, rief Hans, »was gibt's Neues?«

»Arbeit in der Sägemühle draußen, du sollst mitkommen.«

Hans war verwundert, teils über den ungewohnten Auftrag, teils darüber, daß Trefz ihn auf einmal duzte. Er sah, daß dieser einen Hammer und einen kleinen Werkzeugkasten trug. Er nahm ihm den Kasten ab, und sie gingen miteinander flußaufwärts, zur Stadt hinaus, zuerst an Gärten, dann an Wiesen hin. Der Morgen war dunstig und heiß, in der Höhe schien ein Westwind zu gehen, unten im Tal aber herrschte völlige Windstille.

Der Geselle war finster und sah mitgenommen aus, wie

nach einer argen Kneipnacht. Hans fing nach einer Weile zu plaudern an, bekam aber keine Antwort. Niklas tat ihm leid, doch wagte er nichts mehr zu sagen.

Auf halbem Wege zur Sägmühle, wo der gewundene Flußlauf eine kleine, mit jungen Erlen bestandene Halbinsel umschloß, machte Niklas plötzlich halt. Er ging zu den Erlen hinab, legte sich ins Gras und winkte Hans, er solle auch kommen. Der folgte gern, und sie lagen nun eine längere Zeit nebeneinander ausgestreckt, ohne ein Wort zu reden.

Am Ende schlief Dierlamm ein. Niklas beobachtete ihn, und als er eingeschlafen war, beugte er sich über ihn und schaute ihm mit großer Aufmerksamkeit ins Gesicht, eine gute Weile. Er seufzte dazu und sprach murmelnd mit sich selber.

Schließlich sprang er zornig auf und gab dem Schläfer einen Fußtritt. Erschreckt und verwirrt taumelte Hans auf.

»Was ist?« fragte er unsicher. »Hab ich so lang geschlafen?«

Niklas sah ihn an, wie er ihn vorher angesehen hatte, mit merkwürdig verwandelten Augen. Er fragte: »Bist du wach?« Hans nickte ängstlich.

»Also paß auf! Da neben mir liegt ein Hammer. Siehst du ihn?«

»Ja.«

»Weißt du, für was ich ihn mitgenommen hab?«

Hans sah ihm in die Augen und erschrak unsäglich. Furchtbare Ahnungen drängten in ihm auf. Er wollte fortlaufen, aber Trefz hielt ihn mit einem mächtigen Griff fest.

»Nicht fortlaufen! Du mußt mir zuhören. Also den Hammer, den hab ich mitgenommen, weil ich ––. Oder so ... den Hammer ...«

Hans begriff alles und schrie in Todesangst auf. Niklas schüttelte den Kopf.

»Mußt nicht schreien. Willst du mir jetzt zuhören?«

»Ja –.«

»Du weißt ja schon, von was ich rede. Also ja, den Hammer hab ich dir auf den Kopf hauen wollen. – Sei ruhig! Hör mich! – Aber es ist nicht gegangen. Ich kann's nicht. Und es ist auch nicht recht ehrlich, vollends im Schlaf! Aber jetzt bist du wach, und den Hammer hab ich dahin gelegt. Und jetzt sag ich dir: Wir wollen miteinander ringen, du bist ja auch stark. Wir ringen, und wer den andern drunten hat, der kann den Hammer nehmen und zuschlagen. Du oder ich, einer muß dran glauben.«

Aber Hans schüttelte den Kopf. Die Todesangst war von ihm gewichen, er fühlte nur eine schneidend herbe Trauer und ein beinahe unerträgliches Mitleid.

»Warten Sie noch«, sagte er leise. »Ich will vorher reden. Wir können ja noch einmal hinsitzen, nicht?«

Und Niklas folgte. Er fühlte, daß Hans etwas zu sagen habe und daß nicht alles so sei, wie er es gehört und sich ausgedacht hatte.

»Es ist wegen der Maria?« fing Hans an, und Trefz nickte.

Nun erzählte Hans alles. Er verschwieg nichts und suchte nichts von sich abzuwälzen, er schonte aber auch das Mädchen nicht, denn er fühlte wohl, daß alles darauf ankam, ihn von ihr abzubringen. Er sprach von jenem Abend, da Niklas Geburtstag gefeiert hatte, und von seiner letzten Zusammenkunft mit Maria.

Als er schwieg, gab Niklas ihm die Hand und sagte:

»Ich weiß, daß Sie nicht gelogen haben. Sollen wir jetzt in die Werkstatt zurück?«

»Nein«, meinte Hans, »ich schon, aber Sie nicht. Sie sollten gleich jetzt verreisen, das wär am besten.«

»Ja schon. Aber ich brauche mein Arbeitsbuch und ein Zeugnis vom Meister.«

»Das besorge ich. Kommen Sie am Abend zu mir, da bring ich Ihnen alles. Sie können einstweilen Ihre Sachen einpakken, nicht?«

Niklas besann sich. »Nein«, sagte er dann, »es ist doch nicht das Richtige. Ich gehe mit in die Werkstatt und bitte den Haager, daß er mich schon heute gehen läßt. Ich danke schön, daß Sie das alles für mich haben ausfressen wollen, aber es ist besser, ich geh selber.«

Sie kehrten miteinander um. Als sie zurückkamen, war mehr als der halbe Vormittag verstrichen, und Haager empfing sie mit heftigen Vorwürfen. Niklas bat ihn aber, zum Abschied noch einmal in Güte und Ruhe mit ihm zu reden, und nahm ihn mit vor die Türe. Als sie wiederkamen, gingen sie beide ruhig an ihre Plätze und nahmen eine Arbeit vor. Aber am Nachmittag war Niklas nimmer da, und in der nächsten Woche stellte der Meister einen neuen Gesellen ein.

Daß jede Liebe ihre tiefe Tragik hat, ist doch kein Grund nicht mehr zu lieben!

Wir müssen unsre Liebe so frei wie möglich halten, um sie zu jeder Stunde verschenken zu können. Die Objekte, an die wir sie hingeben, überschätzen wir immer, und daraus fließt viel Leid.

Jüngling, fühle in der Brust
Minneleid und Minnelust.
Aber glaube nicht zu haben
mehr Gefühl als andre Knaben!

Liebe muß nicht bitten, auch nicht fordern. Liebe muß die Kraft haben, in sich selbst zur Gewißheit zu kommen. Dann wird sie nicht mehr gezogen, sondern zieht.

Der Zyklon

Es war in der Mitte der neunziger Jahre, und ich tat damals Volontärdienst in einer kleinen Fabrik meiner Vaterstadt, die ich noch im selben Jahre für immer verließ. Ich war etwa achtzehn Jahre alt und wußte nichts davon, wie schön meine Jugend sei, obwohl ich sie täglich genoß und um mich her fühlte wie der Vogel die Luft. Ältere Leute, die sich der Jahrgänge im einzelnen nimmer besinnen mögen, brauchte ich nur daran zu erinnern, daß in dem Jahre, von dem ich erzähle, unsere Gegend von einem Zyklon oder Wettersturm heimgesucht wurde, dessengleichen in unserm Lande weder vorher noch später gesehen worden ist. In jenem Jahre ist es gewesen. Ich hatte mir vor zwei oder drei Tagen einen Stahlmeißel in die linke Hand gehauen. Sie hatte ein Loch und war geschwollen, ich mußte sie verbunden tragen und durfte nicht in die Werkstatt gehen.

Es ist mir erinnerlich, daß jenen ganzen Spätsommer hindurch unser enges Tal in einer unerhörten Schwüle lag und daß zuweilen tagelang ein Gewitter dem andern folgte. Es war eine heiße Unruhe in der Natur, von welcher ich freilich nur dumpf und unbewußt berührt wurde und deren ich mich doch noch in Kleinigkeiten entsinne. Abends zum Beispiel, wenn ich zum Angeln ging, fand ich von der wetterschwülen Luft die Fische seltsam aufgeregt, sie drängten unordentlich durcheinander, schlugen häufig aus dem lauen Wasser empor und gingen blindlings an die Angel. Nun war es endlich ein wenig kühler und stiller geworden, die Gewitter kamen seltener, und in der Morgenfrühe roch es schon ein wenig herbstlich.

Eines Morgens verließ ich unser Haus und ging meinem Vergnügen nach, ein Buch und ein Stück Brot in der Tasche. Wie ich es in der Bubenzeit gewohnt gewesen war, lief ich zuerst hinters Haus in den Garten, der noch im Schatten lag. Die Tannen, die mein Vater gepflanzt und die ich selber noch ganz jung und stangendünn gekannt hatte, standen hoch und stämmig, unter ihnen lagen hellbraune Nadelhaufen, und es wollte dort seit Jahren nichts mehr wachsen als Immergrün. Daneben aber in einer langen, schmalen Rabatte standen die Blumenstauden meiner Mutter, die leuchteten reich und fröhlich, und es wurden von ihnen auf jeden Sonntag große Sträuße gepflückt. Da war ein Gewächs mit zinnoberroten Bündeln kleiner Blüten, das hieß brennende Liebe, und eine zarte Staude trug an dünnen Stengeln hängend viele herzförmige rote und weiße Blumen, die nannte man Frauenherzen, und ein anderer Strauch hieß die stinkende Hoffart. Nahebei standen hochstielige Astern, welche aber noch nicht zur Blüte gekommen waren, und dazwischen kroch am Boden mit weichen Stacheln die fette Hauswurz und der drollige Portulak, und dieses lange schmale Beet war unser Liebling und unser Traumgarten, weil da so vielerlei seltsame Blumen beieinander standen, welche uns merkwürdiger und lieber waren als alle Rosen in den beiden runden Beeten. Wenn hier die Sonne schien und auf der Efeumauer glänzte, dann hatte jede Staude ihre ganz eigene Art und Schönheit, die Gladiolen prahlten fett mit grellen Farben, der Heliotrop stand grau und wie verzaubert in seinen schmerzlichen Duft versunken, der Fuchsschwanz hing ergeben welkend herab, die Akelei aber stellte sich auf die Zehen und läutete mit ihren vierfältigen Sommerglokken. An den Goldruten und im blauen Phlox schwärmten laut die Bienen, und über dem dicken Efeu rannten kleine braune Spinnen heftig hin und wider; über den Levkoien zitterten in der Luft jene raschen, launisch schwirrenden Schmetterlinge mit dicken Leibern und gläsernen Flügeln, die man Schwärmer oder Taubenschwänze heißt.

In meinem Feiertagsbehagen ging ich von einer Blume zur andern, roch da und dort an einer duftenden Dolde oder tat mit vorsichtigem Finger einen Blütenkelch auf, um hineinzuschauen und die geheimnisvollen bleichfarbenen Abgründe und die stille Ordnung von Adern und Stempeln, von weichhaarigen Fäden und kristallenen Rinnen zu betrachten. Dazwischen studierte ich den wolkigen Morgenhimmel, wo ein sonderbar verwirrtes Durcheinander von streifigen Dunstfäden und wollig flockigen Wölkchen herrschte. Mir schien, es werde gewiß heute wieder einmal ein Gewitter geben, und ich nahm mir vor, am Nachmittag ein paar Stunden zu angeln. Eifrig wälzte ich, in der Hoffnung, Regenwürmer zu finden, ein paar Tuffsteine aus der Wegeinfassung beiseite, aber es krochen nur Scharen von grauen, trockenen Mauerasseln hervor und flüchteten verstört nach allen Seiten.

Ich besann mich, was nun zu unternehmen sei, und es wollte mir nicht sogleich etwas einfallen. Vor einem Jahre, als ich zum letztenmal Ferien gehabt hatte, da war ich noch ganz ein Knabe gewesen. Was ich damals am liebsten getrieben hatte, mit Haselnußbogen ins Ziel schießen, Drachen steigen lassen und die Mauslöcher auf den Feldern mit Schießpulver sprengen, das hatte alles den damaligen Reiz und Schimmer nicht mehr, als sei ein Teil meiner Seele müde geworden und antworte nimmer auf die Stimmen, die ihr einst lieb waren und Freude brachten.

Verwundert und in einer stillen Beklemmung blickte ich in dem wohlbekannten Bezirk meiner Knabenfreuden umher. Der kleine Garten, die blumengeschmückte Altane und der feuchte sonnenlose Hof mit seinem moosgrünen Pflaster sahen mich an und hatten ein anderes Gesicht als früher, und sogar die Blumen hatten etwas von ihrem unerschöpflichen Zauber eingebüßt. Schlicht und langweilig stand in der Gartenecke das alte Wasserfaß mit der Leitungsröhre; da hatte ich früher zu meines Vaters Pein halbe Tage lang das Wasser laufen lassen und hölzerne Mühlräder eingespannt, ich hatte auf dem Wege Dämme gebaut und Kanäle und mächtige Überschwemmungen veranstaltet. Das verwitterte Wasserfaß war mir ein treuer Liebling und Zeitvertreiber gewesen, und indem ich es ansah, zuckte sogar ein Nachhall jener Kinderwonne in mir auf, allein sie schmeckte traurig, und das Faß war kein Quell, kein Strom und kein Niagara mehr.

Nachdenklich kletterte ich über den Zaun, eine blaue Windenblüte streifte mir das Gesicht, ich riß sie ab und steckte sie in den Mund. Ich war nun entschlossen, einen Spaziergang zu machen und vom Berg herunter auf unsere Stadt zu sehen. Spazierengehen war auch so ein halbfrohes Unternehmen, das mir in früheren Zeiten niemals in den Sinn gekommen wäre. Ein Knabe geht nicht spazieren. Er geht in den Wald als Räuber, als Ritter oder Indianer, er geht an den Fluß als Flößer und Fischer oder Mühlenbauer, er läuft in die Wiesen zur Schmetterlings- und Eidechsenjagd. Und so erschien mir mein Spaziergang als das würdige und etwas langweilige Tun eines Erwachsenen, der nicht recht weiß, was er mit sich anzufangen hat.

Meine blaue Winde war bald welk und weggeworfen, und ich nagte jetzt an einem Buchsbaumzweig, den ich mir abgerissen hatte, er schmeckte bitter und gewürzig. Beim Bahndamm, wo der hohe Ginster stand, lief mir eine grüne Eidechse vor den Füßen weg, da wachte doch das Knabentum wieder in mir auf, und ich ruhte nicht und lief und schlich und lauerte, bis ich das ängstliche Tier sonnenwarm in meinen Händen hielt. Ich sah ihm in die blanken kleinen Edelsteinaugen und fühlte mit einem Nachhall ehemaliger Jagdseligkeit den geschmeidigen kräftigen Leib und die harten Beine zwischen meinen Fingern sich wehren und stemmen. Dann aber war die Lust erschöpft, und ich wußte nimmer, was ich mit dem gefangenen Tier beginnen sollte. Es war nichts damit, es war kein Glück mehr dabei. Ich bückte mich nieder und öffnete meine Hand, die Eidechse hielt verwundert einen Augenblick mit heftig atmenden Flanken still und verschwand eifrig im Grase. Ein Zug fuhr auf den glänzenden Eisenschienen daher und an mir vorbei, ich sah ihm nach und fühlte einen Augenblick ganz klar, daß mir hier keine wahre Lust mehr blühen könne, und wünschte inbrünstig, mit diesem Zuge fort und in die Welt zu fahren.

Ich hielt Umschau, ob nicht der Bahnwärter in der Nähe sei, und da nichts zu sehen noch zu hören war, sprang ich schnell über die Geleise und kletterte jenseits an den hohen roten Sandsteinfelsen empor, in welchen da und dort noch die geschwärzten Sprenglöcher vom Bahnbau her zu sehen waren. Der Durchschlupf nach oben war mir bekannt, ich hielt mich an den zähen, schon verblühten Ginsterbesen fest.

In dem roten Gestein atmete eine trockene Sonnenwärme, der heiße Sand rieselte mir beim Klettern in die Ärmel, und wenn ich über mich sah, stand über der senkrechten Steinwand erstaunlich nah und fest der warme leuchtende Himmel. Und plötzlich war ich oben, ich konnte mich an dem Steinrande aufstemmen, die Knie nachziehen, mich an einem dünnen, dornigen Akazienstämmchen festhalten und war nun auf einem verlorenen, steil ansteigenden Graslande.

Diese stille kleine Wildnis, unter welcher in steiler Verkürzung die Eisenbahnzüge wegfahren, war mir früher ein lieber Aufenthalt gewesen. Außer dem zähen, verwilderten Grase, das nicht gemäht werden konnte, wuchsen hier kleine, feindornige Rosensträucher und ein paar vom Winde ausgesäte, kümmerliche Akazienbäumchen, durch deren dünne, transparente Blätter die Sonne schien. Auf dieser Grasinsel, die auch von oben her durch ein rotes Felsenband abgeschnitten war, hatte ich einst als Robinson gehaust, der einsame Landstrich gehörte niemandem, als wer den Mut und die Abenteuerlaune hatte, ihn durch senkrechtes Klettern zu erobern. Hier hatte ich als Zwölfjähriger mit dem Meißel meinen Namen in den Stein gehauen, hier hatte ich einst die Rosa von Tannenburg gelesen und ein kindliches Drama gedichtet, das vom tapferen Häuptling eines untergehenden Indianerstammes handelte.

Das sonnverbrannte Gras hing in bleichen, weißlichen Strähnen an der steilen Halde, das durchglühte Ginsterlaub roch stark und bitter in der windstillen Wärme. Ich streckte mich in die trockene Dürre, sah die feinen Akazienblätter in ihrer peinlich zierlichen Anordnung grell durchsonnt in dem satten blauen Himmel ruhen und dachte nach. Es schien mir die rechte Stunde zu sein, um mein Leben und meine Zukunft vor mir auszubreiten.

Doch vermochte ich nichts Neues zu entdecken. Ich sah nur die merkwürdige Verarmung, die mich von allen Seiten bedrohte, das unheimliche Erblassen und Hinwelken erprobter Freuden und liebgewordener Gedanken. Für das, was ich widerwillig hatte hingeben müssen, für die ganze verlorene Knabenseligkeit war mein Beruf mir kein Ersatz, ich liebte ihn wenig und bin ihm auch nicht lange treu geblieben. Er war für mich nichts als ein Weg in die Welt hinaus, wo ohne Zweifel irgendwo neue Befriedigungen zu finden wären. Welcher Art konnten diese sein?

Man konnte die Welt sehen und Geld verdienen, man brauchte Vater und Mutter nimmer zu fragen, ehe man etwas tat und unternahm, man konnte sonntags Kegel schieben und Bier trinken. Dieses alles aber, sah ich wohl, waren nur Nebensachen und keineswegs der Sinn des neuen Lebens, das mich erwartete. Der eigentliche Sinn lag anderswo, tiefer, schöner, geheimnisvoller, und er hing, so fühlte ich, mit den Mädchen und mit der Liebe zusammen. Da mußte eine tiefe Lust und Befriedigung verborgen sein, sonst wäre das Opfer der Knabenfreuden ohne Sinn gewesen.

Von der Liebe wußte ich wohl, ich hatte manches Liebespaar gesehen und wunderbar berauschende Liebesdichtungen gelesen. Ich hatte mich auch selber schon mehrere Male verliebt und in Träumen etwas von der Süßigkeit empfunden, um die ein Mann sein Leben einsetzt und die der Sinn seines Tuns und Strebens ist. Ich hatte Schulkameraden, die schon jetzt mit Mädchen gingen, und ich hatte in der Werkstatt Kollegen, die von den sonntäglichen Tanzböden und von nächtlich erstiegenen Kammerfenstern ohne Scheu zu erzählen wußten. Mir selbst indessen war die Liebe noch ein verschlossener Garten, vor dessen Pforte ich in schüchterner Sehnsucht wartete.

Erst in der letzten Woche, kurz vor meinem Unfall mit dem Meißel, war der erste klare Ruf an mich ergangen, und seitdem war ich in diesem unruhig nachdenklichen Zustande eines Abschiednehmenden, seitdem war mein bisheriges Leben mir zur Vergangenheit und war der Sinn der Zukunft mir deutlich geworden. Unser zweiter Lehrbube hatte mich eines Abends beiseite genommen und mir auf dem Heimwege berichtet, er wisse mir eine schöne Liebste, sie habe noch keinen Schatz gehabt und wolle keinen andern als mich, und sie habe einen seidenen Geldbeutel gestrickt, den wolle sie mir schenken. Ihren Namen wollte er nicht sagen, ich werde ihn schon selber erraten können. Als ich dann drängte und fragte und schließlich geringschätzig tat, blieb er stehen – wir waren eben auf dem Mühlensteg überm Wasser – und sagte leise: »Sie geht gerade hinter uns.« Verlegen drehte ich mich um, halb hoffend und halb fürchtend, es sei doch alles nur ein dummer Scherz. Da kam hinter uns die Brückenstufen herauf ein junges Mädchen aus der Baumwollspinnerei gegangen, die Berta Vögtlin, die ich vom Konfirmandenunterricht her noch kannte. Sie blieb stehen, sah mich an und lächelte und wurde langsam rot, bis ihr ganzes Gesicht in Flammen stand. Ich lief schnell weiter und nach Hause.

Seither hatte sie mich zweimal aufgesucht, einmal in der Spinnerei, wo wir Arbeit hatten, und einmal abends beim Heimgehen, doch hatte sie nur grüß Gott gesagt und dann: »Auch schon Feierabend?« Das bedeutet, daß man ein Gespräch anzuknüpfen willens ist; ich hatte aber nur genickt und ja gesagt und war verlegen fortgegangen.

An dieser Geschichte hingen nun meine Gedanken fest und fanden sich nicht zurecht. Ein hübsches Mädchen liebzuhaben, davon hatte ich schon oft mit tiefem Verlangen geträumt. Da war nun eine, hübsch und blond und etwas größer als ich, die wollte von mir geküßt sein und in meinen Armen ruhen. Sie war groß und kräftig gewachsen, sie war weiß und rot und hübsch von Gesicht, an ihrem Nacken spielte schattiges Haargekräusel, und ihr Blick war voll Erwartung und Liebe. Aber ich hatte nie an sie gedacht, ich war nie in sie verliebt gewesen, ich war ihr nie in zärtlichen Träumen nachgegangen und hatte nie mit Zittern ihren Namen in mein Kissen geflüstert. Ich durfte sie, wenn ich wollte, liebkosen und zu eigen haben, aber ich konnte sie nicht verehren und nicht vor ihr knien und anbeten. Was sollte daraus werden? Was sollte ich tun?

Unmutig stand ich von meinem Graslager auf. Ach, es war eine üble Zeit. Wollte Gott, mein Fabrikjahr wäre schon morgen um und ich könnte wegreisen, weit von hier, und neu anfangen und das alles vergessen.

Um nur etwas zu tun und mich leben zu fühlen, beschloß ich, vollends auf den Berg zu steigen, so mühsam es von hier aus war. Da droben war man hoch über dem Städtchen und konnte in die Ferne sehen. Im Sturm lief ich die Halde hinan bis zum oberen Felsen, klemmte mich zwischen den Steinen empor und zwängte mich auf das hohe Gelände, wo der unwirtliche Berg in Gesträuch und lockeren Felstrümmern verlief. In Schweiß und Atemklemme kam ich hinan und atmete befreiter im schwachen Luftzug der sonnigen Höhe. Verblühende Rosen hingen locker an den Ranken und ließen müde blasse Blätter sinken, wenn ich vorüberstreifte. Grüne kleine Brombeeren wuchsen überall und hatten nur an der Sonnenseite den ersten schwachen Schimmer von metallischem Braun. Distelfalter flogen ruhig in der stillen Wärme einher und zogen Farbenblitze durch die Luft, auf einer bläulich überhauchten Schafgarbendolde saßen zahllose rot und schwarz gefleckte Käfer, eine sonderbare lautlose Versammlung, und bewegten automatenhaft ihre langen, hageren Beine. Vom Himmel waren längst alle Wolken verschwunden, er stand in reinem Blau, von den schwarzen Tannenspitzen der nahen Waldberge scharf durchschnitten.

Auf dem obersten Felsen, wo wir als Schulknaben stets unsere Herbstfeuer angezündet hatten, hielt ich an und wendete mich um. Da sah ich tief im halbschattigen Tal den Fluß aufglänzen und die weißschaumigen Mühlenwehre blitzen, und eng in die Tiefe gebettet unsere alte Stadt mit braunen Dächern, über denen still und steil der blaue mittägliche Herdrauch in die Lüfte stieg. Da stand meines Vaters Haus und die alte Brücke, da stand unsere Werkstatt, in der ich klein und rot das Schmiedefeuer glimmen sah, und weiter flußab die Spinnerei, auf deren flachem Dache Gras wuchs und hinter deren blanken Scheiben mit vielen andern auch die Berta Vögtlin ihrer Arbeit nachging. Ach die! Ich wollte nichts von ihr wissen.

Die Vaterstadt sah wohlbekannt in der alten Vertrautheit zu mir herauf mit allen Gärten, Spielplätzen und Winkeln, die goldenen Zahlen der Kirchenuhr glänzten listig in der Sonne auf, und im schattigen Mühlkanal standen Häuser und Bäume klar in kühler Schwärze gespiegelt. Nur ich selber war anders geworden, und nur an mir lag es, daß zwischen mir und diesem Bilde ein gespenstischer Schleier der Entfremdung hing. In diesem kleinen Bezirk von Mauern, Fluß und Wald lag mein Leben nicht mehr sicher und zufrieden eingeschlossen, es hing wohl noch mit starken Fäden an diese Stätten geknüpft, war aber nicht mehr eingewachsen und umfriedet, sondern schlug überall mit Wogen der Sehnsucht über die engen Grenzen ins Weite. Indem ich mit einer eigentümlichen Trauer hinuntersah, stiegen alle meine geheimen Lebenshoffnungen feierlich in meinem Gemüte auf, Worte meines Vaters und Worte der verehrten Dichter zusammen mit meinen eigenen heimlichen Gelübden, und es schien mir eine ernsthafte, doch köstliche Sache, ein Mann zu werden und mein eigenes Schicksal bewußt in Händen zu halten. Und alsbald fiel dieser Gedanke wie ein Licht in die Zweifel, die mich wegen der Angelegenheit mit Berta Vögtlin bedrängten. Mochte sie hübsch sein und mich gern haben; es war nicht meine Sache, das Glück so fertig und unerworben mir von Mädchenhänden schenken zu lassen.

Es war nicht mehr lange bis Mittag. Die Lust am Klettern war mir verflogen, nachdenklich stieg ich den Fußweg nach der Stadt hinab, unter der kleinen Eisenbahnbrücke durch, wo ich in früheren Jahren jeden Sommer in den dichten Brennesseln die dunkeln pelzigen Raupen der Pfauenaugen erbeutet hatte, und an der Friedhofmauer vorbei, vor deren Pforte ein moosiger Nußbaum dichten Schatten streute. Das Tor stand offen, und ich hörte von drinnen den Brunnen plätschern. Gleich nebenan lag der Spiel- und Festplatz der Stadt, wo beim Maienfest und am Sedanstag gegessen und getrunken, geredet und getanzt wurde. Jetzt lag er still und vergessen im Schatten der uralten, mächtigen Kastanien, mit grellen Sonnenflecken auf dem rötlichen Sande.

Hier unten im Tal, auf der sonnigen Straße den Fluß entlang, brannte eine erbarmungslose Mittagshitze, hier standen, auf der Flußseite den grell bestrahlten Häusern gegenüber, die spärlichen Eschen und Ahorne dünnlaubig und schon spätsommerlich angegilbt. Wie es meine Gewohnheit war, ging ich auf der Wasserseite und schaute nach den Fischen aus. Im glashellen Flusse wedelte mit langen, wallenden Bewegungen das dichte bärtige Seegras, dazwischen in dunkeln, mir genau bekannten Lücken stand da und dort vereinzelt ein dicker Fisch träge und regungslos, die Schnauze gegen die Strömung gerichtet, und obenhin jagten zuweilen in kleinen dunkeln Schwärmen die jungen Weißfische hin. Ich sah, daß es gut gewesen war, diesen Morgen nicht zum Angeln zu gehen, aber die Luft und das Wasser und die Art, wie zwischen zwei großen runden Steinen eine dunkle alte Barbe ausruhend im klaren Wasser stand, sagte mir verheißungsvoll, es werde heut am Nachmittag wahrscheinlich etwas zu fangen sein. Ich merkte es mir und ging weiter und atmete tief auf, als ich von der blendenden Straße durch die Einfahrt in den kellerkühlen Flur unseres Hauses trat.

»Ich glaube, wir werden heute wieder ein Gewitter haben«, sagte bei Tische mein Vater, der ein zartes Wettergefühl besaß. Ich wandte ein, daß kein Wölkchen am Himmel und kein Hauch von Westwind zu spüren sei, aber er lächelte und sagte: »Fühlst du nicht, wie die Luft gespannt ist? Wir werden sehen.«

Es war allerdings schwül genug, und der Abwasserkanal roch heftig wie bei Föhnbeginn. Ich spürte von dem Klettern und von der eingeatmeten Hitze nachträglich eine Müdigkeit und setzte mich gegen den Garten auf die Veranda. Mit schwacher Aufmerksamkeit und oft von leichtem Schlummer unterbrochen las ich in der Geschichte des Generals Gordon, des Helden von Chartum, und immer mehr schien es nun auch mir, es müsse bald ein Gewitter kommen. Der Himmel stand nach wie vor im reinsten Blau, aber die Luft wurde immer bedrückender, als lägen durchglühte Wolkenschichten vor der Sonne, die doch klar in der Höhe stand. Um zwei Uhr ging ich in das Haus zurück und begann mein

Angelzeug zu rüsten. Während ich meine Schnüre und Haken untersuchte, fühlte ich die innige Erregung der Jagd voraus und empfand mit Dankbarkeit, daß doch dieses eine, tiefe, leidenschaftliche Vergnügen mir geblieben sei.

Die sonderbar schwüle, gepreßte Stille jenes Nachmittags ist mir unvergeßlich geblieben. Ich trug meinen Fischeimer flußabwärts bis zum unteren Steg, der schon zur Hälfte im Schatten der hohen Häuser lag. Von der nahen Spinnerei hörte man das gleichmäßige, einschläfernde Surren der Maschinen, einem Bienenfluge ähnlich, und von der Obermühle her schnarrte jede Minute das böse, schartige Kreischen der Kreissäge. Sonst war es ganz still, die Handwerker hatten sich in den Schatten der Werkstätten zurückgezogen, und kein Mensch zeigte sich auf der Gasse. Auf der Mühlinsel watete ein kleiner Bub nackt zwischen den nassen Steinen umher. Vor der Werkstatt des Wagnermeisters lehnten rohe Holzdielen an der Wand und dufteten in der Sonne überstark, der trockene Geruch kam bis zu mir herüber und war durch den satten, etwas fischigen Wasserduft hindurch deutlich zu spüren.

Die Fische hatten das ungewöhnliche Wetter auch bemerkt und verhielten sich launisch. Ein paar Rotaugen gingen in der ersten Viertelstunde an die Angel, ein schwerer breiter Kerl mit schönen roten Bauchflossen riß mir die Schnur ab, als ich ihn schon beinahe in Händen hatte. Gleich darauf kam eine Unruhe in die Tiere, die Rotaugen gingen tief in den Schlamm und sahen keinen Köder mehr an, oben aber wurden Schwärme von jungem, jährigem Fischzeug sichtbar und zogen in immer neuen Scharen wie auf einer Flucht flußaufwärts. Alles deutete darauf, daß anderes Wetter im Anzug sei, aber die Luft stand still wie Glas, und der Himmel war ohne Trübung.

Mir schien, es müsse irgendein schlechtes Abwasser die Fische vertrieben haben, und da ich noch nicht nachzugeben gesonnen war, besann ich mich auf einen neuen Standort und suchte den Kanal der Spinnerei auf. Kaum hatte ich dort einen Platz bei dem Schuppen gefunden und meine Sachen ausgepackt, so tauchte an einem Treppenfenster der Fabrik die Berta auf, schaute herüber und winkte mir. Ich tat aber, als sähe ich es nicht, und bückte mich über meine Angel.

Das Wasser strömte dunkel in dem gemauerten Kanal, ich sah meine Gestalt darin mit wellig zitternden Umrissen gespiegelt, sitzend, der Kopf zwischen den Fußsohlen. Das Mädchen, das noch drüben am Fenster stand, rief meinen Namen herüber, ich starrte aber regungslos ins Wasser und wendete den Kopf nicht um.

Mit dem Angeln war es nichts, auch hier trieben sich die Fische hastig wie in eiligen Geschäften umher. Von der bedrückenden Hitze ermüdet, blieb ich auf dem Mäuerlein sitzen, nichts mehr von diesem Tag erwartend, und wünschte, es möchte schon Abend sein. Hinter mir summte in den Sälen der Spinnerei das ewige Maschinengetöne, der Kanal rieb sich leise rauschend an den grünbemoosten, feuchten Mauern. Ich war voll schläfriger Gleichgültigkeit und blieb nur sitzen, weil ich zu träge war, meine Schnur schon wieder aufzuwickeln.

Aus dieser faulen Dämmerung erwachte ich, vielleicht nach einer halben Stunde, plötzlich mit einem Gefühl von Sorge und tiefem Unbehagen.

Ein unruhiger Windzug drehte sich gepreßt und widerwillig um sich selber, die Luft war dick und schmeckte fad, ein paar Schwalben flogen erschreckt dicht über dem Wasser hinweg. Mir war schwindlig, und ich meinte, vielleicht einen

Sonnenstich zu haben, das Wasser schien stärker zu riechen, und mir begann ein übles Gefühl, wie vom Magen her, den Kopf einzunehmen und den Schweiß zu treiben. Ich zog die Angelschnur heraus, um meine Hände an den Wassertropfen zu erfrischen, und begann mein Zeug zusammenzupakken.

Als ich aufstand, sah ich auf dem Platz vor der Spinnerei den Staub in kleinen spielenden Wölkchen wirbeln, plötzlich stieg er hoch und in eine einzige Wolke zusammen, hoch oben in den erregten Lüften flohen Vögel wie gepeitscht davon, und gleich darauf sah ich talherabwärts die Luft weiß werden wie in einem dicken Schneesturm. Der Wind, sonderbar kühl geworden, sprang wie ein Feind auf mich herab, riß die Fischleine aus dem Wasser, nahm meine Mütze und schlug mich wie mit Fäusten ins Gesicht.

Die weiße Luft, die eben noch wie eine Schneewand über fernen Dächern gestanden hatte, war plötzlich um mich her, kalt und schmerzhaft, das Kanalwasser spritzte hoch auf wie unter schnellen Mühlradschlägen, die Angelschnur war fort, und um mich her tobte schnaubend und vernichtend eine weiße brüllende Wildnis, Schläge trafen mir Kopf und Hände, Erde spritzte an mir empor, Sand und Holzstücke wirbelten in der Luft.

Alles war mir unverständlich; ich fühlte nur, daß etwas Furchtbares geschehe und daß Gefahr sei. Mit einem Satz war ich beim Schuppen und drinnen, blind vor Überraschung und Schrecken. Ich hielt mich an einem eisernen Träger fest und stand betäubte Sekunden atemlos in Schwindel und animalischer Angst, bis ich zu begreifen begann. Ein Sturm, wie ich ihn nie gesehen oder für möglich gehalten hatte, riß teuflisch vorüber, in der Höhe klang ein banges oder wildes Sausen, auf das flache Dach über mir und auf den Erdboden vor dem Eingang stürzte weiß in dicken Haufen ein grober Hagel, dicke Eiskörner rollten zu mir herein. Der Lärm von Hagel und Wind war furchtbar, der Kanal schäumte gepeitscht und stieg in unruhigen Wogen an den Mauern auf und nieder.

Ich sah, alles in einer Minute, Bretter, Dachschindeln und Baumzweige durch die Luft dahingerissen, fallende Steine und Mörtelstücke, alsbald von der Masse der darüber geschleuderten Hagelbrocken bedeckt; ich hörte wie unter raschen Hammerschlägen Ziegel brechen und stürzen, Glas zersplittern, Dachrinnen stürzen.

Jetzt kam ein Mensch dahergelaufen, von der Fabrik her quer über den eisbedeckten Hof, mit flatternden Kleidern schräg wider den Sturm gelegt. Kämpfend taumelte die Gestalt näher, mir entgegen, mitten aus der scheußlich durcheinandergewühlten Sintflut. Sie trat in den Schuppen, lief auf mich zu, ein stilles fremd-bekanntes Gesicht mit großen liebevollen Augen schwebte mit schmerzlichem Lächeln dicht vor meinem Blick, ein stiller warmer Mund suchte meinen Mund und küßte mich lange in atemloser Unersättlichkeit, Hände umschlangen meinen Hals, und blondes feuchtes Haar preßte sich an meine Wangen, und während ringsum der Hagelsturm die Welt erschütterte, überfiel ein stummer, banger Liebessturm mich tiefer und schrecklicher.

Wir saßen auf einem Bretterstoß, ohne Worte, eng umschlungen, ich streichelte scheu und verwundert Bertas Haar und drückte meine Lippen auf ihren starken, vollen Mund, ihre Wärme umschloß mich süß und schmerzlich. Ich tat die Augen zu, und sie drückte meinen Kopf an ihre klopfende Brust, in ihren Schoß und strich mit leisen, irren Händen über mein Gesicht und Haar.

Da ich die Augen aufschlug, von einem Sturz in Schwindelfinsternis erwachend, stand ihr ernstes, kräftiges Gesicht in trauriger Schönheit über mir, und ihre Augen sahen mich verloren an. Von ihrer hellen Stirne lief, unter den verwirrten Haaren hervor, ein schmaler Streifen hellroten Blutes über das ganze Gesicht und bis in den Hals hinab.

»Was ist? Was ist denn geschehen?« rief ich angstvoll.

Sie sah mir tiefer in die Augen und lächelte schwach.

»Ich glaube, die Welt geht unter«, sagte sie leise, und der dröhnende Wetterlärm verschlang ihre Worte.

»Du blutest«, sagte ich.

»Das ist vom Hagel. Laß nur! Hast du Angst?«

»Nein. Aber du?«

»Ich habe keine Angst. Ach du, jetzt fällt die ganze Stadt zusammen. Hast du mich denn gar nicht lieb, du?«

Ich schwieg und schaute gebannt in ihre großen, klaren Augen, die waren voll betrübter Liebe, und während sie sich über meine senkten und während ihr Mund so schwer und zehrend auf meinem lag, sah ich unverwandt in ihre ernsten Augen, und am linken Auge vorbei lief über die weiße, frische Haut das dünne hellrote Blut. Und indessen meine Sinne trunken taumelten, strebte mein Herz davon und wehrte sich mit Verzweiflung dagegen, so im Sturm und wider seinen Willen weggenommen zu werden. Ich richtete mich auf, und sie las in meinem Blick, daß ich Mitleid mit ihr habe.

Da bog sie sich zurück und sah mich wie zürnend an, und da ich ihr in einer Bewegung von Bedauern und Sorge die Hand hinstreckte, nahm sie die Hand mit ihren beiden, senkte ihr Gesicht darein, sank kniend nieder und begann zu weinen, und ihre Tränen liefen warm über meine zuckende Hand. Verlegen schaute ich zu ihr nieder, ihr Kopf lag schluchzend über meiner Hand, auf ihrem Nacken spielte schattig ein weicher Haarflaum. Wenn das nun eine andere wäre, dachte ich heftig, eine, die ich wirklich liebte und der ich meine Seele hingeben könnte, wie wollte ich in diesem süßen Flaum mit liebenden Fingern wühlen und diesen weißen Nacken küssen! Aber mein Blut war stiller geworden, und ich litt Qualen der Scham darüber, diese da zu meinen Füßen knien zu sehen, welcher ich nicht gewillt war, meine Jugend und meinen Stolz hinzugeben.

Dieses alles, das ich durchlebte wie ein verzaubertes Jahr und das mir heute noch mit hundert kleinen Regungen und Gebärden wie ein großer Zeitraum im Gedächtnis steht, hat in Wirklichkeit nur wenige Minuten gedauert. Eine Helligkeit brach unvermutet herein, Stücke blauen Himmels schienen feucht in versöhnlicher Unschuld hervor, und plötzlich, messerscharf abgeschnitten, fiel das Sturmgetöse in sich zusammen, und eine erstaunliche, unglaubhafte Stille umgab uns.

Wie aus einer phantastischen Traumhöhle trat ich aus dem Schuppen hervor an den wiedergekehrten Tag, verwundert, daß ich noch lebte. Der öde Hof sah übel aus, die Erde zerwühlt und wie von Pferden zertreten, überall Haufen von eisigen Hagelbrocken, mein Angelzeug war fort und auch der Fischeimer verschwunden. Die Fabrik war voll Menschengetöse, ich sah durch hundert zerschlagene Scheiben in die wogenden Säle, aus allen Türen drängten Menschen hervor. Der Boden lag voll von Glasscherben und zerborstenen Ziegelsteinen, eine lange blecherne Dachrinne war losgerissen und hing schräg und verbogen über das halbe Haus herab.

Nun vergaß ich alles, was eben noch gewesen war, und fühlte nichts als eine wilde, ängstliche Neugierde, zu sehen, was eigentlich passiert wäre und wieviel Schlimmes das

Wetter angerichtet habe. Alle die zerschlagenen Fenster und Dachziegel der Fabrik sahen im ersten Augenblick recht wüst und trostlos aus, aber schließlich war doch das alles nicht gar so gräßlich und stand nicht recht im Verhältnis zum furchtbaren Eindruck, den der Zyklon mir gemacht hatte. Ich atmete auf, befreit und halb auch wunderlich enttäuscht und ernüchtert: die Häuser standen wie zuvor, und zu beiden Seiten des Tales waren auch die Berge noch da. Nein, die Welt war nicht untergegangen.

Indessen, als ich den Fabrikhof verließ und über die Brücke in die erste Gasse kam, gewann das Unheil doch wieder ein schlimmeres Ansehen. Das Sträßlein lag voll von Scherben und zerbrochenen Fensterläden, Schornsteine waren herabgestürzt und hatten Stücke der Dächer mitgerissen, Menschen standen vor allen Türen, bestürzt und klagend, alles, wie ich es auf Bildern belagerter und eroberter Städte gesehen hatte. Steingeröll und Baumäste versperrten den Weg. Fensterlöcher starrten überall hinter Splittern und Scherben, Gartenzäune lagen am Boden oder hingen klappernd über Mauern herab. Kinder wurden vermißt und gesucht, Menschen sollten auf den Feldern vom Hagel erschlagen worden sein. Man zeigte Hagelstücke herum, groß wie Talerstücke und noch größere.

Noch war ich zu erregt, um nach Hause zu gehen und den Schaden im eigenen Hause und Garten zu betrachten; auch fiel mir nicht ein, daß man mich vermissen könnte, es war mir ja nichts geschehen. Ich beschloß, noch einen Gang ins Freie zu tun, statt weiter durch die Scherben zu stolpern, und mein Lieblingsort kam mir verlockend in den Sinn, der alte Festplatz neben dem Friedhof, in dessen Schatten ich alle großen Feste meiner Knabenjahre gefeiert hatte. Verwundert stellte ich fest, daß ich erst vor vier, fünf Stunden auf dem Heimweg von den Felsen dort vorübergegangen sei; es schienen mir lange Zeiten seither vergangen.

Und so ging ich die Gasse zurück und über die untere Brücke, sah unterwegs durch eine Gartenlücke unsern roten sandsteinernen Kirchturm wohlerhalten stehen und fand auch die Turnhalle nur wenig beschädigt. Weiter drüben stand einsam ein altes Wirtshaus, dessen Dach ich von weitem erkannte. Es stand wie sonst, sah aber doch sonderbar verändert aus, ich wußte nicht gleich warum. Erst als ich mir Mühe gab, mich genau zu besinnen, fiel mir ein, daß vor dem Wirtshaus immer zwei hohe Pappeln gestanden waren. Diese Pappeln waren nicht mehr da. Ein uralt vertrauter Anblick war zerstört, eine liebe Stelle geschändet.

Da stieg mir eine böse Ahnung auf, es möchte noch mehr und noch Edleres verdorben sein. Mit einemmal fühlte ich mit beklemmender Neuheit, wie sehr ich meine Heimat liebte, wie tief mein Herz und Wohlsein abhängig war von diesen Dächern und Türmen, Brücken und Gassen, von den Bäumen, Gärten und Wäldern. In neuer Erregung und Sorge lief ich rascher, bis ich drüben bei dem Festplatze war.

Da stand ich still und sah den Ort meiner liebsten Erinnerungen namenlos verwüstet in völliger Zerstörung liegen. Die alten Kastanien, in deren Schatten wir unsere Festtage gehabt hatten und deren Stämme wir als Schulknaben zu dreien und vieren kaum hatten umarmen können, die lagen abgebrochen, geborsten, mit den Wurzeln ausgerissen und umgestülpt, daß hausgroße Löcher im Boden klafften. Nicht einer stand mehr an seinem Platze, es war ein schauerhaftes Schlachtfeld, und auch die Linden und die Ahorne waren gefallen, Baum an Baum. Der weite Platz war ein ungeheurer Trümmerhaufen von Ästen, gespaltenen Stämmen, Wurzeln und Erdblöcken, mächtige Stämme standen noch im

Boden, aber ohne Baum, abgeknickt und abgedreht mit tausend weißen, nackten Splittern.

Es war nicht möglich weiterzugehen, Platz und Straße waren haushoch von durcheinandergeworfenen Stämmen und Baumtrümmern gesperrt, und wo ich seit den ersten Kinderzeiten nur tiefen heiligen Schatten und hohe Baumtempel gekannt hatte, starrte der leere Himmel über der Vernichtung.

Mir war, als sei ich selber mit allen geheimen Wurzeln ausgerissen und in den unerbittlich grellen Tag gespien worden. Tagelang ging ich umher und fand keinen Waldweg, keinen vertrauten Nußbaumschatten, keine von den Eichen der Bubenkletterzeit mehr wieder, überall weit um die Stadt nur Trümmer, Löcher, gebrochene Waldhänge wie Gras hingemäht, Baumleichen klagend mit entblößtem Wurzelwerk zur Sonne gekehrt. Zwischen mir und meiner Kindheit war eine Kluft aufgebrochen, und meine Heimat war nicht die alte mehr. Die Lieblichkeit und die Torheit der gewesenen Jahre fielen von mir ab, und bald darauf verließ ich die Stadt, um ein Mann zu werden und das Leben zu bestehen, dessen erste Schatten mich in diesen Tagen gestreift hatten.

Früher hatte ich geglaubt, es müsse ein besonderer Genuß sein, geliebt zu werden, ohne selbst zu lieben. Ich hatte jetzt erfahren, wie peinlich eine solche sich darbietende Liebe ist, die man nicht erwidern kann. Und doch war ich ein wenig stolz darauf, daß eine fremde Frau mich liebte und mich zum Manne wünschte.

Schon diese kleine Eitelkeit bedeutete ein Stück Genesung für mich. ... Auch sah ich allmählich immer mehr ein, daß das Glück mit der Erfüllung äußerer Wünsche wenig zu tun habe und daß die Leiden verliebter Jünglinge, so peinlich sie seien, aller Tragik entbehren.

Ich liebe Frauen –

Ich liebe Frauen, die vor tausend Jahren
Geliebt von Dichtern und besungen waren.

Ich liebe Städte, deren leere Mauern
Königsgeschlechter alter Zeit betrauern.

Ich liebe Städte, die erstehen werden,
Wenn niemand mehr von heute lebt auf Erden.

Ich liebe Frauen – schlanke, wunderbare,
Die ungeboren ruhn im Schoß der Jahre.

Sie werden einst mit ihrer sterneblei chen
Schönheit der Schönheit meiner Träume gleichen.

An jenem Sommerabend

Ich lag im offenen Fenster und schaute dem Wasser zu, das ebenso unaufhaltsam und ebenso gleichmäßig und eintönig und gleichgültig der Nacht und Ferne entgegenfloß, wie mir die öden Tage dahinrannen, von denen jeder köstlich und unverlierbar wertvoll hätte sein können und sein sollen und von denen doch einer wie der andere ohne Wert und ohne Andenken unterging.

So ging es seit Wochen, und ich wußte nicht, wie und wann

es anders werden sollte. Ich war dreiundzwanzig Jahre alt und brachte meinen Tag in einem unbedeutenden Büro zu, wo ich mit einer gleichgültigen Arbeit soviel Geld verdiente, daß ich ein kleines Dachzimmer mieten und mir an Speise und Kleidung das Notwendigste kaufen konnte. Die Abende, Nächte und frühen Morgenstunden aber sowie die Sonntage versaß ich brütend in meinem Stüblein, las in den paar Büchern, die ich besaß, zeichnete zuweilen und grübelte an einer Erfindung herum, die ich schon fertig zu haben geglaubt hatte und deren Ausführung mir doch fünf- und zehn- und zwanzigmal mißlungen war ...

An jenem schönen Sommerabend war ich unentschlossen, ob ich der Einladung des Direktors Gelbke zu einer familiären Gartengesellschaft folgen sollte oder nicht. Es war mir unerwünscht, unter Menschen zu sein und reden und zuhören und Antwort geben zu müssen; ich war dazu zu müde und teilnahmslos, auch war ich dort wieder genötigt zu lügen, zu tun, als gehe es mir gut und als sei es mit mir in Ordnung. Hingegen war es eine angenehme und tröstliche Vorstellung, daß es dort etwas zu essen und einen guten Trunk geben würde, daß dort im kühlen Garten Blumen und Sträucher dufteten und stille Wege durch Ziergebüsche und unter alten Bäumen hinführten. Der Direktor Gelbke war, abgesehen von meinen paar armen Mitangestellten im Geschäft, mein einziger Bekannter in der Stadt. Mein Vater hatte ihm oder vielleicht auch schon seinem Vater vorzeiten einmal irgendeinen Dienst erwiesen, und auf den Rat meiner Mutter hatte ich vor zwei Jahren einen Besuch bei ihm gemacht, und nun lud mich der freundliche Herr je und je ins Haus, ohne mich jedoch gesellschaftlichen Lagen auszusetzen, denen meine Erziehung und meine Garderobe nicht gewachsen waren.

Der Gedanke an ein luftig-kühles Sitzen in des Direktors Garten machte mir meine enge, dumpfe Stube vollends unleidlich, so daß ich hinzugehen beschloß. Ich zog den besseren Rock an, reinigte meinen Hemdkragen mit dem Radiergummi, bürstete mir Hosen und Stiefel ab und schloß nach meiner Gewohnheit die Tür hinter mir ab, obwohl kein Dieb etwas bei mir hätte holen können. Ein wenig müde, wie ich damals immer war, ging ich die enge, schon dämmernde Gasse hinab, über die belebte Brücke und durch ruhige Straßen des vornehmeren Stadtteils zu dem Haus des Direktors, das schon beinahe außerhalb der Stadt in einer halb ländlichen, altmodisch bescheidenen Herrschaftlichkeit neben seinem mauerumschlossenen Garten lag. Ich blickte, wie schon manches Mal, an dem breit und niedrig gebauten Hause, an der von Kletterrosen umwachsenen Pforte und den breitsimsigen, behäbigen Fenstern mit einer beklommenen Sehnsucht empor, zog leise die Glocke und trat an der Magd vorbei in den halbdunklen Flur mit der erregten Befangenheit, die mich vor jedem Zusammenkommen mit fremden Menschen befiel. Bis zum letzten Augenblick hatte ich noch eine halbe Hoffnung gehegt, ich würde Herrn Gelbke mit seiner Frau oder etwa mit den Kindern allein finden; nun aber drangen mir vom Garten her fremde Stimmen entgegen, und ich ging zögernd durch die kleine Halle auf die Gartenwege zu, die nur von wenigen Papierlaternen unsicher beleuchtet waren.

Die Hausfrau kam mir entgegen, gab mir die Hand und führte mich an den hohen Gebüschen hin zu einem Rondell, wo bei Lampenlicht die Gesellschaft an zwei Tischen saß. Der Direktor begrüßte mich mit seiner freundlich heiteren Art, mehrere Hausfreunde nickten mir zu, einige von den Gästen erhoben sich, ich hörte Namen nennen, murmelte einen Gruß, verneigte mich gegen einige Damen, die hellgekleidet im Lampenscheine schimmerten und mich einen Augenblick betrachteten; dann wurde mir ein Stuhl gegeben, und ich fand mich unten an der Schmalseite eines Tisches zwischen einem älteren Fräulein und einem schlanken jungen Mädchen sitzen. Die Damen schälten Orangen, mir aber wurde ein Butterbrot, Schinken und ein Weinglas hingestellt. Die Ältere sah mich eine Zeitlang an und fragte dann, ob ich nicht Philolog sei und ob sie mich nicht schon da und da getroffen habe. Ich verneinte und sagte, ich sei Kaufmann, oder eigentlich Techniker, und begann, ihr einen Begriff davon zu geben, welcher Art Mensch ich sei; da sie aber gleich wieder anderswohin schaute und offenbar nicht zuhörte, schwieg ich still und begann, von den guten Speisen zu essen. Damit brachte ich, da niemand mich störte, eine gute Viertelstunde hin, denn es war mir eine festliche Ausnahme, am Abend so reichliches und feines Essen zu haben. Dann trank ich langsam ein Glas von dem guten weißen Weine und saß nun unbeschäftigt und wartend, was geschehen werde.

Da wandte sich die junge Dame zu meiner Rechten, mit der ich noch kein Wort gesprochen hatte, unversehens zu mir herüber und bot mir mit einer schlanken und biegsamen Hand eine geschälte halbe Orange an. Indem ich ihr dankte und die Frucht hinnahm, wurde mir ungewohnt fröhlich und wohl zumute, und ich dachte, daß ein fremder Mensch wohl kaum auf eine lieblichere Weise sich einem anderen nähern könne, als durch eine so einfache und schöne Darbietung. Erst jetzt betrachtete ich meine Nachbarin mit Aufmerksamkeit, und was ich sah, war ein feines, zartes Mädchen, wohl so groß wie ich oder noch größer, von beinahe gebrechlichen Formen und mit einem schmalen, schönen

Gesicht. So erschien sie mir wenigstens in jenem Augenblick, denn später konnte ich wohl bemerken, daß sie zwar fein und sehr schlank von Gliedern, aber kräftig, behende und sicher war. Sobald sie aufstand und umherging, verschwand in mir die Vorstellung von schutzbedürftiger Zartheit, denn in Gang und Bewegungen war das Mädchen ruhig, stolz und selbständig.

Ich aß die halbe Orange mit Bedacht und gab mir Mühe, dem Mädchen höfliche Worte zu sagen und mich als einen leidlich honetten Menschen zu zeigen. Denn plötzlich war mir der Verdacht gekommen, sie möchte mich vorher bei meiner stummen Mahlzeit beobachtet haben und mich nun entweder für einen Grobian halten, der überm Essen seine Nachbarschaft vergißt, oder für einen Hungerleider, und dies wäre mir das Peinlichere gewesen, da es der Wahrheit verzweifelt ähnlich sah. Dann verlor aber ihre hübsche Gabe den einfachen Sinn und wurde zu einer Spielerei, vielleicht gar zum Spott. Aber mein Verdacht schien unbegründet. Wenigstens sprach und bewegte sich das Fräulein mit einer unbefangenen Ruhe, ging auf meine Reden mit höflicher Teilnahme ein und tat durchaus nicht, als halte sie mich für einen kulturlosen Vielfraß.

Dennoch fiel mir die Unterhaltung mit ihr nicht leicht. Ich war zu jener Zeit vor den meisten jungen Leuten meines Alters in gewissen Lebenserfahrungen ebenso weit voraus, wie ich an äußerer Bildung und geselliger Übung hinter ihnen zurückstand. Ein höfliches Gespräch mit einer jungen Dame von feinen Manieren war für mich immerhin ein Wagestück. Auch bemerkte ich nach einiger Zeit wohl, daß das schöne Mädchen mein Unterlegensein wahrgenommen habe und mich schone. Das machte mir heiß, half mir aber keineswegs über meine schwerfällige Befangenheit hinweg, sondern verwirrte mich nur, so daß ich trotz des erquicklichen Anfangs bald in eine fatale Stimmung von mutlosem Trotz geriet. Und als die Dame nach einer Weile sich den Gesprächen des anderen Tisches zuwendete, machte ich keinen Versuch, sie bei mir zurückzuhalten, sondern blieb verstockt und trübe sitzen, während jene nun mit den andern lebhaft und lustig konversierte. Es wurde mir eine Zigarrenkiste hingehalten, ich nahm einen Stengel und rauchte unfroh und schweigend in den bläulichen Abend hinein. Als bald darauf mehrere Gäste sich erhoben und plaudernd in den Gartenwegen zu spazieren anfingen, stand auch ich leise auf, ging beiseite und stellte mich mit meiner Zigarre hinter einen Baum, wo niemand mich störte und ich die Lustbarkeit von weitem betrachten konnte.

Nach meiner pedantischen Art, die ich zu meinem Leidwesen niemals habe ändern können, ärgerte ich mich und machte mir Vorwürfe wegen meines töricht trotzigen Verhaltens, ohne mich doch überwinden zu können. Da niemand sich um mich kümmerte, ich aber den Entschluß zu einer harmlosen Rückkehr nicht fand, blieb ich wohl eine halbe Stunde lang in meinem unnötigen Versteck und trat erst, als ich den Hausherrn nach mir rufen hörte, zögernd hervor. Ich ward vom Direktor an seinen Tisch gezogen, gab auf seine gütigen Fragen nach meinem Leben und Ergehen ausweichende Antwort und fand mich langsam wieder in die allgemeine Geselligkeit hinein. Eine kleine Strafe für mein voreiliges Entweichen blieb mir freilich nicht erspart. Das schlanke Mädchen saß mir jetzt gegenüber, und je besser sie mir im längeren Anschauen gefiel, desto mehr bereute ich meine Fahnenflucht und versuchte wiederholt, wieder mit ihr anzuknüpfen. Sie aber war nun stolz und überhörte meine schwachen Anläufe zu einer neuen Konversation.

Einmal traf mich ihr Blick, und ich dachte, er würde geringschätzend oder übelgelaunt sein, aber er war nur kühl und gleichgültig.

Die graue und häßliche Alltagsstimmung von Kümmerlichkeit, Zweifelsucht und Leere kam von neuem über mich. Ich sah den Garten mit mildschimmernden Wegen und schönen dunkeln Laubmassen, die weißgedeckten Tafeln mit Lampen, Fruchtschalen, Blumen, Birnen und Orangen, die gutgekleideten Herren und die Frauen und Mädchen in hellen, hübschen Blusen, ich sah weiße Damenhände mit Blumen spielen, roch den Duft des Obstes und den blauen Rauch der guten Zigarren, hörte höfliche und feine Menschen vergnügt und lebhaft reden – und dieses alles schien mir unendlich fremd, nicht zu mir gehörig und für mich unerreichbar, ja unerlaubt. Ich war ein Eindringling, ein höflich und vielleicht mitleidig geduldeter Gast aus einer geringeren, armseligen Welt. Ich war ein namenloser, armer kleiner Arbeiter, der wohl eine Zeitlang Träume vom Emporsteigen zu einem feineren und freieren Dasein gehegt hatte, nun aber längst in die zähe Schwere seines hoffnungslosen Wesens zurückgesunken war.

So verging mir der schöne Sommerabend und die heitere Geselligkeit in einem trostlosen Mißbehagen, das ich in törichter Selbstquälerei noch trotzig auf die Spitze trieb, statt mich wenigstens der wohligen Umgebung bescheiden zu freuen. Um elf Uhr, als die ersten aufbrachen, nahm auch ich kurzen Abschied und ging auf dem kürzesten Wege heimwärts, um ins Bett zu kommen. Denn seit einiger Zeit hatte sich eine dauernde Trägheit und Schlaflust meiner bemächtigt, mit welcher ich während der Arbeitsstunden häufig zu kämpfen hatte und der ich in meiner Mußezeit alle Augenblicke willenlos unterlag.

Einige Tage vergingen in dem gewohnten Schlendrian. Das Bewußtsein, in einem traurigen Ausnahmezustand zu leben, war mir allbereits verlorengegangen; ich lebte mit einer gedankenlos ergebenen Gleichgültigkeit stumpf dahin und sah ohne Bedauern Stunden und Tage hinter mich gleiten, von denen doch jeder Augenblick ein unwiederbringliches Stücklein Jugend und Lebenszeit bedeutete. Ich bewegte mich wie ein Uhrwerk, stand rechtzeitig auf, legte den Weg ins Geschäft zurück, tat mein bißchen mechanische Arbeit, kaufte mir Brot und ein Ei zum Essen, ging wieder zur Arbeit und lag dann am Abend in meiner Mansarde im Fenster, wo ich häufig einschlief. An den Gartenabend beim Direktor dachte ich nicht mehr. Überhaupt entschwanden mir die Tage, ohne Erinnerungen zu hinterlassen, und wenn ich zuweilen, etwa nachts im Traume, anderer Zeiten gedachte, waren es entlegene Kindererinnerungen, die mich wie Nachklänge einer vergessenen und fabelhaft gewordenen Präexistenz anmuteten.

Da geschah es in einer heißen Mittagsstunde, daß das Schicksal sich meiner wieder erinnerte. Ein weißgekleideter Italiener mit einer gellenden Handglocke und einem kleinen Wagen klirrte durch die Gassen und bot Eis feil. Ich kam gerade aus dem Büro und gab, wohl zum erstenmal seit Monaten, einem plötzlichen Gelüst nach. Meine peinlich sparsame Regelmäßigkeit vergessend, zog ich ein Geldstück aus dem Beutel und ließ mir von dem Italiener einen kleinen Papierteller mit rötlichem Fruchteis füllen, das ich im Hausflur gierig verspeiste. Die aufrüttelnd kalte Erfrischung schien mir köstlich, ich kann mich daran erinnern, daß ich mit Begier das feuchte Tellerlein ableckte. Darauf aß ich mein gewohntes Brot daheim, dämmerte eine kleine Weile in halbem Schlummer und kehrte in die Schreibstube zurück.

Dort wurde ich unwohl, und bald überfielen mich grausame Leibschmerzen, ich hielt mich am Pultrand fest und litt ein paar Stunden lang verheimlichte Qualen, und nach dem Schluß der Arbeitszeit lief ich eilig zu einem Arzt. Da ich bei einer Krankenkasse eingeschrieben war, wurde ich an einen anderen Arzt weitergewiesen; der aber war in den Sommerferien, und ich mußte nochmals einen Weg zu seinem Stellvertreter gehen. Diesen fand ich zu Hause; es war ein junger, freundlicher Herr, der mich fast wie seinesgleichen behandelte. Als ich ihm auf seine sachlichen Fragen meine Verhältnisse und tägliche Lebensweise ziemlich genau beschrieben hatte, empfahl er mir, in ein Spital zu gehen, wo ich besser versorgt wäre als in meiner schlechten Wohnung. Und da ich die Schmerzen nicht ganz verbeißen konnte, sagte er lächelnd: »Sie sind noch nicht viel krank gewesen?« Wirklich hatte ich seit meinem zehnten oder elften Jahr nie eine Krankheit gehabt. Der Arzt aber sagte fast unwillig: »Mit Ihrer Lebensweise bringen Sie sich um. Wenn Sie nicht so zäh wären, hätten Sie bei dieser Ernährung schon längst krank werden müssen. Jetzt haben Sie einen Denkzettel.« Ich dachte zwar, er mit seiner goldenen Uhr und Brille habe gut reden, sah nun aber doch, daß mein unwürdiger Zustand in den letzten Zeiten seine realen Ursachen habe, und fühlte dabei eine gewisse moralische Entlastung. Doch ließen mir die heftigen Schmerzen keine Ruhe zum Überlegen und Aufatmen. Ich nahm den Zettel, den der Doktor mir mitgab, dankte ihm und ging davon, um nach Besorgung der notwendigsten Botschaften mich im Spital zu melden, wo ich mit letzten Kräften die Glocke zog und auf der Treppe absitzen mußte, um nicht zusammenzubrechen.

Ich wurde ziemlich grob empfangen; da man jedoch meinen hilflosen Zustand wahrnahm, ward ich in ein laues Bad und dann zu Bett gebracht, wo mir bald alles Bewußtsein in einer leise winselnden Leidensdämmerung verschwand. Drei Tage lang hatte ich das Gefühl, ich müsse nun sterben, und wunderte mich täglich, daß das so mühevoll, langsam und schmerzlich geschehe. Denn jede Stunde wurde mir unendlich lang, und als die drei Tage um waren, kam es mir vor, als sei ich manche Woche dagelegen. Endlich fand ich einige Stunden Schlaf, und beim Erwachen hatte ich das Zeitgefühl und das Bewußtsein meiner Lage wieder. Doch merkte ich zugleich, wie schwach ich war, denn jede Bewegung machte mir Mühe, und selbst das Öffnen und Schließen der Augen erschien mir wie eine kleine Arbeit. Als die Schwester kam und nach mir sah, redete ich sie an und glaubte laut wie sonst zu reden, während sie sich bücken mußte und mich doch kaum verstehen konnte. Da begriff ich, daß es mit dem Wiederaufstehen keine Eile habe, und ergab mich ohne viel Schmerz für ungewisse Zeit in den kindlichen Zustand der Abhängigkeit von fremder Pflege. Es dauerte denn auch eine längere Zeit, bis meine Kräfte wieder anfingen zu erwachen, denn der kleinste Mund voll Speise machte mir stets wieder Schmerzen und Beschwerden, auch wenn es nur ein Löffel Krankensuppe war.

In dieser merkwürdigen Zeit war ich zu meinem eigenen Erstaunen weder traurig noch ärgerlich. Die dumpfe Sinnlosigkeit meines mutlosen Dahinlebens in den letzten Monaten wurde mir immer deutlicher. Ich erschrak vor dem, was beinahe aus mir geworden wäre, und freute mich innig des wieder erlangten Bewußtseins. Es war ähnlich, als wäre ich eine lange Zeit im Schlaf gelegen, und nun ließ ich, endlich erwacht, meine Augen und Gedanken wieder mit neuer Lust auf die Weide gehen. Dabei geschah es, daß von allen den nebelhaften Eindrücken und Erlebnissen dieser trüb verdämmerten Zeit einige, die ich nahezu vergessen zu haben glaubte, nun mit erstaunlicher Leibhaftigkeit und in feurigen Farben vor mir standen. Unter diesen Bildern, an denen ich mich jetzt in dem fremden Krankensaal mit mir allein vergnügte, stand zuoberst das jenes schlanken Mädchens, das im Garten des Direktors Gelbke neben mir gesessen war und mir die Orange angeboten hatte. Ich wußte ihren Namen nicht, aber ich konnte mir in guten Stunden ihre ganze Gestalt und ihr feines Gesicht mit vertrauter Deutlichkeit vorstellen, wie man es sonst nur bei alten Bekannten vermag, samt der Art ihrer Bewegungen, ihrer Sprache und Stimme, und dies alles ergab zusammen ein Bild, vor dessen zarter Schönheit mir wohl und warm wie einem Kinde bei der Mutter wurde. Mir schien, als müsse ich sie schon in vergangenen Zeiten gesehen und gekannt haben, und ihre anmutvolle Erscheinung trat, um Widersprüche unbekümmert, als eine den Gesetzen der Zeit entrückte Begleiterin bald in allen meinen Erinnerungen, selbst in denen der Kindheit, mit hervor. Ich betrachtete diese zierliche Figur, die mir so unvermutet nahe und teuer geworden war, immer wieder mit erneutem Vergnügen und nahm ihre stille Gegenwart in meiner Gedankenwelt mit einer sorglosen und dennoch nicht undankbaren Selbstverständlichkeit hin, wie der Mensch im Frühjahr die Kirschenblüte und im Sommer den Heuduft hinzunehmen pflegt, ohne Erstaunen oder Aufregung und doch innig zufrieden.

Dies naive und anspruchslose Verhältnis zu meinem schönen Traumbilde dauerte jedoch nur so lange, als ich völlig geschwächt und vom Leben abgeschnitten daniederlag. Sobald ich wieder zu einigen Kräften kam, ein wenig Speise vertrug und mich allenfalls ohne sonderliche Erschöpfung wieder im Bett umzudrehen vermochte, rückte mir das Mädchenbild gleichsam schamhaft ferner zurück, und an die Stelle des reinen, leidenschaftslosen Gernhabens trat ein sehnsüchtiges Begehren. Jetzt fühlte ich unversehens immer häufiger ein lebhaftes Verlangen, den Namen der Schlanken auszusprechen, ihn zärtlich zu flüstern und leise zu singen, und es wurde mir zu einer wirklichen Qual, daß ich diesen Namen nicht wußte.

Elisabeth

Dir liegt auf Stirne, Mund und Hand
Der feine, zärtlich helle Lenz,
Der holde Zauber, den ich fand
Auf alten Bildern zu Florenz.

Du lebtest schon einmal vorzeit,
Du wunderschlanke Maigestalt,
Als Flora im beblümten Kleid
Hat Botticelli dich gemalt.

Auch bist du jene, deren Gruß
Den jungen Dante übermannt,
Und unbewußt ist deinem Fuß
Der Weg durchs Paradies bekannt.

Wie eine weiße Wolke
Am hohen Himmel steht,
So weiß und schön und ferne
Bist du, Elisabeth.

Die Wolke geht und wandert,
Kaum hast du ihrer acht,
Und doch durch deine Träume
Geht sie in dunkler Nacht.

Geht und erglänzt so silbern,
Daß fortan ohne Rast
Du nach der weißen Wolke
Ein süßes Heimweh hast.

»Je schöner es war, desto fremder schien es mir«

Um von der Liebe zu reden – darin bin ich zeitlebens ein Knabe geblieben. Für mich ist die Liebe zu Frauen immer ein reinigendes Anbeten gewesen, eine steile Flamme meiner Trübe entlodert, Beterhände zu blauen Himmeln emporgestreckt. Von der Mutter her und auch aus eigenem, undeutlichem Gefühl verehrte ich die Frauen insgesamt als ein fremdes, schönes und rätselhaftes Geschlecht, das uns durch eine angeborene Schönheit und Einheitlichkeit des Wesens überlegen ist und das wir heilig halten müssen, weil es gleich Sternen und blauen Berghöhen uns ferne ist und Gott näher zu sein scheint. Da das rauhe Leben seinen reichlichen Senf dazu gab, hat die Frauenliebe mir so viel Bitteres als Süßes eingebracht; zwar blieben die Frauen auf dem hohen Sockel stehen, mir aber verwandelte sich die feierliche Rolle des anbetenden Priesters allzuleicht in die peinlich-komische des genarrten Narren.

Rösi Girtanner begegnete mir fast jeden Tag, wenn ich zu Tische ging. Eine Jungfer von siebzehn Jahren, fest und biegsam gewachsen. Aus dem schmalen, bräunlich frischen Gesicht sprach die stille beseelte Schönheit, welche ihre Mutter zur Stunde noch besaß und welche vor ihr Ahne und Urahne gehabt hatten. Aus diesem alten, vornehmen und gesegneten Haus war von Geschlecht zu Geschlecht eine große, schmucke Reihe von Frauen ausgegangen, jede still und vornehm, jede frisch, adlig und von fehlerloser Schönheit. Es gibt von einem unbekannten Meister ein Mädchenbildnis aus der Familie der Fugger, im sechzehnten Jahrhundert gemalt und eines der köstlichsten Bilder, die meine Augen gesehen haben. So ähnlich waren die Girtannerschen Frauen, und so war auch Rösi.

Das alles wußte ich damals freilich nicht. Ich sah sie nur in ihrer stillen, heiteren Würde schreiten und fühlte das Adlige ihres schlichten Wesens. Dann saß ich abends nachsinnend in der Dämmerung, bis es mir gelang, ihre Erscheinung mir klar und gegenwärtig vorzustellen, und dann lief ein süßes heimliches Grausen über meine knabenhafte Seele. In Bälde kam es aber, daß diese Augenblicke der Lust sich trübten und mir bittere Schmerzen machten. Ich empfand plötzlich, wie fremd sie mir sei, mich nicht kenne noch mir nachfrage, und daß mein schönes Traumbild ein Diebstahl an ihrem seligen Wesen sei. Und eben wenn ich das so scharf und peinigend fühlte, sah ich ihr Bild immer für Augenblicke so wahr und atmend lebendig vor Augen, daß eine dunkle, warme Woge mein Herz überflutete und mir bis in die fernsten Pulse seltsam wehe tat.

Bei Tage geschah es mitten in einer Lehrstunde oder mitten in einem heftigen Raufen, daß die Woge wiederkam. Dann schloß ich die Augen, ließ die Hände sinken und fühlte mich in einen lauen Abgrund gleiten, bis mich der Aufruf des Lehrers oder der Faustschlag eines Kameraden erweckte.

Ich entzog mich, lief ins Freie und staunte mit wunderlicher Träumerei in die Welt. Nun sah ich plötzlich, wie schön und farbig alles war, wie Licht und Atem durch alle Dinge floß, wie klargrün der Fluß und wie rot die Dächer und wie blau die Berge waren. Diese mich umgebende Schönheit zerstreute mich aber nicht, sondern ich genoß sie still und traurig. Je schöner alles war, desto fremder schien es mir, der ich keinen Teil daran hatte und außerhalb stand. Darüber fanden meine dumpfen Gedanken den Weg zu Rösi zurück: wenn ich in dieser Stunde stürbe, sie würde es nicht wissen, nicht danach fragen, nicht darüber betrübt sein!

Dennoch verlangte mich nicht danach, von ihr bemerkt zu werden. Ich hätte gern etwas Unerhörtes für sie getan oder ihr geschenkt, ohne daß sie gewußt hätte, von wem es kam.

Und ich tat auch vieles für sie. Es kam eben eine kurze Ferienzeit, und ich ward nach Hause geschickt. Dort leistete ich täglich allerlei Kraftstücke, alles in meiner Meinung Rösi zu Ehren. Einen schwierigen Gipfel erstieg ich von der steilsten Seite. Auf dem See machte ich übertriebene Fahrten im Weidling, große Entfernungen in knapper Zeit. Nach einer solchen Fahrt, da ich ausgebrannt und verhungert zurückkam, fiel mir ein, bis zum Abend ohne Speise und Trank zu bleiben. Alles für Rösi Girtanner. Ich trug ihren Namen und Lobpreis auf entlegene Grate und in nie besuchte Klüfte. ... Die Schultern gingen mir mächtig auseinander, Gesicht und Nacken wurden braun, und überall dehnten sich und schwollen die Muskeln.

Am vorletzten Ferientag brachte ich meiner Liebe ein mühseliges Blumenopfer. Zwar wußte ich an mehreren verlockenden Hängen auf schmalen Erdbändern Edelweiß stehen, aber diese duft- und farblose, krankhafte Silberblüte war mir stets seelenlos und wenig schön erschienen. Dafür kannte ich ein paar vereinsamte Alpenrosenbüsche, in die Furche einer kühnen Fluh verweht, spätblühend und verlokkend schwer zu erreichen. Nun, es mußte gehen. Und da denn der Jugend und Liebe nichts unmöglich ist, gelangte ich mit zerschundenen Händen und krampfigen Schenkeln schließlich zum Ziel. ... Das Herz jodelte und lärmte mir vor Lust, als ich vorsichtig die zähen Zweige durchschnitt und die Beute in den Händen hielt. Zurück mußte ich, die Blumen im Mund, rücklings klettern, und Gott allein weiß, wie ich frecher Knabe heil den Fuß der Wand erreichte. Am ganzen Berg war die Blüte der Alpenrose lang vorüber, ich hatte die letzten Zweige des Jahres knospend und zarterblühend in der Hand.

Andern Tags hielt ich die Blumen während der ganzen fünfstündigen Reise in den Händen. Anfangs schlug das Herz mir mächtig der Stadt der schönen Rösi entgegen; je ferner aber das Hochgebirge ward, desto stärker zog die eingeborene Liebe mich zurück. Ich erinnere mich so gut an jene Eisenbahnfahrt! Der Sennalpstock war schon lange unsichtbar, nun sanken aber auch die zackigen Vorberge einer um den andern hinab, und jeder löste sich mit feinem Wehgefühl von meinem Herzen. Nun waren alle heimischen Berge versunken, und eine breite, niedere, hellgrüne Landschaft drängte sich hervor. Das hatte mich bei meiner ersten Reise gar nicht berührt. Diesmal aber ergriff mich Unruhe, Angst und Trauer, als wäre ich verurteilt, weiter in immer flachere Länder hinein zu fahren und die Berge und das Bürgerrecht der Heimat unwiederbringlich zu verlieren. Zugleich sah ich immer das schöne, schmale Gesicht der Rösi vor mir stehen, so fein und fremd und kühl und meiner unbekümmert, daß mir Erbitterung und Schmerz den Atem verhielt. Vor den Fenstern glitten hintereinander die frohen, sauberen Ortschaften mit schlanken Türmen und weißen Giebeln vorüber, und Menschen stiegen aus und ein, redeten, grüßten, lachten, rauchten und machten Witze – lauter fröhliche Unterländer, gewandte, freimütige und polierte Leute –, und ich schwerer Bursch vom Oberland saß stumm und traurig und verbissen damitten. Ich fühlte, daß ich nicht mehr heimisch war. Ich empfand, daß ich den Bergen für immer entrissen war und doch nie werden würde wie ein Unterländer, nie so froh, so gewandt, so glatt und sicher. So einer wie diese würde sich immer über mich lustig machen, so einer würde die Girtanner einmal heiraten, und so einer würde mir immer im Weg und um einen Schritt voraus sein.

Solche Gedanken brachte ich mit zur Stadt. Dort stieg ich nach der ersten Begrüßung auf den Dachboden, öffnete meine Kiste und entnahm ihr einen großen Bogen Papier. Es war nicht vom feinsten, und als ich meine Alpenrosen darein gewickelt und das Paket mit einem extra von Hause mitgebrachten Bindfaden verschnürt hatte, sah es gar nicht wie eine Liebesgabe aus. Ernsthaft trug ich es in die Straße, wo der Advokat Girtanner wohnte, und im ersten günstigen Augenblick trat ich durchs offene Tor, sah mich in dem abendlich halblichten Hausflur ein wenig um und legte mein unförmliches Bündel auf der breiten herrschaftlichen Treppe ab.

Niemand sah mich, und ich erfuhr nie, ob Rösi meinen Gruß zu sehen bekommen habe. Aber ich war an Flühen geklettert und hatte mein Leben gewagt, um einen Zweig Rosen auf die Treppe ihres Hauses zu legen, und darin lag etwas Süßes, Traurigfrohes, Poetisches, das mir wohltat und das ich noch heut empfinde.

So ziehen Sterne

So ziehen Sterne ihre Bahn,
Unwandelbar und unverstanden!
Wir winden uns in hundert Banden,
Du steigst von Glanz zu Glanz hinan.

Dein Leben ist ein einzig Licht!
Ich muß aus meinen Dunkelheiten
Sehnsüchtige Arme nach dir breiten,
Du lächelst und verstehst mich nicht.

Verstehen Sie das?

Sie sind schon verliebt gewesen, nicht wahr? Einigemal nicht wahr? Ja, ja. Aber Sie wissen noch nicht, was Lieben ist. Sie wissen es nicht, sage ich. Vielleicht haben Sie einmal eine ganze Nacht geweint? Und einen ganzen Monat schlecht geschlafen? Vielleicht haben Sie auch Gedichte gemacht und auch einmal ein bißchen mit Selbstmordgedanken gespielt? Ja, ich kenne das schon. Aber das ist nicht Liebe, Sie. Liebe ist anders.

Noch vor zehn Jahren war ich ein respektabler Mann und gehörte zur besten Gesellschaft. Ich war Verwaltungsbeamter und Reserveoffizier, war wohlhabend und unabhängig, ich hielt ein Reitpferd und einen Diener, wohnte bequem und lebte gut. Logensitze im Theater, Sommerreisen, eine kleine Kunstsammlung, Reitsport und Segelsport, Junggesellenabende mit weißem und rotem Bordeaux und Frühstücke mit Sekt und Sherry.

All das Zeug war ich jahrelang gewohnt, und doch entbehre ich es ziemlich leicht. Was liegt schließlich am Essen und Trinken, Reiten und Fahren, nicht wahr? Ein bißchen Philosophie, und alles wird entbehrlich und lächerlich. Auch die Gesellschaft und der gute Ruf und daß die Leute den Hut vor einem ziehen, ist schließlich unwesentlich, wenn auch entschieden angenehm ...

Für eine geliebte Frau zu sterben, dazu kommt man ja heutzutage selten. Das wäre freilich das Schönste. – Unterbrechen Sie mich nicht, Sie! Ich rede nicht von der Liebe zu zweien, vom Küssen und Beisammenschlafen und Heiraten. Ich rede von der Liebe, die zum einzigen Gefühl eines Lebens geworden ist. Die bleibt einsam, auch wenn sie, wie man sagt, ›erwidert‹ wird. Sie besteht darin, daß alles Wollen und Vermögen eines Menschen mit Leidenschaft einem einzigen Ziel entgegenstrebt und daß jedes Opfer zur Wollust wird. Diese Art Liebe will nicht glücklich sein, sie will brennen und leiden und zerstören, sie ist Flamme und kann nicht sterben, ehe sie das letzte irgend Erreichbare verzehrt hat.

Über die Frau, die ich liebte, brauchen Sie nichts zu wissen. Vielleicht war sie wunderbar schön, vielleicht nur hübsch. Vielleicht ein Genie, vielleicht keins. Was liegt daran, lieber Gott! Sie war der Abgrund, in dem ich untergehen sollte, sie war die Hand Gottes, die eines Tages in mein unbedeutendes Leben griff. Und von da an war dies unbedeutende Leben groß und fürstlich, begreifen Sie, es war auf einmal nicht mehr das Leben eines Mannes von Stande, sondern eines Gottes und eines Kindes, rasend und unbesonnen, es brannte und loderte.

Von da an wurde alles lumpig und langweilig, was mir vorher wichtig gewesen war. Ich versäumte Dinge, die ich nie versäumt hatte, ich erfand Listen und unternahm Reisen, nur um jene Frau einen Augenblick lächeln zu sehen.

Für sie war ich alles, was sie gerade erfreuen konnte, für sie war ich froh und ernst, gesprächig und still, korrekt und verrückt, reich und arm. Als sie bemerkte, wie es mit mir stand, hat sie mich auf unzählige Proben gestellt. Mir war es eine Lust, ihr zu dienen, sie konnte unmöglich etwas erfinden, einen Wunsch ausdenken, den ich nicht wie eine Kleinigkeit erfüllte.

Dann sah sie ein, daß ich sie mehr liebte als irgendein anderer Mann, und es kamen stille Zeiten, in denen sie mich verstand und meine Liebe annahm. Wir sahen uns tausendmal, wir reisten zusammen, wir taten Unmögliches, um beisammen zu sein und die Welt zu täuschen.

Jetzt wäre ich glücklich gewesen. Sie hatte mich lieb. Und eine Zeitlang war ich auch glücklich, vielleicht.

Aber meine Bestimmung war nicht, diese Frau zu erobern. Als ich eine Weile jenes Glück genoß und keine Opfer mehr zu bringen brauchte, als ich ohne Mühe ein Lächeln und einen Kuß und eine Liebesnacht von ihr bekam, begann ich unruhig zu werden. Ich wußte nicht, was mir fehlte, ich hatte mehr erreicht, als meine kühnsten Wünsche jemals begehrt hatten. Aber ich war unruhig. Wie gesagt, meine Bestimmung war nicht, diese Frau zu erobern. Daß mir das geschah, war ein Zufall. Meine Bestimmung war, an meiner Liebe zu leiden, und als der Besitz der Geliebten anfing, dies Leiden zu heilen und zu kühlen, kam die Unruhe über mich. Eine gewisse Zeit hielt ich es aus, dann trieb es mich plötzlich weiter. Ich verließ die Frau. Ich nahm Urlaub und machte eine große Reise. Mein Vermögen war damals schon stark angegriffen, aber was lag daran? Ich reiste und kam nach einem Jahr zurück. Eine sonderbare Reise! Kaum war ich fort, so fing das frühere Feuer wieder an zu brennen. Je weiter ich fuhr und je länger ich fort war, desto peinigender kehrte meine Leidenschaft zurück, und ich sah zu und freute mich und reiste weiter, ein Jahr lang immerzu, bis die Flamme unerträglich geworden war und mich wieder in die Nähe meiner Geliebten nötigte.

Da stand ich dann, war wieder daheim und fand sie zornig und bitter gekränkt. Nicht wahr, sie hatte sich mir hingegeben und mich beglückt, und ich hatte sie verlassen! Sie hatte wieder einen Liebhaber, aber ich sah, daß sie ihn nicht liebte. Sie hatte ihn angenommen, um sich an mir zu rächen.

Ich konnte ihr nicht sagen oder schreiben, was es war, das mich von ihr weg und nun wieder zu ihr zurückgetrieben hatte. Wußte ich es selber? Also fing ich wieder an, um sie zu werben und zu kämpfen. Ich tat wieder weite Wege, versäumte Wichtiges und gab große Summen, um ein Wort von ihr zu hören oder um sie lächeln zu sehen. Sie entließ den Liebhaber, nahm aber bald einen andern, da sie mir nicht mehr traute. Dennoch sah sie mich zuzeiten gern. Manchmal in einer Tischgesellschaft oder im Theater sah sie über ihre Umgebung weg plötzlich zu mir herüber, sonderbar mild und fragend.

Sie hatte mich immer für sehr, sehr reich gehalten. Ich hatte diesen Glauben in ihr geweckt und hielt ihn am Leben, nur um immer wieder etwas für sie tun zu dürfen, was sie einem Armen nicht erlaubt hätte. Früher hatte ich ihr Geschenke gemacht, das war nun vorüber, und ich mußte neue Wege finden, ihr Freude machen und Opfer bringen zu können. Ich veranstaltete Konzerte, in denen von Musikern, die sie schätzte, ihre Lieblingsstücke gespielt und gesungen wurden. Ich kaufte Logen auf, um ihr ein Premierenbillett anbieten zu können. Sie gewöhnte sich wieder daran, mich für tausend Dinge sorgen zu lassen.

Ich war in einem unaufhörlichen Wirbel von Geschäften, für sie. Mein Vermögen war erschöpft, nun fingen die Schulden und Finanzkünste an. Ich verkaufte meine Gemälde, mein altes Porzellan, mein Reitpferd, und kaufte dafür ein Automobil, das zu ihrer Verfügung stehen sollte.

Dann war es so weit, daß ich das Ende vor mir sah. Während ich Hoffnung hatte, sie wiederzugewinnen, sah ich meine letzten Quellen erschöpft. Aber ich wollte nicht aufhören. Ich hatte noch mein Amt, meinen Einfluß, meine angesehene Stellung. Wozu, wenn es ihr nicht diente? So kam es, daß ich log und unterschlug, daß ich aufhörte, den Gerichtsvollzieher zu fürchten, weil ich Schlimmeres fürchten mußte. Aber es war nicht umsonst. Sie hatte auch den zweiten Liebhaber weggeschickt, und ich wußte, daß sie jetzt keinen mehr oder mich nehmen würde.

Sie nahm mich auch, ja. Das heißt, sie ging in die Schweiz und erlaubte mir, ihr zu folgen. Am folgenden Morgen reichte ich ein Gesuch um Urlaub ein. Statt der Antwort erfolgte meine Verhaftung. Urkundenfälschung, Unterschlagung öffentlicher Gelder. Sagen Sie nichts, es ist nicht nötig. Ich weiß schon. Aber wissen Sie, daß auch das noch Flamme und Leidenschaft und Liebeslohn war, geschändet und gestraft zu werden und den letzten Rock vom Leibe zu verlieren? Verstehen Sie das, Sie junger Verliebter?

Die Flamme

Ob du tanzen gehst in Tand und Plunder,
Ob dein Herz sich wund in Sorgen müht,
Täglich neu erfährst du doch das Wunder,
Daß des Lebens Flamme in dir glüht.

Mancher läßt sie lodern und verprassen,
Trunken im verzückten Augenblick,
Andre geben sorglich und gelassen
Kind und Enkeln weiter ihr Geschick.

Doch verloren sind nur dessen Tage,
Den sein Weg durch dumpfe Dämmrung führt,
Der sich sättigt in des Tages Plage
Und des Lebens Flamme niemals spürt.

Daß ein Mensch den, den er liebt, nicht bekommen und für sich allein haben kann, ist das häufigste aller Schicksale, und damit fertig zu werden heißt: den Überschuß an Leidenschaft und Hingabe, den man für seine Liebe hat, diesem Objekt entziehen und sie anderen Zielen zuzuwenden: der Arbeit, der Mitarbeit im Sozialen, der Kunst. Dies ist der Weg, auf dem Ihre Liebe fruchtbar und sinnvoll werden kann. Das Feuer, an dem Sie jetzt nur das eigene Herz verbrennen lassen, ist nicht nur Ihr Eigentum, es gehört der Welt, der Menschheit, und wird aus Qual zu Freude werden, wenn Sie es fruchtbar werden lassen.

Es ist kein Glück, geliebt zu werden. Jeder Mensch liebt sich selber, aber lieben, das ist Glück.

»Als ich sechzehn Jahre alt war«

Als ich sechzehn Jahre alt war, sah ich mit einer sonderbaren und vielleicht frühreifen Schwermut die Freuden der Knabenzeit mir fremd werden und verlorengehen. Ich sah meinen kleinern Bruder Sandkanäle anlegen, mit Lanzen werfen und Schmetterlinge fangen und beneidete ihn um die Lust, die er dabei empfand und an deren leidenschaftliche Innigkeit ich mich noch so gut erinnern konnte. Mir war sie abhanden gekommen, ich wußte nicht wann und nicht warum, und an ihre Stelle war, da ich die Genüsse der Erwachsenen noch nicht recht teilen konnte, Unbefriedigtsein und Sehnsucht getreten.

Mit heftigem Eifer, aber ohne Ausdauer trieb ich bald Geschichte, bald Naturwissenschaften, machte eine Woche lang alltäglich bis in die Nacht hinein botanische Präparate und tat dann wieder vierzehn Tage lang nichts als Goethe lesen. Ich fühlte mich einsam und von allen Beziehungen zum Leben wider meinen Willen abgetrennt, und diese Kluft zwischen dem Leben und mir suchte ich instinktiv durch Lernen, Wissen, Erkennen zu überbrücken. Zum ersten Mal begriff ich unsern Garten als einen Teil der Stadt und des Tales, das Tal als einen Einschnitt im Gebirge, das Gebirge als ein deutlich begrenztes Stück der Erdoberfläche.

Zum ersten Mal betrachtete ich die Sterne als Weltkörper, die Formen der Berge als notwendig entstandene Produkte der Erdkräfte, und zum ersten Mal erfaßte ich damals die Geschichte der Völker als einen Teil der Erdgeschichte. Ausdrücken und mit Namen nennen konnte ich das damals noch nicht, aber es war in mir und lebte.

Kurz, ich begann in jener Zeit zu denken. Also erkannte ich mein Leben als etwas Bedingtes und Begrenztes, und damit erwachte in mir jener Wunsch, den das Kind noch nicht kennt, der Wunsch, aus meinem Leben das möglichst Gute und Schöne zu machen. Vermutlich erleben alle jungen Leute annähernd dasselbe, aber ich erzähle es, als wäre es ein ganz individuelles Erleben gewesen, das es ja für mich auch war.

Unbefriedigt und von der Sehnsucht nach Unerreichbarem verzehrt, lebte ich einige Monate hin, fleißig und doch unstet, glühend und doch nach Wärme verlangend. Mittlerweile war die Natur klüger als ich und löste das peinliche Rätsel meines Zustandes. Eines Tages war ich verliebt und hatte unverhofft alle Beziehungen zum Leben wieder, stärker und mannigfaltiger als je vorher.

Seitdem habe ich größere und köstlichere Stunden und Tage gehabt, aber nie mehr solche Wochen und Monate, so warm und so erfüllt von einem stetig strömenden Gefühl. Die Geschichte meiner ersten Liebe will ich Ihnen nicht erzählen, es liegt nichts daran, und die äußern Umstände hätten ebensogut ganz andere sein können. Aber das Leben, das ich damals lebte, möchte ich ein wenig zu schildern versuchen, wenn ich auch weiß, daß es mir nicht gelingen wird. Das hastige Suchen hatte ein Ende. Ich stand plötzlich mitten in der lebendigen Welt und war durch tausend wurzelnde Fasern mit der Erde und den Menschen verbunden. Meine Sinne schienen verändert, schärfer und lebhafter. Namentlich die Augen. Ich sah ganz anders als früher. Ich sah heller und farbiger, wie ein Künstler, ich empfand Freude am reinen Anschauen.

Der Garten meines Vaters stand in sommerlicher Pracht. Da standen blühende Gesträuche und Bäume mit dichtem Sommerlaub gegen den tiefen Himmel, Efeu wuchs die hohe Stützmauer hinan, und darüber ruhte der Berg mit rötlichem Felsen und blauschwarzem Tannenwald. Und ich stand und sah es an und war ergriffen davon, daß jedes einzelne so wunderlich schön und lebendig, farbig und strahlend war. Manche Blumen wiegten sich auf ihren Stengeln so zart und blickten aus den farbigen Kelchen so rührend fein und innig, daß ich sie lieb hatte und sie genoß wie Lieder eines Dichters. Auch viele Geräusche, die ich früher nie beachtet hatte, fielen mir jetzt auf und sprachen zu mir und beschäftigten mich: der Laut des Windes in den Tannen und im Gras, das Läuten der Grillen auf den Wiesen, der Donner entfernter Gewitter, das Rauschen des Flusses am Wehr und die vielen Stimmen der Vögel. Abends sah und hörte ich die Schwärme der Fliegen im goldenen Spätlicht und lauschte den Fröschen am Teich. Tausend nichtige Dinge wurden mir auf einmal lieb und wichtig und berührten mich wie Erlebnisse. Zum Beispiel wenn ich morgens zum Zeitvertreib ein paar Beete im Garten begoß und die Erde und die Wurzeln so dankbar und gierig tranken. Oder ich sah einen kleinen blauen Schmetterling im Mittagsglanz wie betrunken taumeln. Oder ich beobachtete die Entfaltung einer jungen Rose. Oder ich ließ abends vom Nachen aus die Hand ins Wasser hängen und spürte das weiche laue Ziehen des Flusses an den Fingern.

Während die Pein einer ratlosen ersten Liebe mich plagte und während unverstandene Not, tägliche Sehnsucht und Hoffnung und Enttäuschung mich bewegten, war ich trotz Schwermut und Liebesangst doch jeden Augenblick im innersten Herzen glücklich. Alles, was um mich war, war mir lieb und hatte mir etwas zu sagen, es gab nichts Totes und keine Leere in der Welt. Ganz ist mir das nie mehr verlorengegangen, aber es ist auch nie mehr so stark und stetig wiedergekommen. Und das noch einmal zu erleben, es mir zu eigen zu machen und festzuhalten, das ist jetzt meine Vorstellung vom Glück.

Wollen Sie weiter hören? Seit jener Zeit bis auf diesen Tag bin ich eigentlich immer verliebt gewesen. Mir schien von allem, was ich kennenlernte, doch nichts so edel und feurig und hinreißend wie die Liebe zu Frauen. Nicht immer hatte ich Beziehungen zu Frauen oder Mädchen, auch liebte ich nicht immer mit Bewußtsein eine bestimmte einzelne, aber immer waren meine Gedanken irgendwie mit Liebe beschäftigt, und meine Verehrung des Schönen war eigentlich eine beständige Anbetung der Frauen.

Liebesgeschichten will ich Ihnen nicht erzählen. Ich habe einmal eine Geliebte gehabt, einige Monate lang, und ich habe gelegentlich einen Kuß und einen Blick und eine Liebesnacht halb ungewollt im Vorbeigehen geerntet, aber wenn ich wirklich liebte, war es immer unglücklich. Und wenn ich mich genau besinne, so waren die Leiden einer hoffnungslosen Liebe, die Angst und die Zaghaftigkeit und die schlaflosen Nächte eigentlich weit schöner als alle kleinen Glücksfälle und Erfolge.

Lied an die Geliebte im kalten Frühling

Im kalten Vorsaal schlägt die Uhr
Acht, neun oder zehn.
Ich zähle nicht, ich lausche nur,
Wie leise all die Stunden gehn.

Sie fliegen weg wie Wind im Schnee,
Wie Vogelflug im Winterstrich.

Sie tun nicht wohl,
Sie tun nicht weh,
Doch sind es Stunden ohne dich.

Erinnerungen

In einem ruhigen Winkel, wo mir ein breiter Felsen den Sturm abhielt, aß ich mein Mittagsbrot. Schwarzbrot, Wurst und Käse. – Nach ein paar Stunden Bergaufmarsch bei starkem Winde der erste Biß in ein belegtes Brot – das ist eine Lust, fast die einzige, die noch das ganze durchdringend Köstliche, bis zur Sättigung Beglückende der echten Knabenfreuden hat.

Morgen werde ich vielleicht an der Stelle im Buchenwald vorüberkommen, an der ich den ersten Kuß von Julie bekam. Auf einem Ausflug des Bürgervereins Konkordia, in den ich Julies wegen eingetreten war. Am Tag nach jenem Ausflug trat ich wieder aus.

Und übermorgen vielleicht, wenn es glückt, werde ich sie selber wiedersehen. Sie hat einen wohlhabenden Kaufmann namens Herschel geheiratet, und sie soll drei Kinder haben, von denen eins ihr auffallend gleicht und auch Julie heißt. Mehr weiß ich nicht, es ist auch mehr als genug.

Aber ich weiß noch genau, wie ich ihr ein Jahr nach meiner Abreise aus der Fremde schrieb, daß ich keine Aussicht auf Stellung und Geldverdienst habe und daß sie nicht auf mich warten möge. Sie schrieb zurück, ich solle mir und ihr das Herz nicht unnötig schwer machen; sie werde da sein, wenn ich wiederkäme, sei es bald oder spät. Und ein halbes Jahr später schrieb sie doch wieder und bat sich frei, für jenen Herschel, und im Leid und Zorn der ersten Stunde schrieb ich keinen Brief, sondern telegraphierte ihr mit meinem letzten Gelde, vier oder fünf geschäftsmäßige Worte. Die gingen übers Meer und waren nicht zu widerrufen.

Es geht so närrisch im Leben zu! War es Zufall oder Schicksalshohn, oder kam es vom Mut der Verzweiflung – kaum lag das Liebesglück in Scherben, da kam Erfolg und Gewinn und Geld wie hergezaubert, da war das nimmer Erhoffte im Spiel erreicht und war doch wertlos. Das Schicksal hat Mucken, dachte ich, und vertrank mit Kameraden in zwei Tagen und Nächten eine Brusttasche voll Banknoten.

Doch an diese Geschichten dachte ich nicht lange, als ich nach der Mahlzeit mein leeres Wurstpapier dem Winde hinwarf und, in den Mantel gewickelt, Mittagsrast hielt. Ich dachte lieber an meine damalige Liebe und an Julies Gestalt und Gesicht, das schmale Gesicht mit den noblen Brauen und großen dunkeln Augen. Und dachte lieber an den Tag im Buchenwald, wie sie langsam und widerstrebend mir nachgab und dann bei meinen Küssen zitterte und dann endlich wiederküßte und ganz leise, wie aus einem Traum hervor, lächelte, während noch Tränen an ihren Wimpern glänzten.

Vergangene Dinge! Das Beste daran war aber nicht das Küssen und nicht das abendliche Zusammenpromenieren und Heimlichtun. Das Beste war die Kraft, die mir aus jener Liebe floß, die fröhliche Kraft, für sie zu leben, zu streiten, durch Feuer und Wasser zu gehen. Sich wegwerfen können für einen Augenblick, Jahre opfern können für das Lächeln einer Frau, das ist Glück. Und das ist mir unverloren.

Wie sind die Tage ...

Wie sind die Tage schwer!
An keinem Feuer kann ich erwarmen,
Keine Sonne lacht mir mehr,
Ist alles leer,
Ist alles kalt und ohne Erbarmen,
Und auch die lieben klaren
Sterne schauen mich trostlos an,
Seit ich im Herzen erfahren,
Daß Liebe sterben kann.

Liebe

Herr Thomas Höpfner, mein Freund, ist ohne Zweifel unter allen meinen Bekannten der, der am meisten Erfahrung in der Liebe hat. Wenigstens hat er es mit vielen Frauen gehabt, kennt die Künste des Werbens aus langer Übung und kann sich sehr vieler Eroberungen rühmen. Wenn er mir davon erzählt, komme ich mir wie ein Schulbub vor. Allerdings meine ich zuweilen ganz im stillen, vom eigentlichen Wesen der Liebe verstehe er auch nicht mehr als unsereiner. Ich glaube nicht, daß er oft in seinem Leben um eine Geliebte Nächte durchwacht und durchweint hat. Er hat es jedenfalls selten nötig gehabt, und ich will es ihm gönnen, denn ein fröhlicher Mensch ist er trotz seiner Erfolge nicht. Vielmehr sehe ich ihn nicht selten von einer leichten Melancholie befangen, und sein ganzes Auftreten hat etwas resigniert Ruhiges, Gedämpftes, was nicht wie Sättigung aussieht.

Nun, das sind Vermutungen und vielleicht Täuschungen. Mit Psychologie kann man Bücher schreiben, aber nicht

Menschen ergründen, und ich bin auch nicht einmal Psycholog. Immerhin scheint es mir zuzeiten, mein Freund Thomas sei nur darum ein Virtuos im Liebesspiel, weil ihm zu der Liebe, die kein Spiel mehr ist, etwas fehle, und er sei deshalb ein Melancholiker, weil er jenen Mangel an sich selber kenne und bedauere. – Lauter Vermutungen, vielleicht Täuschungen.

Was er mir neulich über Frau Förster erzählte, war mir merkwürdig, obwohl es sich nicht um ein eigentliches Erlebnis oder gar Abenteuer, sondern nur um eine Stimmung handelte, eine lyrische Anekdote.

Ich traf mit Höpfner zusammen, als er eben den »Blauen Stern« verlassen wollte, und überredete ihn zu einer Flasche Wein. Um ihn zum Spendieren eines besseren Getränkes zu nötigen, bestellte ich eine Flasche gewöhnlichen Mosel, den ich selber sonst nicht trinke. Unwillig rief er den Kellner zurück.

»Keinen Mosel, warten Sie!«

Und er ließ eine feine Marke kommen. Mir war es recht, und bei dem guten Wein waren wir bald im Gespräch. Vorsichtig brachte ich die Unterhaltung auf die Frau Förster. Eine schöne Frau von wenig über dreißig Jahren, die noch nicht sehr lang in der Stadt wohnte und im Ruf stand, viele Liebschaften gehabt zu haben. Der Mann war eine Null. Seit kurzem wußte ich, daß mein Freund bei ihr verkehrte.

»Also die Förster«, sagte er endlich nachgebend, »wenn sie dich denn so heftig interessiert. Was soll ich sagen? Ich habe nichts mit ihr erlebt.«

»Gar nichts?«

»Na, wie man will. Nichts, was ich eigentlich erzählen kann. Man müßte ein Dichter sein.«

Ich lachte.

»Du hältst sonst nicht viel von den Dichtern.«

»Warum auch? Dichter sind meistens Leute, die nichts erleben. Ich kann dir sagen, mir sind im Leben schon tausend Sachen passiert, die man hätte aufschreiben sollen. Immer dachte ich, warum erlebt nicht auch einmal ein Dichter so was, damit es nicht untergeht. Ihr macht immer einen Mordslärm um Selbstverständlichkeiten, jeder Dreck reicht für eine ganze Novelle – –«

»Und das mit der Frau Förster? Auch eine Novelle?«

»Nein. Eine Skizze, ein Gedicht. Eine Stimmung, weißt du.«

»Also, ich höre.«

»Nun, die Frau war mir interessant. Was man von ihr sagt, weißt du. Soweit ich aus der Ferne beobachten konnte, mußte sie viel Vergangenheit haben. Es schien mir, sie habe alle Arten von Männern geliebt und kennengelernt und keinen lang ertragen. Dabei ist sie schön.«

»Was heißt du schön?«

»Sehr einfach, sie hat nichts Überflüssiges, nichts zuviel. Ihr Körper ist ausgebildet, beherrscht, ihrem Willen dienstbar. Nichts an ihm ist undiszipliniert, nichts versagt, nichts ist träge. Ich kann mir keine Situation denken, der sie nicht noch das äußerst Mögliche von Schönheit abgewinnen würde. Eben das zog mich an, denn für mich ist das Naive meist langweilig. Ich suche bewußte Schönheit, erzogene Formen, Kultur. Na, keine Theorien!«

»Lieber nicht.«

»Ich ließ mich also einführen und ging ein paarmal hin. Einen Liebhaber hatte sie zur Zeit nicht, das war leicht zu bemerken. Der Mann ist eine Porzellanfigur. Ich fing an, mich zu nähern. Ein paar Blicke über Tisch, ein leises Wort beim Anstoßen mit dem Weinglas, ein zu lang dauernder

Handkuß. Sie nahm es hin, abwartend, was weiter käme. Also machte ich einen Besuch zu einer Zeit, wo sie allein sein mußte, und wurde angenommen.

Als ich ihr gegenübersaß, merkte ich schnell, daß hier keine Methode am Platz sei. Darum spielte ich *va banque* und sagte ihr einfach, ich sei verliebt und stehe zu ihrer Verfügung. Daran knüpfte sich ungefähr folgender Dialog:

›Reden wir von Interessanterem.‹

›Es gibt nichts, was mich interessieren könnte, als Sie, gnädige Frau. Ich bin gekommen, um Ihnen das zu sagen. Wenn es Sie langweilt, gehe ich.‹

›Nun denn, was wollen Sie von mir?‹

›Liebe, gnädige Frau!‹

›Liebe! Ich kenne Sie kaum und liebe Sie nicht.‹

›Sie werden sehen, daß ich nicht scherze. Ich biete Ihnen alles an, was ich bin und tun kann, und ich werde vieles tun können, wenn es für Sie geschieht.‹

›Ja, das sagen alle. Es ist nie etwas Neues in euren Liebeserklärungen. Was wollen Sie denn tun, das mich hinreißen soll? Würden Sie wirklich lieben, so hätten Sie längst etwas getan.‹

›Was zum Beispiel?‹

›Das müßten Sie selber wissen. Sie hätten acht Tage fasten können oder sich erschießen, oder wenigstens Gedichte machen.‹

›Ich bin nicht Dichter.‹

›Warum nicht? Wer so liebt, wie man einzig lieben sollte, der wird zum Dichter und zum Helden um ein Lächeln, um einen Wink, um ein Wort von der, die er lieb hat. Wenn seine Gedichte nicht gut sind, sind sie doch heiß und voll Liebe –‹

›Sie haben recht, gnädige Frau. Ich bin kein Dichter und

kein Held, und ich erschieße mich auch nicht. Oder wenn ich das täte, so geschähe es aus Schmerz darüber, daß meine Liebe nicht so stark und brennend ist, wie Sie sie verlangen dürfen. Aber statt alles dessen habe ich eines, einen einzigen kleinen Vorzug vor jenem idealen Liebhaber: ich verstehe Sie.‹

›Was verstehen Sie?‹

›Daß Sie Sehnsucht haben wie ich. Sie verlangen nicht nach einem Geliebten, sondern Sie möchten lieben, ganz und sinnlos lieben. Und Sie können das nicht.‹

›Glauben Sie?‹

›Ich glaube es. Sie suchen die Liebe, wie ich sie suche. Ist es nicht so?‹

›Vielleicht.‹

›Darum können Sie mich auch nicht brauchen, und ich werde Sie nicht mehr belästigen. Aber vielleicht sagen Sie mir noch, ehe ich gehe, ob Sie einmal, irgend einmal, der wirklichen Liebe begegnet sind.‹

›Einmal, vielleicht. Da wir so weit sind, können Sie es ja wissen. Es ist drei Jahre her. Da hatte ich zum erstenmal das Gefühl, wahrhaftig geliebt zu werden.‹

›Darf ich weiter fragen?‹

›Meinetwegen. Da kam ein Mann und lernte mich kennen und hatte mich lieb. Und weil ich verheiratet war, sagte er es mir nicht. Und als er sah, daß ich meinen Mann nicht liebte und einen Günstling hatte, kam er und schlug mir vor, ich solle meine Ehe auflösen. Das ging nicht, und von da an trug dieser Mann Sorge um mich, bewachte uns, warnte mich und wurde mein guter Beistand und Freund. Und als ich seinetwegen den Günstling entließ und bereit war, ihn anzunehmen, verschmähte er mich und ging und kam nicht wieder. Der hat mich geliebt, sonst keiner.‹

›Ich verstehe.‹

›Also gehen Sie nun, nicht? Wir haben einander vielleicht schon zu viel gesagt.‹

›Leben Sie wohl. Es ist besser, ich komme nicht wieder.‹«

Mein Freund schwieg, rief nach einer Weile den Kellner, zahlte und ging. Und aus dieser Erzählung unter anderm schloß ich, ihm fehle die Fähigkeit zur richtigen Liebe. Er hatte es ja selber ausgesprochen. Und doch muß man den Menschen dann am wenigsten glauben, wenn sie von ihren Mängeln reden. Mancher hält sich für vollkommen, nur weil er geringe Ansprüche an sich stellt. Das tut mein Freund nicht, und es mag sein, daß gerade sein Ideal einer wahren Liebe ihn so hat werden lassen, wie er ist. Vielleicht auch hat der kluge Mann mich zum besten gehabt, und möglicherweise war jenes Gespräch mit Frau Förster einfach seine Erfindung. Denn er ist ein heimlicher Dichter, so sehr er sich auch dagegen verwahrt.

Lauter Vermutungen, vielleicht Täuschungen.

Für die Vernunft und Logik gibt das Leben weder Anlaß zur Freude noch zur Trauer. Wohl aber können wir den Wert, das Leben und den Sinn unserer »Stimmungen« tüchtig verderben, wenn wir sie alle der Vernunft unterstellen wollen. Man sieht es am besten am Beispiel der Liebe. Wer hat je aus Vernunft oder aus Willen geliebt? Nein, die Liebe erleidet man, aber je hingegebener man sie leidet, desto stärker macht sie uns.

Im Scherz

Meine Lieder stehen
Vor deiner Tür,
Sie klopfen an und bücken sich:
Öffnest du mir?

Meine Lieder haben
Einen seidenen Klang
Dem Rauschen deines Kleides gleich
Im Treppengang.

Meine Lieder tragen
Ein Duften lind,
Ganz wie in deinem Lieblingsbeet
Der Hyazinth.

Meine Lieder kleidet
Ein schweres Rot,
Das deinem seidnen Kleide gleich
Knistert und loht.

Meine schönsten Lieder
Gleichen ganz dir.
Sie stehn an der Pforte und bücken sich:
Öffnest du mir?

Im täglichen persönlichen Erleben macht jeder von uns die alte Erfahrung, daß keine Beziehung, keine Freundschaft, kein Gefühl uns treu bleibt und zuverlässig ist, dem wir nicht Blut vom eigenen Blut, dem wir nicht Liebe und Mitleben,

Opfer und Kämpfe dargebracht haben. Jeder weiß und erlebt es, wie leicht es ist, sich zu verlieben, und wie schwer und schön es ist, wirklich zu lieben. Liebe ist, wie alle wirklichen Werte, nicht käuflich. Es gibt einen käuflichen Genuß, aber keine käufliche Liebe.

Ich dachte an alle die Frauenbilder, vor denen ich in Jünglingsjahren gekniet war – bereit, ihnen mein Liebstes und Bestes zu schenken, nur um näher ans Innere des Lebens zu kommen, nur um eine Antwort zu finden auf die dunkel in mir fragende Stimme.

Wir werden älter, werden Männer, tun den Kranz aus den Haaren und finden unsere Ruhe. Aber wie ist es mit jenen Frauen, mit den Mädchen, um die wir einst so sehnsüchtige Irrgänge taten, die uns den ersten Morgenglanz der Liebe schenkten? Was fühlen sie, wenn wir von ihnen gehen? Und was fühlen sie, wenn sie am Ende einer an hohen Träumen reichen Jugendzeit dem Letzten ja sagen und die Hand geben? Wir Männer, wir treiben hundert Dinge, wir schaffen und forschen und arbeiten, wir haben Amt und Beruf und eine Menge kleiner Freuden und kleine Laster – aber was haben sie, die Frauen, die nur in Liebe leben, nur auf Liebe hoffen können? Wie selten geschieht es, daß ihnen jener Letzte auch nur einen kleinen Teil von dem zu geben hat, was ihnen die ersten, die Jünglinge und schüchtern-kühnen Anbeter, versprochen, vorgedichtet und vorgelogen haben! ... Ich dachte daran, was wir alle einst als Knaben, als kühne, freche Knaben, vom Leben als unser gutes Recht erwarteten. Und wie verzweifelt wenig davon wahr geworden ist. Und doch ist das Leben gut, und ist schön, und rührt uns jeden Tag mit seinen heiligen Kräften das Herz. Vielleicht geht es auch den armen Frauen mit der Liebe so. Man erzählt ihnen von Märchenwäldern und mondbeglänzten Gärten, und sie finden nachher ein rauhes Stück Land, wo statt Rosen geringe Kräuter wachsen. Von denen binden sie sich einen Strauß und stellen ihn ins Fenster, und wenn abends das Dunkel die Farben auslöscht und der singende Wind aus der Ferne herkommt, liebkosen sie ihren Strauß und lächeln, und es ist, als wären es Rosen und als wäre das Ackerland draußen ein Märchengarten.

Übrigens gibt es nichts Erfolgloseres als das Nachdenken über jemand, den man liebt.

Taedium vitae

Ich fühle die Einsamkeit wie einen gefrorenen See um mich her, ich fühle die Schande und Torheit dieses Lebens, ich fühle den Schmerz um die verlorene Jugend grimmig flammen. Es tut weh, freilich, aber es ist doch Schmerz, es ist doch Scham, es ist doch Qual, es ist doch Leben, Denken, Bewußtsein …

Und statt der Antwort, die ich doch nicht erwarte, finde ich neue Fragen. Zum Beispiel: Wie lang ist es her? Wann war's das letzte Mal, daß du jung gewesen bist?

Ich denke nach, und die erfrorene Erinnerung kommt langsam in Fluß, bewegt sich, schlägt unsichere Augen auf und strahlt unversehens ihre klaren Bilder aus, die unverloren unter der Todesdecke schliefen. Anfangs will es mir scheinen, die Bilder seien ungeheuer alt, zum mindesten zehn Jahre alt. Aber das taub gewordene Zeitgefühl wird zusehends wacher, legt den vergessenen Maßstab auseinander, nickt und mißt. Ich erfahre, daß alles viel näher beieinander liegt, und nun tut auch das entschlafene Identitätsbewußtsein die hochmütigen Augen auf und nickt bestätigend und frech zu den unglaublichsten Dingen. Es geht von Bild zu Bild und sagt: »Ja, das war ich«, und jedes Bild rückt damit sofort aus seiner kühlschönen Beschaulichkeit heraus und wird ein Stück Leben, ein Stück meines Lebens. Das Identitätsbewußtsein ist eine zauberhafte Sache, gar fröhlich zu sehen, und doch unheimlich. Man hat es, und man kann doch ohne es leben und tut es oft genug, wenn nicht meistens. Es ist herrlich, denn es vernichtet die Zeit; und ist schlimm, denn es leugnet den Fortschritt.

Die erwachten Funktionen arbeiten, und sie stellen fest, daß ich einmal an einem Abend im vollen Besitz meiner Jugend war, und daß es erst vor einem Jahr gewesen ist. Es war ein unbedeutendes Erlebnis, viel zu klein, als daß es sein Schatten sein könnte, in dem ich nun so lange lichtlos lebe. Aber es war ein Erlebnis, und da ich seit Wochen, vielleicht Monaten vollkommen ohne Erlebnisse war, dünkt es mir eine wunderbare Sache, schaut mich wie ein Paradieslein an und tut viel wichtiger als nötig wäre. Allein mir ist das lieb, ich bin dafür unendlich dankbar. Ich habe eine gute Stunde. Die Bücherreihen, die Stube, der Ofen, der Regen, das Schlafzimmer, die Einsamkeit, alles löst sich auf, zerrinnt, schmilzt hin. Ich rege, für eine Stunde, befreite Glieder.

Das war vor einem Jahr, Ende November, und es war ein ähnliches Wetter wie jetzt, nur war es fröhlich und hatte einen Sinn. Es regnete viel, aber melodisch schön, und ich hörte nicht vom Schreibtisch aus zu, sondern ging im Mantel und auf leisen, elastischen Gummischuhen draußen umher und betrachtete die Stadt. Ebenso wie der Regen war mein Gang und meine Bewegungen und mein Atem, nicht mechanisch, sondern schön, freiwillig, voller Sinn. Auch die Tage schwanden nicht so totgeboren hin, sie verliefen im Takte, mit Hebungen und Senkungen, und die Nächte waren lächerlich kurz und erfrischend, kleine Ruhepausen zwischen zwei Tagen, nur von den Uhren gezählt. Wie herrlich ist es, so seine Nächte zu verbringen, ein Drittel seines Lebens guten Mutes zu verschwenden, statt dazuliegen und die Minuten nachzuzählen, von denen doch keine den geringsten Wert hat.

Die Stadt war München. Ich war dorthin gereist, um ein Geschäft zu besorgen, das ich aber nachher brieflich abtat, denn ich traf so viele Freunde, sah und hörte so viel Hübsches, daß an Geschäfte nicht zu denken war. Einen Abend saß ich in einem schönen, wundervoll erleuchteten Saal und hörte einen kleinen, breitschultrigen Franzosen namens Lamond Stücke von Beethoven spielen. Das Licht glänzte, die schönen Kleider der Damen funkelten freudevoll, und durch den hohen Saal flogen große, weiße Engel, verkündeten Gericht und verkündeten frohe Botschaft, gossen Füllhörner der Lust aus und weinten schluchzend hinter vorgehaltenen, durchsichtigen Händen.

Eines Morgens fuhr ich, nach einer durchgezechten Nacht, mit Freunden durch den Englischen Garten, sang Lieder und trank beim Aumeister Kaffee. Einen Nachmittag war ich ganz von Gemälden umgeben, von Bildnissen, von Waldwiesen und Meerufern, von denen viele wunderbar erhöht und paradiesisch atmeten wie eine neue, unbefleckte Schöpfung. Abends sah ich den Glanz der Schaufenster, der für Landleute unendlich schön und gefährlich ist, sah Photographien und Bücher ausgestellt, und Schalen voll fremdländischer Blumen, teure Zigarren in Silberpapier gewickelt und feine Lederwaren von lachender Eleganz. Ich sah elektrische Lampen in den feuchten Straßen spiegelnd blitzen und die Helme alter Kirchentürme in Wolkendämmerung verschwinden.

Mit alledem verging die Zeit schnell und leicht, wie ein Glas leer wird, aus dem jeder Schluck Vergnügen macht. Es war Abend, ich hatte meinen Koffer gepackt und mußte morgen abreisen, ohne daß es mir leid tat. Ich freute mich schon auf die Eisenbahnfahrt an Dörfern, Wäldern und schon beschneiten Bergen vorbei, und auf die Heimkehr.

Für den Abend war ich eingeladen, in einem schönen neuen Hause in einer vornehmen Schwabinger Straße, wo es mir bei lebhaften Gesprächen und feinen Speisen wohl erging. Es waren auch einige Frauen da, doch bin ich im Verkehr mit solchen schamhaft und behindert, so daß ich lieber zu den Männern hielt. Wir tranken Weißwein aus dünnen Kelchgläsern, und rauchten gute Zigarren, deren Asche wir in silberne, innen vergoldete Becher fallen ließen. Wir sprachen laut und zart, mit Feuer und mit Ironie, ernst und witzig, und schauten uns klug und lebhaft in die Augen.

Erst spät, als der Abend beinahe vorüber war und das Männergespräch sich zur Politik wandte, wovon ich wenig verstehe, sah ich mir die eingeladenen Damen an. Sie wurden von einigen jungen Malern und Bildhauern unterhalten, die zwar arme Teufel, aber sämtlich mit großer Eleganz gekleidet waren, so daß ich ihnen gegenüber nicht Mitleid fühlen konnte, sondern Achtung und Respekt empfinden mußte. Doch ward ich auch von ihnen liebenswürdig geduldet, ja als zugereister Gast vom Lande freundlich ermuntert, so daß ich meine Schüchternheit ablegte und auch mit ihnen ganz brüderlich ins Reden kam. Daneben warf ich neugierige Blicke auf die jungen Damen.

Unter ihnen entdeckte ich nun eine ganz junge, vielleicht neunzehn Jahre alt, mit hellblonden, kinderhaften Haaren und einem blauäugigen, schmalen Märchengesicht. Sie trug ein helles Kleid mit blauen Besätzen und saß horchend und zufrieden auf ihrem Sessel. Ich sah sie kaum, da ging auch schon ihr Stern mir auf, daß ich ihre feine Gestalt und innige unschuldige Schönheit im Herzen begriff und die Melodie erfühlte, in welche eingehüllt sie sich bewegte. Eine stille Freude und Rührung machte meinen Herzschlag leicht und schnell, und ich hätte sie gerne angeredet, doch wußte ich nichts Stichhaltiges zu sagen. Sie selber sprach wenig, lächelte nur, nickte und sang kurze Antworten mit einer leichten, hold schwebenden Stimme. Über ihr dünnes Handgelenk fiel eine Manschette aus Spitzen, daraus die Hand mit den zarten Fingern kindlich und beseelt hervorschaute. Ihr Fuß, den sie spielend schaukelte, war mit einem feinen, hohen Stiefel aus braunem Leder bekleidet, und seine Form und Größe stand, wie auch die ihrer Hände, in einem richtigen, wohlgefälligen Verhältnis zu der ganzen Gestalt.

»Ach du!« dachte ich mir und sah sie an, »du Kind, du schöner Vogel du! Wohl mir, daß ich dich in deinem Frühling sehen darf.«

Es waren noch andere Frauen da, glänzendere und verheißungsvolle in reifer Pracht, und kluge mit durchdringenden Augen, doch hatte keine einen solchen Duft und keine war so von sanfter Musik umflossen. Sie sprachen und lachten und führten Krieg mit Blicken aus Augen aller Farben. Sie zogen auch mich gütig und neckend ins Gespräch und erwiesen mir Freundlichkeit, doch gab ich nur wie im Schlummer Antwort und blieb mit dem Gemüt bei der Blonden, um ihr Bild in mich zu fassen und die Blüte ihres Wesens nicht aus der Seele zu verlieren.

Ohne daß ich darauf achtete, wurde es spät, und plötzlich waren alle aufgestanden und unruhig geworden, gingen hin und her und nahmen Abschied. Da erhob auch ich mich schnell und tat dasselbe. Draußen zogen wir Mäntel und Kragen an, und ich hörte einen von den Malern zu der Schönen sagen: »Darf ich Sie begleiten?« Und sie sagte: »Ja, aber das ist ein großer Umweg für Sie. Ich kann ja auch einen Wagen nehmen.«

Da trat ich rasch hinzu und sagte: »Lassen Sie mich mitgehen, ich habe den gleichen Weg.«

Sie lächelte und sagte: »Gut, danke schön.« Und der Maler grüßte höflich, sah mich verwundert an und ging davon.

Nun schritt ich neben der lieben Gestalt die nächtliche Straße hinab. An einer Ecke stand eine späte Droschke und schaute uns aus müden Laternen an. Sie sagte: »Soll ich nicht lieber die Droschke nehmen? Es ist eine halbe Stunde weit.« Ich bat sie jedoch, es nicht zu tun. Nun fragte sie plötzlich: »Woher wissen Sie denn, wo ich wohne?«

»Oh, das ist ja gleichgültig. Übrigens weiß ich es gar nicht.«

»Sie sagten doch, Sie hätten den gleichen Weg?«

»Ja, den habe ich. Ich wäre ohnehin noch eine halbe Stunde spazierengegangen.«

Wir schauten an den Himmel, der war klar geworden und stand voll von Sternen, und durch die weiten, stillen Straßen strich ein frischer, kühler Wind.

Anfangs war ich in Verlegenheit, da ich durchaus nichts mit ihr zu reden wußte. Sie schritt jedoch frei und unbefangen dahin, atmete die reine Nachtluft mit Behagen und tat nur hie und da, wie es ihr einfiel, einen Ausruf oder eine Frage, auf die ich pünktlich Antwort gab. Da wurde auch ich wieder frei und zufrieden, und es ergab sich im Takt unserer Schritte ein ruhiges Plaudern, von dem ich heute kein Wort mehr weiß.

Wohl aber weiß ich noch, wie ihre Stimme klang; sie klang rein, vogelleicht und dennoch warm, und ihr Lachen ruhig und fest. Ihr Schritt nahm meinen gleichmäßig mit, ich bin nie so froh und schwebend gegangen, und die schlafende Stadt mit Palästen, Toren, Gärten und Denkmälern glitt still und schattenhaft an uns vorüber.

Es begegnete uns ein alter Mann in schlechten Kleidern, der nicht mehr gut zu Fuße war. Er wollte uns ausweichen, doch nahmen wir das nicht an, sondern machten ihm zu beiden Seiten Platz, und er drehte sich langsam um und blickte uns nach.

»Ja, schau du nur!« sagte ich, und das blonde Mädchen lachte vergnügt.

Von hohen Türmen schollen Stundenschläge, flogen klar und frohlockend im frischen Winterwind über die Stadt und vermischten sich fern in den Lüften zu einem verhallenden Brausen. Ein Wagen fuhr über einen Platz, die Hufschläge tönten klappernd auf dem Pflaster, die Räder aber hörte man nicht, sie liefen auf Gummireifen.

Neben mir schritt heiter und frisch die schöne junge Gestalt, die Musik ihres Wesens umschloß auch mich, mein Herz schlug denselben Takt wie ihres, meine Augen sahen alles, was ihre Augen sahen. Sie kannte mich nicht, und ich wußte ihren Namen nicht, aber wir waren beide sorgenlos und jung, wir waren Kameraden wie zwei Sterne und wie zwei Wolken, die denselben Weg ziehen, dieselbe Luft atmen und sich ohne Worte wunschlos wohl fühlen. Mein Herz war wieder neunzehn Jahre alt und unversehrt.

Mir schien, wir beide müßten ohne Ziel und unermüdet

weiter wandern. Mir schien, wir gingen schon unausdenklich lange nebeneinander, und es könnte nie ein Ende nehmen. Die Zeit war ausgelöscht, ob auch die Uhren schlugen.

Da aber blieb sie unvermutet stehen, lächelte, gab mir die Hand und verschwand in einem Haustor.

... Ich war, am Tag nach jenem schönen Abendgang mit dem fremden Mädchen, abgereist und in meine Heimat gefahren. Ich saß fast ganz allein im Wagen und freute mich über den guten Schnellzug und über die fernen Alpen, die eine Zeitlang klar und glänzend zu sehen waren. In Kempten aß ich am Büffet eine Wurst und unterhielt mich mit dem Schaffner, dem ich eine Zigarre kaufte. Später wurde das Wetter trüb, und den Bodensee sah ich grau und groß wie ein Meer im Nebel und leisem Schneegeriesel liegen.

Zu Hause in demselben Zimmer, in dem ich auch jetzt sitze, machte ich mir ein gutes Feuer in den Ofen und ging mit Eifer an meine Arbeit. Es kamen Briefe und Bücherpakete und gaben mir zu tun, und einmal in der Woche fuhr ich ins Städtchen hinüber, machte meine paar Einkäufe, trank ein Glas Wein und spielte eine Partie Billard.

Dabei merkte ich doch allmählich, daß die freudige Munterkeit und zufriedene Lebenslust, mit der ich noch kürzlich in München umhergegangen war, sich anschickte zur Neige zu gehen und durch irgendeinen kleinen, dummen Riß zu entrinnen, so daß ich langsam in einen minder hellen, träumerischen Zustand hineingeriet. Im Anfang dachte ich, es werde ein kleines Unwohlsein sich ausbrüten, darum fuhr ich in die Stadt und nahm ein Dampfbad, das jedoch nichts helfen wollte. Ich sah auch bald ein, daß dieses Übel nicht in den Knochen und im Blut steckte. Denn ich begann jetzt, ganz wider oder doch ohne meinen Willen, zu allen Stunden des Tages mit einer gewissen hartnäckigen Begierde an München zu denken, als ob ich in dieser angenehmen Stadt etwas Wesentliches verloren hätte. Und ganz allmählich nahm dieses Wesentliche für mein Bewußtsein Gestalt an, und es war die liebliche schlanke Gestalt der neunzehnjährigen Blonden. Ich merkte, daß ihr Bildnis und jener dankbar frohe abendliche Gang an ihrer Seite in mir nicht zur stillen Erinnerung, sondern zu einem Teil meiner selbst geworden war, der jetzt zu schmerzen und zu leiden anfing.

Es ging schon leis in den Frühling hinein, da war die Sache reif und brennend geworden und ließ sich auf keine Weise mehr unterschlagen. Ich wußte jetzt, daß ich das liebe Mädchen wiedersehen müsse, ehe an anderes zu denken war. Wenn alles stimmte, so durfte ich den Gedanken nicht scheuen, meinem stillen Leben Fahrwohl zu sagen und mein harmloses Schicksal mitten in den Strom zu lenken. War es auch bisher meine Absicht gewesen, meinen Weg allein als ein unbeteiligter Zuschauer zu gehen, so schien doch jetzt ein ernsthaftes Bedürfnis es anders zu wollen.

Darum überlegte ich mir alles Notwendige gewissenhaft und kam zu dem Schlusse, es sei mir durchaus möglich und erlaubt, mich einem jungen Mädchen anzutragen, falls es dazu kommen sollte. Ich war wenig über dreißig Jahre alt, auch gesund und gutartig, und besaß so viel Vermögen, daß eine Frau, wenn sie nicht zu sehr verwöhnt war, sich mir ohne Sorge anvertrauen konnte. Gegen Ende März fuhr ich denn wieder nach München, und diesmal hatte ich auf der langen Eisenbahnfahrt recht viel zu denken. Ich nahm mir vor, zunächst die nähere Bekanntschaft des Mädchens zu machen und hielt es nicht für völlig unmöglich, daß dann vielleicht mein Bedürfnis sich als minder heftig und überwindbar erweisen könnte. Vielleicht, meinte ich, werde das bloße Wiedersehen meinem Heimweh Genüge tun und das Gleichgewicht in mir sich dann von selber wieder herstellen.

Das war nun allerdings die törichte Annahme eines Unerfahrenen. Ich erinnere mich nun wieder wohl daran, mit wieviel Vergnügen und Schlauheit ich diese Reisegedanken spann, während ich im Herzen schon fröhlich war, da ich mich München und der Blonden nahe wußte.

Kaum hatte ich das vertraute Pflaster wieder betreten, so stellte sich auch ein Behagen ein, das ich wochenlang vermißt hatte. Es war nicht frei von Sehnsucht und verhüllter Unruhe, aber doch war mir längere Zeit nicht mehr so wohl gewesen. Wieder freute mich alles, was ich sah, und hatte einen wunderlichen Glanz, die bekannten Straßen, die Türme, die Leute in der Trambahn mit ihrer Mundart, die großen Bauten und stillen Denkmäler. Ich gab jedem Trambahnschaffner einen Fünfer Trinkgeld, ließ mich durch ein feines Schaufenster verleiten, mir einen eleganten Regenschirm zu kaufen, gönnte mir auch in einem Zigarrenladen etwas Feineres, als es eigentlich meinem Stande und Vermögen entsprach, und fühlte mich in der frischen Märzluft recht unternehmungslustig.

Nach zwei Tagen hatte ich mich schon in aller Stille nach dem Mädchen erkundigt und nicht viel anderes erfahren, als ich ungefähr erwartet hatte. Sie war eine Waise und aus gutem Hause, doch arm, und besuchte eine kunstgewerbliche Schule. Mit meinem Bekannten in der Leopoldstraße, in dessen Haus ich sie damals gesehen hatte, war sie entfernt verwandt.

Dort sah ich sie auch wieder. Es war eine kleine Abendgesellschaft, fast alle Gesichter von damals tauchten wieder auf, manche erkannten mich wieder und gaben mir freundlich die Hand. Ich aber war sehr befangen und erregt, bis endlich mit anderen Gästen auch sie erschien. Da wurde ich still und zufrieden, und als sie mich erkannte, mir zunickte und mich sogleich an jenen Abend im Winter erinnerte, fand sich bei mir das alte Zutrauen ein, und ich konnte mit ihr reden und ihr in die Augen sehen, als wäre seither keine Zeit vergangen und als wehte noch derselbe winterliche Nachtwind um uns beide. Doch hatten wir einander nicht viel mitzuteilen, sie fragte nur, wie es mir seither gegangen sei und ob ich die ganze Zeit auf dem Land gelebt habe. Als das besprochen war, schwieg sie ein paar Augenblicke, sah mich dann lächelnd an und wendete sich zu ihren Freunden, während ich sie nun aus einiger Ferne nach Lust betrachten konnte. Sie schien mir ein wenig verändert, doch wußte ich nicht wie und in welchen Zügen, und erst nachher, als sie fort war und ich ihre beiden Bilder in mir streiten fühlte und vergleichen konnte, fand ich heraus, daß sie ihr Haar jetzt anders aufgesteckt hatte und auch zu etwas volleren Wangen gekommen war. Ich betrachtete sie still und hatte dabei dasselbe Gefühl der Freude und Verwunderung, daß es etwas so Schönes und innig Junges gebe und daß es mir erlaubt war, diesem Menschenfrühling zu begegnen und in die hellen Augen zu sehen.

Während des Abendessens und nachher beim Moselwein ward ich in die Herrengespräche hineingezogen, und wenn auch von anderen Dingen die Rede war als bei meinem letzten Hiersein, schien mir das Gespräch doch wie eine Fortsetzung des damaligen, und ich nahm mit einer kleinen Genugtuung wahr, daß diese lebhaften und verwöhnten Stadtleute doch auch trotz aller Augenlust und Neuigkeiten einen gewissen Zirkel haben, in dem ihr Geist und Leben sich bewegt, und daß bei allem Vielerlei und Wechsel doch auch hier der Zirkel unerbittlich und verhältnismäßig eng ist. Obschon mir in ihrer Mitte recht wohl war, fühlte ich mich doch durch meine lange Abwesenheit im Grunde um nichts betrogen und konnte die Vorstellung nicht ganz unterdrücken, diese Herrschaften seien alle noch von damals her sitzen geblieben und redeten noch am selben Gespräch von damals fort. Dieser Gedanke war natürlich ungerecht und kam nur davon her, daß meine Aufmerksamkeit und Teilnahme diesmal häufig von der Unterhaltung abwich.

Ich wandte mich auch, so bald ich konnte, dem Nebenzimmer zu, wo die Damen und jungen Leute ihre Unterhaltung hatten. Es entging mir nicht, daß die jungen Künstler von der Schönheit des Fräuleins stark angezogen wurden und mit ihr teils kameradschaftlich, teils ehrerbietig umgingen. Nur einer, ein Bildnismaler namens Zündel, hielt sich kühl bei den älteren Frauen und schaute uns Schwärmern mit einer gutmütigen Verachtung zu. Er sprach lässig und mehr horchend als redend mit einer schönen, braunäugigen Frau, von der ich gehört hatte, sie stehe im Ruf großer Gefährlichkeit und vieler gehabter oder noch schwebender Liebesabenteuer.

Doch nahm ich alles das nur nebenbei mit halben Sinnen wahr. Das Mädchen nahm mich ganz in Anspruch, doch ohne daß ich mich ins allgemeine Gespräch mischte. Ich fühlte, wie sie in einer lieblichen Musik befangen lebte und sich bewegte, und der milde, innige Reiz ihres Wesens umgab mich so dicht und süß und stark wie der Duft einer Blume. So wohl mir das jedoch tat, so konnte ich doch unzweifelhaft spüren, daß ihr Anblick mich nicht stillen und sättigen könne und daß mein Leiden, wenn ich jetzt wieder von ihr getrennt würde, noch weit quälender werden müsse. Mir schien in ihrer zierlichen Person mein eigenes Glück und der blühende Frühling meines Lebens mich anzublikken, daß ich ihn fasse und an mich nehme, der sonst nie wieder käme. Es war nicht eine Begierde des Blutes nach Küssen und nach einer Liebesnacht, wie es manche schöne Frau schon für Stunden in mir erweckt und mich damit erhitzt und gequält hatte. Vielmehr war es ein frohes Vertrauen, daß in dieser lieben Gestalt mein Glück mir begegnen wolle, daß ihre Seele mir verwandt und freundlich und mein Glück auch ihres sein müsse.

Darum beschloß ich, ihr nahe zu bleiben und zur rechten Stunde meine Frage an sie zu tun.

Es soll nun einmal erzählt sein, also weiter! …

Beim nächsten Zusammentreffen mit ihr gelang es mir, sie etwas besser zu unterhalten, wir plauderten ganz vertraulich, und ich erfuhr manches über ihr Leben. Auch durfte ich sie nach Hause begleiten, und es war mir wie im Traum, daß ich wieder mit ihr denselben Weg durch die ruhigen Straßen ging. Ich sagte ihr, ich habe oft an jenen Heimweg gedacht und mir gewünscht, ihn noch einmal gehen zu dürfen. Sie lachte vergnügt und fragte mich ein wenig aus. Und schließlich, da ich doch am Bekennen war, sah ich sie an und sagte: »Ich bin nur Ihretwegen nach München gekommen, Fräulein Maria.«

Ich fürchtete sogleich, das möchte zu dreist gewesen sein, und wurde verlegen. Aber sie sagte nichts darauf und sah mich nur ruhig und ein wenig neugierig an. Nach einer Weile sagte sie dann: »Am Donnerstag gibt ein Kamerad von mir ein Atelierfest. Wollen Sie auch kommen? – Dann holen Sie mich um acht Uhr hier ab.«

Wir standen vor ihrer Wohnung. Da dankte ich und nahm Abschied.

So war ich denn von Maria zu einem Fest eingeladen worden. Eine große Freudigkeit kam über mich. Ohne daß ich mir von diesem Feste allzuviel versprach, war es mir doch ein wunderlich süßer Gedanke, von ihr dazu aufgefordert zu sein und ihr etwas zu verdanken. Ich besann mich, wie ich ihr dafür danken könne, und beschloß, ihr am Donnerstag einen schönen Blumenstrauß mitzubringen.

In den drei Tagen, die ich noch warten mußte, fand ich die heiter zufriedene Stimmung nicht wieder, in der ich die letzte Zeit gewesen war. Seit ich ihr das gesagt hatte, daß ich ihretwegen hierher gereist sei, war meine Unbefangenheit und Ruhe verloren. Es war doch so gut wie ein Geständnis gewesen, und nun mußte ich immer denken, sie wisse um meinen Zustand und überlege sich vielleicht, was sie mir antworten solle. Ich brachte diese Tage meist auf Ausflügen außerhalb der Stadt zu, in den großen Parkanlagen von Nymphenburg und von Schleißheim oder im Isartal in den Wäldern.

Als der Donnerstag gekommen war und es Abend wurde, zog ich mich an, kaufte im Laden einen großen Strauß rote Rosen und fuhr damit in einer Droschke bei Maria vor. Sie kam sogleich herab, ich half ihr in den Wagen und gab ihr die Blumen, aber sie war aufgeregt und befangen, was ich trotz meiner eigenen Verlegenheit wohl bemerkte. Ich ließ sie denn auch in Ruhe, und es gefiel mir, sie so mädchenhaft vor einer Festlichkeit in Aufregung und Freudenfieber zu sehen. Bei der Fahrt im offenen Wagen durch die Stadt überkam auch mich allmählich eine große Freude, indem es mir scheinen wollte, als bekenne damit Maria, sei es auch nur für eine Stunde, sich zu einer Art von Freundschaft und Einverständnis mit mir. Es war mir ein festtägliches Ehrenamt, sie für diesen Abend unter meinem Schutz und meiner Begleitung zu haben, da es ihr hierzu doch gewiß nicht an anderen erbötigen Freunden gefehlt hätte.

Der Wagen hielt vor einem großen kahlen Miethause, dessen Flur und Hof wir durchschreiten mußten. Dann ging es im Hinterhause unendliche Treppen hinauf, bis uns im obersten Korridor ein Schwall von Licht und Stimmen entgegenbrach. Wir legten in einer Nebenstube ab, wo ein eisernes Bett und ein paar Kisten schon mit Mänteln und Hüten bedeckt waren, und traten dann in das Atelier, das hell erleuchtet und voll von Menschen war. Drei oder vier waren mir flüchtig bekannt, die andern samt dem Hausherrn aber alle fremd.

Diesem stellte mich Maria vor und sagte dazu: »Ein Freund von mir. Ich durfte ihn doch mitbringen?«

Das erschreckte mich ein wenig, da ich glaubte, sie habe mich angemeldet. Aber der Maler gab mir unbeirrt die Hand und sagte gleichmütig: »Ist schon recht.«

Es ging in dem Atelier recht lebhaft und freimütig zu. Jeder setzte sich, wo er Platz fand, und man saß nebeneinander, ohne sich zu kennen. Auch nahm sich jedermann nach Belieben von den kalten Speisen, die da und dort herumstanden, und vom Wein oder Bier, und während die einen erst ankamen oder ihr Abendbrot aßen, hatten andere schon die Zigarren angezündet, deren Rauch sich allerdings anfänglich in dem sehr hohen Raume leicht verlor.

Da niemand nach uns sah, versorgte ich Maria und dann auch mich mit einigem Essen, das wir ungestört an einem kleinen niederen Zeichentisch verzehrten, zusammen mit einem fröhlichen, rotbärtigen Manne, den wir beide nicht kannten, der uns aber munter und anfeuernd zunickte. Hie und da griff jemand von den später Gekommenen, für die es an Tischen fehlte, über unsre Schultern hinweg nach einem Schinkenbrot, und als die Vorräte zu Ende waren, klagten viele noch über Hunger, und zwei von den Gästen gingen aus, um noch etwas einzukaufen, wozu der eine von seinen Kameraden kleine Geldbeiträge erbat und erhielt.

Der Gastgeber sah diesem munteren und etwas lärmigen Wesen gleichmütig zu, aß stehend ein Butterbrot und ging mit diesem und einem Weinglas in den Händen plaudernd bei den Gästen hin und wider. Auch ich nahm an dem ungebundenen Treiben keinen Anstoß, doch wollte es mir im stillen leid tun, daß Maria sich hier anscheinend wohl und heimisch fühlte. Ich wußte ja, daß die jungen Künstler ihre Kollegen und zum Teil sehr achtenswerte Leute waren, und hatte keinerlei Recht, etwas anders zu wünschen. Dennoch war es mir ein leiser Schmerz und fast eine kleine Enttäuschung, zu sehen, wie sie diese immerhin robuste Geselligkeit befriedigt hinnahm. Ich blieb bald allein, da sie nach der kurzen Mahlzeit sich erhob und ihre Freunde begrüßte. Den beiden ersten stellte sie mich vor und suchte mich mit in ihre Unterhaltung zu ziehen, wobei ich freilich versagte. Dann stand sie bald da bald dort bei Bekannten, und da sie mich nicht zu vermissen schien, zog ich mich in einen Winkel zurück, lehnte mich an die Wand und schaute mir die lebhafte Gesellschaft in Ruhe an. Ich hatte nicht erwartet, daß Maria sich den ganzen Abend in meiner Nähe halten würde, und war damit zufrieden, sie zu sehen, etwa einmal mit ihr zu plaudern und sie dann wieder nach Hause zu begleiten. Trotzdem kam allmählich ein Mißbehagen über mich, und je munterer die andern wurden, desto unnützer und fremder stand ich da, nur selten von jemand flüchtig angeredet.

Unter den Gästen bemerkte ich auch jenen Porträtmaler Zündel sowie jene schöne Frau mit den braunen Augen, die mir als gefährlich und etwas übel berufen bezeichnet worden war. Sie schien in diesem Kreis wohlbekannt und ward von den meisten mit einer gewissen lächelnden Vertrautheit, doch ihrer Schönheit wegen auch mit freimütiger Bewunderung betrachtet. Zündel war ebenfalls ein hübscher Mensch, groß und kräftig, mit scharfen dunklen Augen und von einer sicheren, stolzen und überlegenen Haltung wie ein verwöhnter und seines Eindrucks gewisser Mann. Ich betrachtete ihn mit Aufmerksamkeit, da ich von Natur für solche Männer ein merkwürdiges, mit Humor und auch mit etwas Neid gemischtes Interesse habe. Er versuchte den Gastgeber wegen der mangelhaften Bewirtung aufzuziehen.

»Du hast ja nicht einmal genug Stühle«, meinte er geringschätzig. Aber der Hausherr blieb unangefochten. Er zuckte die Achseln und sagte: »Wenn ich mich einmal zum Porträtmalen hergeb', wird's bei mir schon auch fein werden.« Dann tadelte Zündel die Gläser: »Aus den Kübeln kann man doch keinen Wein trinken. Hast du nie gehört, daß zum Wein feine Gläser gehören?« Und der Gastgeber antwortete unverzagt: »Vielleicht verstehst du was von Gläsern, aber vom Wein verstehst du nichts. Mir ist alleweil ein feiner Wein lieber als ein feines Glas.«

Die schöne Frau hörte lächelnd zu, und ihr Gesicht sah merkwürdig zufrieden und selig aus, was kaum von diesen Witzen herrühren konnte. Ich sah denn auch bald, daß sie unterm Tischblatt ihre Hand tief in den linken Rockärmel des Malers gesteckt hielt, während sein Fuß leicht und nachlässig mit ihrem spielte. Doch schien er mehr höflich als zärtlich zu sein, sie aber hing mit einer unangenehmen Inbrunst an ihm, und ihr Anblick wurde mir bald unerträglich.

Übrigens machte sich auch Zündel nun von ihr los und stand auf. Es war jetzt ein starker Rauch im Atelier, auch

Frauen und Mädchen rauchten Zigaretten. Gelächter und laute Gespräche klangen durcheinander, alles ging auf und ab, setzte sich auf Stühle, auf Kisten, auf den Kohlenbehälter, auf den Boden. Eine Pikkoloflöte wurde geblasen, und mitten in dem Getöse las ein leicht angetrunkener Jüngling einer lachenden Gruppe ein ernsthaftes Gedicht vor.

Ich beobachtete Zündel, der gemessen hin und wider ging und völlig ruhig und nüchtern blieb. Dazwischen sah ich immer wieder zu Maria hinüber, die mit zwei andern Mädchen auf einem Diwan saß und von jungen Herren unterhalten wurde, die mit Weingläsern in den Händen dabeistanden. Je länger die Lustbarkeit dauerte und je lauter sie wurde, desto mehr kam eine Trauer und Beklemmung über mich. Es schien mir, ich sei mit meinem Märchenkind an einen unreinen Ort geraten, und ich begann darauf zu warten, daß sie mir winke und fortzugehen begehre.

Der Maler Zündel stand jetzt abseits und hatte sich eine Zigarre angezündet. Er beschaute sich die Gesichter und blickte auch aufmerksam zu dem Diwan hin. Da hob Maria den Blick, ich sah es genau, und sah ihm eine kleine Weile in die Augen. Er lächelte, sie aber blickte ihn fest und gespannt an, und dann sah ich ihn ein Auge schließen und den Kopf fragend heben, sie aber leise nicken.

Da wurde mir schwül und dunkel im Herzen. Ich wußte ja nichts, und es konnte ein Scherz, ein Zufall, eine kaum gewollte Gebärde sein. Allein ich tröstete mich damit nicht. Ich hatte gesehen, es gab ein Einverständnis zwischen den beiden, die den ganzen Abend kein Wort miteinander gesprochen und sich fast auffallend voneinander fern gehalten hatten.

In jenem Augenblick fiel mein Glück und meine kindische Hoffnung zusammen, es blieb kein Hauch und kein

Glanz davon übrig. Es blieb nicht einmal eine reine, herzliche Trauer, die ich gern getragen hätte, sondern nur eine Scham und Enttäuschung, ein widerwärtiger Geschmack und Ekel. Wenn ich Maria mit einem frohen Bräutigam oder Liebhaber gesehen hätte, so hätte ich ihn beneidet und mich doch gefreut. Nun aber war es ein Verführer und Weiberheld, dessen Fuß noch vor einer halben Stunde mit dem der braunäugigen Frau gespielt hatte.

Trotzdem raffte ich mich zusammen. Es konnte immer noch eine Täuschung sein, und ich mußte Maria Gelegenheit geben, meinen bösen Verdacht zu widerlegen.

Ich ging zu ihr und sah ihr betrübt in das frühlinghafte, liebe Gesicht. Und ich fragte: »Es wird spät, Fräulein Maria, darf ich Sie nicht heimbegleiten?«

Ach, da sah ich sie zum erstenmal unfrei und verstellt. Ihr Gesicht verlor den feinen Gotteshauch, und auch ihre Stimme klang verhüllt und unwahr. Sie lachte und sagte laut: »O verzeihen Sie, daran hatte ich gar nicht gedacht. Ich werde abgeholt. Wollen Sie schon gehen?«

Ich sagte: »Ja, ich will gehen. Adieu, Fräulein Maria.«

Ich nahm von niemand Abschied und wurde von niemand aufgehalten. Langsam ging ich die vielen Treppen hinunter, über den Hof und durch das Vorderhaus. Draußen besann ich mich, was nun zu tun sei, und kehrte wieder um und verbarg mich im Hof hinter einem leeren Wagen. Dort wartete ich lang, beinahe eine Stunde. Dann kam der Zündel, warf einen Zigarrenrest weg und knöpfte seinen Mantel zu, ging durch die Einfahrt hinaus, kam aber bald wieder und blieb am Ausgang stehen.

Es dauerte fünf, zehn Minuten, und immerfort verlangte es mich, hervorzutreten, ihn anzurufen, ihn einen Hund zu heißen und an der Kehle zu packen. Aber ich tat es nicht, ich blieb still in meinem Versteck und wartete. Und es dauerte nicht lang, da hörte ich wieder Schritte auf der Treppe, und die Türe ging, und Maria kam heraus, schaute sich um, schritt zum Ausgang und legte still ihren Arm in den des Malers. Rasch gingen sie miteinander fort ... Es ist etwas verlorengegangen, was früher in der Welt war, ein gewisser unschuldiger Duft und Liebreiz, und ich weiß nicht, ob das wiederkommen kann.

Liebeslied

O du, ich kann nicht sagen,
Was du aus mir gemacht.
Ich fliehe vor den Tagen
Und suche nur die Nacht.

Die Nacht ist mir so golden
Wie sonst kein Tag mir war,
Da träum ich von einer holden
Fraue mit blondem Haar.

Da träum ich von seligen Dingen,
Die mir Dein Blick verhieß,
Da hör' ich Lieder klingen
Fernher vom Paradies.

Da sehe ich Wolken jagen
Und schaue lang in die Nacht –
O du, ich kann nicht sagen,
Was du aus mir gemacht.

Iris
Ein Märchen

Im Frühling seiner Kindheit lief Anselm durch den grünen Garten. Eine Blume unter den Blumen der Mutter hieß Schwertlilie, die war ihm besonders lieb. Er hielt seine Wange an ihre hohen hellgrünen Blätter, drückte tastend seine Finger an ihre scharfen Spitzen, roch atmend an der großen wunderbaren Blüte und sah lange hinein. Da standen lange Reihen von gelben Fingern aus dem bleichbläulichen Blumenboden empor, zwischen ihnen lief ein lichter Weg hinweg und hinabwärts in den Kelch und das ferne, blaue Geheimnis der Blüte hinein. Die liebte er sehr, und blickte lange hinein, und sah die gelben feinen Glieder bald wie einen goldenen Zaun am Königsgarten stehen, bald als doppelten Gang von schönen Traumbäumen, die kein Wind bewegt, und zwischen ihnen lief hell und von glaszarten lebendigen Adern durchzogen der geheimnisvolle Weg ins Innere. Ungeheuer dehnte die Wölbung sich auf, nach rückwärts verlor der Pfad zwischen den goldenen Bäumen sich unendlich tief in unausdenkliche Schlünde, über ihm bog sich die violette Wölbung königlich und legte zauberisch dünne Schatten über das stille wartende Wunder. Anselm wußte, daß dies der Mund der Blume war, daß hinter den gelben Prachtgewächsen im blauen Schlunde ihr Herz und ihre Gedanken wohnten, und daß über diesen holden, lichten, glasig geäderten Weg ihr Atem und ihre Träume aus und ein gingen.

Und neben der großen Blüte standen kleinere, die noch nicht aufgegangen waren, sie standen auf festen, saftigen Stielen in einem kleinen Kelche aus bräunlich grüner Haut, aus ihnen drang die junge Blüte still und kräftig hinan, in lichtes Grün und Lila fest gewickelt, oben aber schaute straff und zart gerollt das junge tiefe Violett mit feiner Spitze hervor. Auch schon auf diesen festgerollten, jungen Blütenblättern war Geäder und hundertfache Zeichnung zu sehen.

Am Morgen, wenn er aus dem Hause und aus dem Schlaf und Traum und fremden Welten wiederkam, da stand unverloren und immer neu der Garten und wartete auf ihn, und wo gestern eine harte blaue Blütenspitze dicht gerollt aus grüner Schale gestarrt hatte, da hing nun dünn und blau wie Luft ein junges Blatt, wie eine Zunge und wie eine Lippe, suchte tastend seine Form und Wölbung, von der es lang geträumt, und zuunterst, wo es noch im stillen Kampf mit seiner Hülle lag, da ahnte man schon feine gelbe Gewächse, lichte geäderte Bahn und fernen, duftenden Seelenabgrund bereitet. Vielleicht am Mittag schon, vielleicht am Abend war sie offen, wölbte blaues Seidenzelt über goldnem Traumwalde, und ihre ersten Träume, Gedanken und Gesänge kamen still aus dem zauberhaften Abgrund hervorgeatmet.

Es kam ein Tag, da standen lauter blaue Glockenblumen im Gras. Es kam ein Tag, da war plötzlich ein neuer Klang und Duft im Garten, und über rötlichem durchsonntem Laub hing weich und rotgolden die erste Teerose. Es kam ein Tag, da waren keine Schwertlilien mehr da. Sie waren gegangen, kein goldbezäunter Pfad mehr führte zart in duftende Geheimnisse hinab, fremd standen starre Blätter spitz und kühl. Aber rote Beeren waren in den Büschen reif, und über den Sternblumen flogen neue, unerhörte Falter frei und spielend hin, rotbraune mit perlmutternen Rücken und schwirrende, glasflüglige Schwärmer. Anselm sprach mit den Faltern und mit den Kieselsteinen, er hatte zum Freund den Käfer und die Eidechse, Vögel erzählten ihm Vogelgeschichten, Farnkräuter zeigten ihm heimlich unterm Dach der Riesenblätter den braunen gesammelten Samen, Glasscherben grün und kristallen fingen ihm den Sonnenstrahl und wurden Paläste, Gärten und funkelnde Schatzkammer. Waren die Lilien fort, so blühten die Kapuziner, waren die Teerosen welk, so wurden die Brombeeren braun, alles verschob sich, war immer da und immer fort, verschwand und kam zur Zeit wieder, und auch die bangen, wunderlichen Tage, wo der Wind kalt in der Tanne lärmte und im ganzen Garten das welke Laub so fahl und erstorben klirrte, brachten noch ein Lied, ein Erlebnis, eine Geschichte mit, bis wieder alles hinsank, Schnee vor den Fenstern fiel und Palmenwälder an den Scheiben wuchsen, Engel mit silbernen Glocken durch den Abend flogen und Flur und Boden nach gedörrtem Obst dufteten. Niemals erlosch Freundschaft und Vertrauen in dieser guten Welt, und wenn einmal unversehens wieder Schneeglöckchen neben dem schwarzen Efeulaub strahlten und erste Vögel hoch durch neue blaue Höhen flogen, so war es, als sei alles immerfort dagewesen. Bis eines Tages, nie erwartet und doch immer genau wie es sein mußte und immer gleich erwünscht, wieder eine erste bläuliche Blütenspitze aus den Schwertlilienstengeln schaute.

Alles war schön, alles war Anselm willkommen, befreundet und vertraut, aber der größte Augenblick des Zaubers und der Gnade war in jedem Jahr für den Knaben die erste Schwertlilie. In ihrem Kelch hatte er irgendeinmal, im frühsten Kindestraum, zum erstenmal im Buch der Wunder gelesen, ihr Duft und wehendes vielfaches Blau war ihm Anruf und Schlüssel der Schöpfung gewesen. So ging die Schwertlilie mit ihm durch alle Jahre seiner Unschuld, war in jedem neuen Sommer neu, geheimnisreicher und rührender geworden. Auch andre Blumen hatten einen Mund, auch andre Blumen sandten Duft und Gedanken aus, auch andre lockten Biene und Käfer in ihre kleinen, süßen Kammern. Aber die blaue Lilie war dem Knaben mehr als jede andre Blume lieb und wichtig geworden, sie wurde ihm Gleichnis und Beispiel alles Nachdenkenswerten und Wunderbaren. Wenn er in ihren Kelch blickte und versunken diesem hellen träumerischen Pfad mit seinen Gedanken folgte, zwischen den gelben wunderlichen Gestäuden dem verdämmernden Blumeninnern entgegen, dann blickte seine Seele in das Tor, wo die Erscheinung zum Rätsel und das Sehen zum Ahnen wird. Er träumte auch bei Nacht zuweilen von diesem Blumenkelch, sah ihn ungeheuer groß vor sich geöffnet wie das Tor eines himmlischen Palastes, ritt auf Pferden, flog auf Schwänen hinein, und mit ihm flog und ritt und glitt die ganze Welt leise, von Magie gezogen, in den holden Schlund hinein und hinab, wo jede Erwartung zur Erfüllung und jede Ahnung Wahrheit werden mußte.

Jede Erscheinung auf Erden ist ein Gleichnis, und jedes Gleichnis ist ein offenes Tor, durch welches die Seele, wenn sie bereit ist, in das Innere der Welt zu gehen vermag, wo du und ich und Tag und Nacht alle eines sind. Jedem Menschen tritt hier und dort in seinem Leben das geöffnete Tor in den Weg, jeden fliegt irgendeinmal der Gedanke an, daß alles Sichtbare ein Gleichnis sei, und daß hinter dem Gleichnis der Geist und das ewige Leben wohne. Wenige freilich gehen durch das Tor und geben den schönen Schein dahin für die geahnte Wirklichkeit des Innern.

So erschien dem Knaben Anselm sein Blumenkelch als die aufgetane, stille Frage, der seine Seele in quellender Ahnung einer seligen Antwort entgegendrängte. Dann wieder zog das liebliche Vielerlei der Dinge ihn hinweg, in Gesprächen und Spielen zu Gras und Steinen, Wurzeln, Busch, Getier und allen Freundlichkeiten seiner Welt. Oft sank er tief in die Betrachtung seiner selbst hinab, er saß hingegeben an die Merkwürdigkeiten seines Leibes, fühlte mit geschlossenen Augen beim Schlucken, beim Singen, beim Atmen sonderbare Regungen, Gefühle und Vorstellungen im Munde und im Hals, fühlte auch dort dem Pfad und dem Tore nach, auf denen Seele zu Seele gehen kann. Mit Bewunderung beobachtete er die bedeutsamen Farbenfiguren, die bei geschlossenen Augen ihm oft aus purpurfarbenem Dunkel erschienen, Flecken und Halbkreise von Blau und tiefem Rot, glasig-helle Linien dazwischen. Manchmal empfand Anselm mit froh erschrockener Bewegung die feinen, hundertfachen Zusammenhänge zwischen Auge und Ohr, Geruch und Getast, fühlte für schöne flüchtige Augenblicke Töne, Laute, Buchstaben verwandt und gleich mit Rot und Blau, mit Hart und Weich, oder wunderte sich beim Riechen an einem Kraut oder an einer abgeschälten grünen Rinde, wie sonderbar nahe Geruch und Geschmack beisammen waren und oft ineinander übergingen und eins wurden.

Alle Kinder fühlen so, wennschon nicht alle mit derselben Stärke und Zartheit, und bei vielen ist dies alles schon hinweg und wie nie gewesen, noch ehe sie den ersten Buchstaben haben lesen lernen. Andern bleibt das Geheimnis der Kindheit lange nah, und einen Rest und Nachhall davon nehmen sie bis zu den weißen Haaren und den späten müden Tagen mit sich. Alle Kinder, solange sie noch im Geheimnis stehen, sind ohne Unterlaß in der Seele mit dem einzig Wichtigen beschäftigt, mit sich selbst und mit dem rätselhaften Zusammenhang ihrer eignen Person mit der Welt ringsumher. Sucher und Weise kehren mit den Jahren der Reife zu diesen Beschäftigungen zurück, die meisten Menschen aber vergessen und verlassen diese innere Welt des wahrhaft Wichtigen schon früh für immer und irren lebenslang in den bunten Irrsalen von Sorgen, Wünschen und Zielen umher, deren keines in ihrem Innersten wohnt, deren keines sie wieder zu ihrem Innersten und nach Hause führt.

Anselms Kindersommer und -herbst kamen sanft und gingen ungehört, wieder und wieder blühte und verblühte Schneeglocke, Veilchen, Goldlack, Lilie, Immergrün und Rose, schön und reich wie je. Er lebte mit, ihm sprachen Blumen und Vogel, ihm hörten Baum und Brunnen zu, und er nahm seinen ersten geschriebenen Buchstaben und seinen ersten Freundschaftskummer in alter Weise mit hinüber zum Garten, zur Mutter, zu den bunten Steinen am Beet.

Aber einmal kam ein Frühling, der klang und roch nicht wie die frühern alle, die Amsel sang, und es war nicht das alte Lied, die blaue Iris blühte auf, und keine Träume und Märchengestalten wandelten aus und ein auf dem goldgezäunten Pfad ihres Kelches. Es lachten die Erdbeeren versteckt aus ihrem grünen Schatten, und die Falter taumelten glänzend über den hohen Dolden, und alles war nicht mehr wie immer, und andre Dinge gingen den Knaben an, und mit der Mutter hatte er viel Streit. Er wußte selber nicht, was es war, und warum ihm etwas weh tat und etwas immerfort ihn störte. Er sah nur, die Welt war verändert, und die Freundschaften der bisherigen Zeit fielen von ihm ab und ließen ihn allein.

So ging ein Jahr, und es ging noch eines, und Anselm war kein Kind mehr, und die bunten Steine um das Beet waren langweilig, und die Blumen stumm, und die Käfer hatte er auf Nadeln in einem Kasten stecken, und seine Seele hatte den langen, harten Umweg angetreten und die alten Freuden waren versiegt und verdorrt.

Ungestüm drang der junge Mensch ins Leben, das ihm nun erst zu beginnen schien. Verweht und vergessen war die Welt der Gleichnisse, neue Wünsche und Wege lockten ihn hinweg. Noch hing Kindheit wie ein Duft im blauen Blick und im weichen Haar, doch liebte er es nicht, wenn er daran erinnert wurde, und schnitt die Haare kurz und tat in seinen Blick so viel Kühnheit und Wissen als er vermochte. Launisch stürmte er durch die bangen, wartenden Jahre, guter Schüler bald und Freund, bald allein und scheu, einmal wild und laut bei ersten Jünglingsgelagen. Die Heimat hatte er verlassen müssen und sah sie nur selten auf kurzen Besuchen wieder, wenn er verändert, gewachsen und fein gekleidet heim zur Mutter kam. Er brachte Freunde mit, brachte Bücher mit, immer anderes, und wenn er durch den alten Garten ging, war der Garten klein und schwieg vor seinem zerstreuten Blick. Nie mehr las er Geschichten im bunten Geäder der Steine und der Blätter, nie mehr sah er Gott und die Ewigkeit im Blütengeheimnis der blauen Iris wohnen.

Anselm war Schüler, war Student, er kehrte in die Heimat mit einer roten und dann mit einer gelben Mütze, mit einem Flaum auf der Lippe und mit einem jungen Bart. Er brachte Bücher in fremden Sprachen mit, und einmal einen Hund, und in einer Ledermappe auf der Brust trug er bald verschwiegene Gedichte, bald Abschriften uralter Weisheiten, bald Bildnisse und Briefe hübscher Mädchen. Er kehrte wieder und war weit in fremden Ländern gewesen und hatte auf großen Schiffen auf dem Meer gewohnt. Er kehrte wieder und war ein junger Gelehrter, trug einen schwarzen Hut und dunkle Handschuhe, und die alten Nachbarn zogen die Hüte vor ihm und nannten ihn Professor, obschon er noch keiner war. Er kam wieder und trug schwarze Kleider, und ging schlank und ernst hinter dem langsamen Wagen her, auf dem seine alte Mutter im geschmückten Sarge lag. Und dann kam er selten mehr.

In der Großstadt, wo Anselm jetzt die Studenten lehrte und für einen berühmten Gelehrten galt, da ging er, spazierte, saß und stand genau wie andre Leute der Welt, im feinen Rock und Hut, ernst oder freundlich, mit eifrigen und manchmal etwas ermüdeten Augen, und war ein Herr und ein Forscher, wie er es hatte werden wollen. Nun ging es ihm ähnlich wie es ihm am Ende seiner Kindheit gegangen war. Er fühlte plötzlich viele Jahre hinter sich weggeglitten, und stand seltsam allein und unbefriedigt mitten in der Welt, nach der er immer getrachtet hatte. Es war kein rechtes Glück, Professor zu sein, es war keine volle Lust, von Bürgern und Studenten tief gegrüßt zu werden. Es war alles wie welk und verstaubt, und das Glück lag wieder weit in der Zukunft, und der Weg dahin sah heiß und staubig und gewöhnlich aus.

In dieser Zeit kam Anselm viel in das Haus eines Freundes, dessen Schwester ihn anzog. Er lief jetzt nicht mehr leicht einem hübschen Gesichte nach, auch das war anders geworden, und er fühlte, daß das Glück für ihn auf besondere Weise kommen müsse und nicht hinter jedem Fenster liegen könne. Die Schwester seines Freundes gefiel ihm sehr, und oft glaubte er zu wissen, daß er sie wahrhaft liebe. Aber sie war ein besonderes Mädchen, jeder Schritt und jedes Wort von ihr war eigen gefärbt und geprägt, und es war nicht immer leicht, mit ihr zu gehen und den gleichen Schritt mit ihr zu finden. Wenn Anselm zuweilen in seiner einsamen Wohnung am Abend auf und nieder ging und nachdenklich seinem eigenen Schritt durch die leeren Stuben zuhörte, dann stritt er viel mit sich selber wegen seiner Freundin. Sie war älter, als er sich seine Frau gewünscht hätte. Sie war sehr eigen, und es würde schwierig sein, neben ihr zu leben und seinem gelehrten Ehrgeiz zu folgen, denn von dem mochte sie nichts hören. Auch war sie nicht sehr stark und gesund, und konnte namentlich Gesellschaft und Feste schlecht ertragen. Am liebsten lebte sie, mit Blumen und Musik und etwa einem Buch um sich, in einsamer Stille, wartete, ob jemand zu ihr käme, und ließ die Welt ihren Gang gehen. Manchmal war sie so zart und empfindlich, daß alles Fremde ihr weh tat und sie leicht zum Weinen brachte. Dann wieder strahlte sie still und fein in einem einsamen Glück, und wer es sah, der fühlte, wie schwer es sei, dieser schönen seltsamen Frau etwas zu geben und etwas für sie zu bedeuten. Oft glaubte Anselm, daß sie ihn liebhabe, oft schien ihm, sie habe niemanden lieb, sei nur mit allen zart und freundlich, und begehre von der Welt nichts, als in Ruhe gelassen zu werden. Er aber wollte anderes vom Leben, und wenn er eine Frau haben würde, so müßte Leben und Klang und Gastlichkeit im Hause sein.

»Iris«, sagte er zu ihr, »liebe Iris, wenn doch die Welt anders eingerichtet wäre! Wenn es gar nichts gäbe als eine schöne, sanfte Welt mit Blumen, Gedanken und Musik, dann wollte ich mir nichts andres wünschen als mein Leben lang bei dir zu sein, deine Geschichten zu hören und in deinen Gedanken mitzuleben. Schon dein Name tut mir wohl, Iris ist ein wundervoller Name, ich weiß gar nicht, woran er mich erinnert.«

»Du weißt doch«, sagte sie, »daß die blauen Schwertlilien so heißen.«

»Ja«, rief er in einem beklommenen Gefühl, »das weiß ich wohl, und schon das ist sehr schön. Aber immer wenn ich deinen Namen sage, will er mich noch außerdem an irgend etwas mahnen, ich weiß nicht was, als sei er mir mit ganz tiefen, fernen, wichtigen Erinnerungen verknüpft, und doch weiß und finde ich nicht, was das sein könnte.«

Iris lächelte ihn an, der ratlos stand und mit der Hand seine Stirn rieb.

»Mir geht es jedesmal so«, sagte sie mit ihrer vogelleichten Stimme zu Anselm, »wenn ich an einer Blume rieche. Dann meint mein Herz jedesmal, mit dem Duft sei ein Andenken an etwas überaus Schönes und Kostbares verbunden, das einmal vorzeiten mein war und mir verlorengegangen ist. Mit der Musik ist es auch so, und manchmal mit Gedichten – da blitzt auf einmal etwas auf, einen Augenblick lang, wie wenn man eine verlorene Heimat plötzlich unter sich im Tale liegen sähe, und ist gleich wieder weg und vergessen. Lieber Anselm, ich glaube, daß wir zu diesem Sinn auf Erden sind, zu diesem Nachsinnen und Suchen und Horchen auf verlorene ferne Töne, und hinter ihnen liegt unsere wahre Heimat.«

»Wie schön du das sagst«, schmeichelte Anselm, und er fühlte in der eigenen Brust eine fast schmerzende Bewegung, als weise dort ein verborgener Kompaß unweigerlich seinem fernen Ziele zu. Aber dieses Ziel war ganz ein andres, als er es seinem Leben geben wollte, und das tat weh, und war es denn seiner würdig, sein Leben in Träumen hinter hübschen Märchen her zu verspielen?

Indessen kam ein Tag, da war Herr Anselm von einer einsamen Reise heimgekehrt und fand sich von seiner kahlen Gelehrtenwohnung so kalt und bedrückend empfangen, daß er zu seinen Freunden lief und gesonnen war, die schöne Iris um ihre Hand zu bitten.

»Iris«, sagte er zu ihr, »ich mag so nicht weiterleben. Du bist immer meine gute Freundin gewesen, ich muß dir alles sagen. Ich muß eine Frau haben, sonst fühle ich mein Leben leer und ohne Sinn. Und wen sollte ich mir zur Frau wünschen, als dich, du liebe Blume? Willst du, Iris? Du sollst Blumen haben, so viele nur zu finden sind, den schönsten Garten sollst du haben. Magst du zu mir kommen?«

Iris sah ihm lang und ruhig in die Augen, sie lächelte nicht und errötete nicht, und gab ihm mit fester Stimme Antwort: »Anselm, ich bin über deine Frage nicht erstaunt. Ich habe dich lieb, obschon ich nie daran gedacht habe, deine Frau zu werden. Aber sieh, mein Freund, ich mache große Ansprüche an den, dessen Frau ich werden soll. Ich mache größere Ansprüche, als die meisten Frauen machen. Du hast mir Blumen geboten, und meinst es gut damit. Aber ich kann auch ohne Blumen leben, und auch ohne Musik, ich könnte alles das und viel andres wohl entbehren, wenn es sein müßte. Eins aber kann und will ich nie entbehren: ich kann niemals auch nur einen Tag lang so leben, daß nicht die Musik in meinem Herzen mir die Hauptsache ist. Wenn ich mit einem Manne leben soll, so muß es einer sein, dessen innere Musik mit der meinen gut und fein zusammenstimmt, und daß seine eigene Musik rein und daß sie gut zu meiner klinge, muß sein einziges Begehren sein. Kannst du das, Freund? Du wirst dabei wahrscheinlich nicht weiter berühmt werden und Ehren erfahren, dein Haus wird still sein, und die Falten, die ich auf deiner Stirn seit manchem Jahr her kenne, müssen alle wieder ausgetan werden. Ach, Anselm, es wird nicht gehen. Sieh, du bist so, daß du immer neue Falten in deine Stirn studieren und dir immer neue Sorgen machen mußt, und was ich sinne und bin, das liebst du wohl und findest es hübsch, aber es ist für dich wie für die meisten doch bloß ein feines Spielzeug. Ach, höre mich wohl: alles, was dir jetzt Spielzeug ist, ist mir das Leben selbst und müßte es auch dir sein, und alles, woran du Mühe und Sorge wendest, das ist für mich Spielzeug, ist für meinen Sinn nicht wert, daß man dafür lebe. – Ich werde nicht mehr anders werden, Anselm, denn ich lebe nach einem Gesetz, das in mir ist. Wirst aber du anders werden können? Und du müßtest ganz anders werden, damit ich deine Frau sein könnte.«

Anselm schwieg betroffen vor ihrem Willen, den er schwach und spielerisch gemeint hatte. Er schwieg und zerdrückte achtlos in der erregten Hand eine Blume, die er vom Tisch genommen hatte.

Da nahm ihm Iris sanft die Blume aus der Hand – es fuhr ihm wie ein schwerer Vorwurf ins Herz – und lächelte nun plötzlich hell und liebevoll, als habe sie ungehofft einen Weg aus dem Dunkel gefunden.

»Ich habe einen Gedanken«, sagte sie leise, und errötete dabei. »Du wirst ihn sonderbar finden, er wird dir eine Laune scheinen. Aber er ist keine Laune. Willst du ihn hören? Und willst du ihn annehmen, daß er über dich und mich entscheiden soll?«

Ohne sie zu verstehen, blickte Anselm seine Freundin an, Sorge in den blassen Zügen. Ihr Lächeln bezwang ihn, daß er Vertrauen faßte und ja sagte.

»Ich möchte dir eine Aufgabe stellen«, sagte Iris und wurde rasch wieder sehr ernst.

»Tue das, es ist dein Recht«, ergab sich der Freund.

»Es ist mein Ernst«, sagte sie, »und mein letztes Wort. Willst du es hinnehmen, wie es mir aus der Seele kommt, und nicht daran markten und feilschen, auch wenn du es nicht sogleich verstehst?«

Anselm versprach es. Da sagte sie, indem sie aufstand und ihm die Hand gab:

»Mehrmals hast du mir gesagt, daß du beim Aussprechen

meines Namens jedesmal dich an etwas Vergessenes erinnert fühlst, was dir einst wichtig und heilig war. Das ist ein Zeichen, Anselm, und das hat dich alle die Jahre zu mir hingezogen. Auch ich glaube, daß du in deiner Seele Wichtiges und Heiliges verloren und vergessen hast, was erst wieder wach sein muß, ehe du ein Glück finden und das dir Bestimmte erreichen kannst. – Leb wohl, Anselm! Ich gebe dir die Hand und bitte dich: Geh und sieh, daß du das in deinem Gedächtnis wiederfindest, woran du durch meinen Namen erinnert wirst. Am Tage, wo du es wiedergefunden hast, will ich als deine Frau mit dir hingehen, wohin du willst, und keine Wünsche mehr haben als deine.«

Bestürzt wollte der verwirrte Anselm ihr ins Wort fallen und diese Forderung eine Laune schelten, aber sie mahnte ihn mit einem klaren Blick an sein Versprechen, und er schwieg still. Mit niedergeschlagenen Augen nahm er ihre Hand, zog sie an seine Lippen und ging hinaus.

Manche Aufgaben hatte er in seinem Leben auf sich genommen und gelöst, aber keine war so seltsam, wichtig und dabei so entmutigend gewesen wie diese. Tage und Tage lief er umher und sann sich daran müde, und immer wieder kam die Stunde, wo er verzweifelt und zornig diese ganze Aufgabe eine verrückte Weiberlaune schalt und in Gedanken von sich warf. Dann aber widersprach tief in seinem Innern etwas, ein sehr feiner, heimlicher Schmerz, eine ganz zarte, kaum hörbare Mahnung. Diese feine Stimme, die in seinem eigenen Herzen war, gab Iris recht und tat dieselbe Forderung wie sie.

Allein diese Aufgabe war allzu schwer für den gelehrten Mann. Er sollte sich an etwas erinnern, was er längst vergessen hatte, er sollte einen einzelnen, goldenen Faden aus dem Spinnweb untergesunkener Jahre wiederfinden, er sollte etwas mit Händen greifen und seiner Geliebten darbringen, was nichts war als ein verwehter Vogelruf, ein Anflug von Lust oder Trauer beim Hören einer Musik, was dünner, flüchtiger und körperloser war als ein Gedanke, nichtiger als ein nächtlicher Traum, unbestimmter als ein Morgennebel.

Manchmal, wenn er verzagend das alles von sich geworfen und voll übler Laune aufgegeben hatte, dann wehte ihn unversehens etwas an wie ein Hauch aus fernen Gärten, er flüsterte den Namen Iris vor sich hin, zehnmal und mehrmal, leise und spielend, wie man einen Ton auf einer gespannten Saite prüft. »Iris«, flüsterte er, »Iris«, und mit feinem Weh fühlte er in sich innen etwas sich bewegen, wie in einem alten verlassenen Hause ohne Anlaß eine Tür aufgeht und ein Laden knarrt. Er prüfte seine Erinnerungen, die er wohlgeordnet in sich zu tragen geglaubt hatte, und er kam dabei auf wunderliche und bestürzende Entdeckungen. Sein Schatz an Erinnerungen war unendlich viel kleiner, als er je gedacht hätte. Ganze Jahre fehlten und standen leer wie unbeschriebene Blätter, wenn er zurückdachte. Er fand, daß er große Mühe hatte, sich das Bild seiner Mutter wieder deutlich vorzustellen. Er hatte vollkommen vergessen, wie ein Mädchen hieß, das er als Jüngling wohl ein Jahr lang mit brennender Werbung verfolgt hatte. Ein Hund fiel ihm ein, den er einst als Student in einer Laune gekauft und der eine Zeitlang mit ihm gewohnt und gelebt hatte. Er brauchte Tage, bis er wieder auf des Hundes Namen kam.

Schmerzvoll sah der arme Mann mit wachsender Trauer und Angst, wie zerronnen und leer sein Leben hinter ihm lag, nicht mehr zu ihm gehörig, ihm fremd und ohne Beziehung zu ihm wie etwas, was man einst auswendig gelernt hat und wovon man nun mit Mühe noch öde Bruchstücke zusammenbringt. Er begann zu schreiben, er wollte, Jahr um Jahr zurück, seine wichtigsten Erlebnisse niederschreiben, um sie einmal wieder fest in Händen zu haben. Aber wo waren seine wichtigsten Erlebnisse? Daß er Professor geworden war? Daß er einmal Doktor, einmal Schüler, einmal Student gewesen war? Oder daß ihm einmal, in verschollenen Zeiten, dies Mädchen oder jenes eine Weile gefallen hatte. Erschreckend blickte er auf: war das das Leben? War dies alles? Und er schlug sich vor die Stirn und lachte gewaltsam.

Indessen lief die Zeit, nie war sie so schnell und unerbittlich gelaufen! Ein Jahr war um, und ihm schien, er stehe noch genau am selben Ort wie in der Stunde, da er Iris verlassen. Doch hatte er sich in dieser Zeit sehr verändert, was außer ihm ein jeder sah und wußte. Er war sowohl älter wie jünger geworden. Seinen Bekannten war er fast fremd geworden, man fand ihn zerstreut, launisch und sonderbar, er kam in den Ruf eines seltsamen Kauzes, für den es schade sei, aber er sei zu lange Junggeselle geblieben. Es kam vor, daß er seine Pflichten vergaß und seine Schüler vergebens auf ihn warteten. Es geschah, daß er gedankenvoll durch eine Straße schlich, den Häusern nach, und mit dem verwahrlosten Rock im Hinstreifen den Staub von den Gesimsen wischte. Manche meinten, er habe zu trinken angefangen. Andre Male aber hielt er mitten in einem Vortrag vor seinen Schülern inne, suchte sich auf etwas zu besinnen, lächelte kindlich und herzbezwingend, wie es niemand an ihm gekannt hatte, und fuhr mit einem Ton der Wärme und Rührung fort, der vielen zu Herzen ging.

Längst war ihm auf dem hoffnungslosen Streifzug hinter den Düften und verwehten Spuren ferner Jahre her ein neuer Sinn zugekommen, von dem er jedoch selbst nichts wußte.

Es war ihm öfter und öfter vorgekommen, daß hinter dem, was er bisher Erinnerungen genannt, noch andre Erinnerungen lagen, wie auf einer alten bemalten Wand zuweilen hinter den alten Bildern noch ältere, einst übermalte verborgen schlummern. Er wollte sich auf irgend etwas besinnen, etwa auf den Namen einer Stadt, in der er als Reisender einmal Tage verbracht hatte, oder auf den Geburtstag eines Freundes, oder auf irgend etwas, und indem er nun ein kleines Stück Vergangenheit wie Schutt durchgrub und durchwühlte, fiel ihm plötzlich etwas ganz anderes ein. Es überfiel ihn ein Hauch, wie ein Aprilmorgenwind oder wie ein Septembernebeltag, er roch einen Duft, er schmeckte einen Geschmack, er fühlte dunkle zarte Gefühle irgendwo, auf der Haut, in den Augen, im Herzen, und langsam wurde ihm klar: es müsse einst ein Tag gewesen sein, blau, warm, oder kühl, grau, oder irgend sonst ein Tag, und das Wesen dieses Tages müsse in ihm sich verfangen haben, als dunkle Erinnerung hängengeblieben sein. Er konnte den Frühlings- oder Wintertag, den er deutlich roch und fühlte, nicht in der wirklichen Vergangenheit wiederfinden, es waren keine Namen und Zahlen dabei, vielleicht war es in der Studentenzeit, vielleicht noch in der Wiege gewesen, aber der Duft war da, und er fühlte etwas in sich lebendig, wovon er nicht wußte und was er nicht nennen und bestimmen konnte. Manchmal schien ihm, es könnten diese Erinnerungen wohl auch über das Leben zurück in Vergangenheiten eines vorigen Daseins reichen, obwohl er darüber lächelte.

Vieles fand Anselm auf seinen ratlosen Wanderungen durch die Schlünde des Gedächtnisses. Vieles fand er, was ihn rührte und ergriff, und vieles, was erschreckte und Angst machte, aber das eine fand er nicht, was der Name Iris für ihn bedeute.

Einstmals suchte er auch, in der Qual des Nichtfindenkönnens, seine alte Heimat wieder auf, sah die Wälder und Gassen, die Stege und Zäune wieder, stand im alten Garten seiner Kindheit und fühlte die Wogen über sein Herz fluten, Vergangenheit umspann ihn wie Traum. Traurig und still kam er von dort zurück. Er ließ sich krank sagen und jeden wegschicken, der zu ihm begehrte.

Einer kam dennoch zu ihm. Es war sein Freund, den er seit seiner Werbung um Iris nicht mehr gesehen hatte. Er kam und sah Anselm verwahrlost in seiner freudlosen Klause sitzen.

»Steh auf«, sagte er zu ihm, »und komm mit mir, Iris will dich sehen.«

Anselm sprang empor.

»Iris! Was ist mit ihr? O ich weiß, ich weiß!«

»Ja«, sagte der Freund, »komm mit! Sie will sterben, sie liegt seit langem krank.«

Sie gingen zu Iris, die lag auf einem Ruhebett leicht und schmal wie ein Kind, und lächelte hell aus vergrößerten Augen. Sie gab Anselm ihre weiße leichte Kinderhand, die lag wie eine Blume in seiner, und ihr Gesicht war wie verklärt.

»Anselm«, sagte sie, »bist du mir böse? Ich habe dir eine schwere Aufgabe gestellt, und ich sehe, du bist ihr treu geblieben. Suche weiter, und gehe diesen Weg, bis du am Ziele bist! Du meintest ihn meinetwegen zu gehen, aber du gehst ihn deinetwegen. Weißt du das?«

»Ich ahnte es«, sagte Anselm, »und nun weiß ich es. Es ist ein langer Weg, Iris, und ich wäre längst zurückgegangen, aber ich finde keinen Rückweg mehr. Ich weiß nicht, was aus mir werden soll.«

Sie blickte ihm in die traurigen Augen und lächelte licht

und tröstlich, er bückte sich über ihre dünne Hand und weinte lang, daß ihre Hand naß von seinen Tränen wurde.

»Was aus dir werden soll«, sagte sie mit einer Stimme, die nur wie Erinnerungsschein war, »was aus dir werden soll, mußt du nicht fragen. Du hast viel gesucht in deinem Leben. Du hast die Ehre gesucht, und das Glück, und das Wissen, und hast mich gesucht, deine kleine Iris. Das alles sind nur hübsche Bilder gewesen, und sie verließen dich, wie ich dich nun verlassen muß. Auch mir ist es so gegangen. Immer habe ich gesucht, und immer waren es schöne liebe Bilder, und immer wieder fielen sie ab und waren verblüht. Ich weiß nun keine Bilder mehr, ich suche nichts mehr, ich bin heimgekehrt und habe nur noch einen kleinen Schritt zu tun, dann bin ich in der Heimat. Auch du wirst dorthin kommen, Anselm, und wirst dann keine Falten mehr auf deiner Stirn haben.«

Sie war so bleich, daß Anselm verzweifelt rief: »O warte noch, Iris, geh noch nicht fort! Laß mir ein Zeichen da, daß du mir nicht ganz verlorengehst!«

Sie nickte und griff neben sich in ein Glas, und gab ihm eine frisch aufgeblühte blaue Schwertlilie.

»Da, nimm meine Blume, die Iris, und vergiß mich nicht. Suche mich, suche die Iris, dann wirst du zu mir kommen.«

Weinend hielt Anselm die Blume in Händen, und nahm weinend Abschied. Als der Freund ihm Botschaft sandte, kam er wieder und half ihren Sarg mit Blumen schmücken und zur Erde bringen.

Dann brach sein Leben hinter ihm zusammen, es schien ihm nicht möglich, diesen Faden fortzuspinnen. Er gab alles auf, verließ Stadt und Amt, und verscholl in der Welt. Hier und dort wurde er gesehen, in seiner Heimat tauchte er auf und lehnte sich über den Zaun des alten Gartens, aber wenn die Leute nach ihm fragten und sich um ihn annehmen wollten, war er weg und verschwunden.

Die Schwertlilie blieb ihm lieb. Oft bückte er sich über eine, wo immer er sie stehen sah, und wenn er lang den Blick in ihren Kelch versenkte, schien ihm aus dem bläulichen Grunde Duft und Ahnung alles Gewesenen und Künftigen entgegenzuwehen, bis er traurig weiterging, weil die Erfüllung nicht kam. Ihm war, als lauschte er an einer halb offenstehenden Tür, und höre lieblichstes Geheimnis hinter ihr atmen, und wenn er eben meinte, jetzt müsse alles sich ihm geben und erfüllen, war die Tür zugefallen und der Wind der Welt strich kühl über seine Einsamkeit.

In seinen Träumen sprach die Mutter zu ihm, deren Gestalt und Gesicht er nun so deutlich und nahe fühlte wie in langen Jahren nie. Und Iris sprach zu ihm, und wenn er erwachte, klang ihm etwas nach, woran zu sinnen er den ganzen Tag verweilte. Er war ohne Stätte, fremd lief er durch die Lande, schlief in Häusern, schlief in Wäldern, aß Brot oder aß Beeren, trank Wein oder trank Tau aus den Blättern der Gebüsche, er wußte nichts davon. Vielen war er ein Narr, vielen war er ein Zauberer, viele fürchteten ihn, viele lachten über ihn, viele liebten ihn. Er lernte, was er nie gekonnt, bei Kindern sein und an ihren seltsamen Spielen teilhaben, mit einem abgebrochenen Zweig und mit einem Steinchen reden. Winter und Sommer liefen an ihm vorbei, in Blumenkelche schaute er und in Bach und See.

»Bilder«, sagte er zuweilen vor sich hin, »alles nur Bilder.« Aber in sich innen fühlte er ein Wesen, das nicht Bild war, dem folgte er, und das Wesen in ihm konnte zuzeiten sprechen, und seine Stimme war die der Iris und die der Mutter, und sie war Trost und Hoffnung.

Wunder begegneten ihm, und sie wunderten ihn nicht. Und so ging er einst im Schnee durch einen winterlichen Grund, und an seinem Bart war Eis gewachsen. Und im Schnee stand spitz und schlank eine Irispflanze, die trieb eine schöne einsame Blüte, und er bückte sich zu ihr und lächelte, denn nun erkannte er das, woran ihn die Iris immer und immer gemahnt hatte. Er erkannte seinen Kindestraum wieder, und sah zwischen goldenen Stäben die lichtblaue Bahn hellgeädert in das Geheimnis und Herz der Blume führen, und wußte, dort war das, was er suchte, dort war das Wesen, das kein Bild mehr ist.

Und wieder trafen ihn Mahnungen, Träume führten ihn, und er kam zu einer Hütte, da waren Kinder, die gaben ihm Milch, und er spielte mit ihnen, und sie erzählten ihm Geschichten, und erzählten ihm, im Wald bei den Köhlern sei ein Wunder geschehen. Da sehe man die Geisterpforte offenstehen, die nur alle tausend Jahre sich öffne. Er hörte zu und nickte dem lieben Bilde zu, und ging weiter, ein Vogel sang vor ihm im Erlengebüsch, der hatte eine seltene, süße Stimme, wie die Stimme der gestorbenen Iris. Dem folgte er, er flog und hüpfte weiter und weiter, über den Bach und weit in alle Wälder hinein.

Als der Vogel schwieg und nicht zu hören noch zu sehen mehr war, da blieb Anselm stehen und sah sich um. Er stand in einem tiefen Tal im Walde, unter breiten grünen Blättern rann leise ein Gewässer, sonst war alles still und wartend. In seiner Brust aber sang der Vogel fort, mit der geliebten Stimme, und trieb ihn weiter, bis er vor einer Felswand stand, die war mit Moos bewachsen, und in ihrer Mitte klaffte ein Spalt, der führte schmal und eng ins Innere des Berges.

Ein alter Mann saß vor dem Spalt, der erhob sich als er

Anselm kommen sah, und rief: »Zurück, du Mann, zurück! Das ist das Geistertor. Es ist noch keiner wiedergekommen, der da hineingegangen ist.«

Anselm blickte empor und in das Felsentor, da sah er tief in den Berg einen blauen Pfad sich verlieren, und goldene Säulen standen dicht zu beiden Seiten, und der Pfad sank nach innen hinabwärts wie in den Kelch einer ungeheuren Blume hinunter.

In seiner Brust sang der Vogel hell, und Anselm schritt an dem Wächter vorüber in den Spalt und durch die goldnen Säulen hin ins blaue Geheimnis des Innern. Es war Iris, in deren Herz er drang, und es war die Schwertlilie im Garten der Mutter, in deren blauen Kelch er schwebend trat, und als er still der goldnen Dämmerung entgegenging, da war alle Erinnerung und alles Wissen mit einem Male bei ihm, er fühlte seine Hand, und sie war klein und weich, Stimmen der Liebe klangen nah und vertraut in sein Ohr, und sie klangen so, und die goldnen Säulen glänzten so, wie damals in den Frühlingen der Kindheit alles ihm getönt und geleuchtet hatte.

Und auch sein Traum war wieder da, den er als kleiner Knabe geträumt, daß er in den Kelch hinabschritt, und hinter ihm schritt und glitt die ganze Welt der Bilder mit, und versank im Geheimnis, das hinter allen Bildern liegt.

Leise fing Anselm an zu singen, und sein Pfad sank leise abwärts in die Heimat.

Abend im April

Blau und Pfirsichblüte,
Veilchen und roter Wein,
O wie blühte, wie glühte
Euer Feuer in mich hinein.

Spät nach Hause gekommen
Steh ich am Fenster lang,
Fühle Träume kommen,
das Herz ist mir bang.

Bang vor Fülle und Leben
Zittert die Seele in mir.
Wohin soll ich sie geben?
Liebste, ich gebe sie dir.

Erwartung des Abenteuers

Das erste Dorf auf der Südseite der Berge. Hier beginnt erst recht das Wanderleben, das ich liebe, das ziellose Schweifen, die sonnigen Rasten, das befreite Vagabundentum. Ich neige sehr dazu, aus dem Rucksack zu leben und Fransen an den Hosen zu haben.

Während ich mir Wein aus der Pinte ins Freie bringen lasse, fällt mir plötzlich Ferruccio Busoni ein. »Sie sehen so ländlich aus«, sagte mir der liebe Mensch mit einem Anflug von Ironie, als wir uns das letztemal sahen – es ist gar nicht lange her, in Zürich. Andreae hatte eine Mahler-Symphonie dirigiert, wir saßen im gewohnten Restaurant zusammen, ich freute mich wieder an Busonis fahlem Geistergesicht und an der flotten Bewußtheit dieses glänzendsten Antiphilisters, den wir heut noch haben. –

Wie kommt diese Erinnerung hierher?

Ich weiß! Es ist nicht Busoni, an den ich denke, und nicht Zürich, und nicht Mahler. Das sind die üblichen Täuschungen des Gedächtnisses, wenn es an Unbequemes kommt; es schiebt dann gern harmlose Bilder in den Vordergrund. Ich weiß jetzt! In jenem Restaurant saß auch eine junge Frau, hellblond und sehr rotwangig, mit der ich kein Wort sprach. Engel du! Sie anzusehen war Genuß und Qual, wie liebte ich sie jene Stunde lang! Ich war wieder achtzehn Jahre alt.

Plötzlich ist alles deutlich. Schöne, hellblonde, lustige Frau! Ich weiß nicht mehr, wie du heißt. Ich habe dich eine Stunde lang geliebt, und ich liebe dich heut am sonnigen Sträßchen des Bergdorfes wieder, eine Stunde lang. Niemand hat dich mehr geliebt als ich, niemand hat dir jemals so viel Macht über sich eingeräumt wie ich, unbedingte Macht. Aber ich bin zur Untreue verurteilt. Ich gehöre zu den Windbeuteln, welche nicht eine Frau, sondern nur die Liebe lieben.

Wir Wanderer sind alle so beschaffen. Unser Wandertrieb und Vagabundentum ist zu einem großen Teil Liebe, Erotik. Die Reiseromantik ist zur Hälfte nichts anderes als Erwartung des Abenteuers. Zur andern Hälfte aber ist sie unbewußter Trieb, das Erotische zu verwandeln und aufzulösen. Wir Wanderer sind darin geübt, Liebeswünsche gerade um ihrer Unerfüllbarkeit willen zu hegen, und jene Liebe, welche eigentlich dem Weib gehörte, spielend zu verteilen an Dorf und Berg, See und Schlucht, an die Kinder am Weg, den Bettler an der Brücke, das Rind auf der Weide, den Vogel, den Schmetterling. Wir lösen die Liebe vom Gegenstand, die Liebe selbst ist uns genug, ebenso wie wir im Wandern nicht das Ziel suchen, sondern nur den Genuß des Wanderns selbst, das Unterwegssein.

Junge Frau mit dem frischen Gesicht, ich will deinen Namen nicht wissen. Meine Liebe zu dir will ich nicht hegen und mästen. Du bist nicht das Ziel meiner Liebe, sondern ihr Antrieb. Ich schenke diese Liebe weg, an die Blumen am Weg, an den Sonnenblitz im Weinglas, an die rote Zwiebel des Kirchturms. Du machst, daß ich in die Welt verliebt bin.

Ach, dummes Gerede! Ich habe heut nacht, in der Berghütte, von der blonden Frau geträumt. Ich war unsinnig in sie verliebt. Ich hätte den Rest meines Lebens samt allen Wanderfreuden darum gegeben, wenn sie bei mir gewesen wäre. An sie denke ich heut den ganzen Tag. Für sie trinke ich Wein und esse Brot. Für sie zeichne ich Dorf und Turm in mein Büchlein. Für sie danke ich Gott – daß sie lebt, daß ich sie sehen durfte. Für sie werde ich ein Lied dichten und mich an diesem roten Wein betrinken.

Und so war es mir bestimmt, daß meine erste Rast im heitern Süden der Sehnsucht nach einer hellblonden Frau jenseits der Berge gehört. Wie schön war ihr frischer Mund! Wie schön, wie dumm, wie verzaubert ist dies arme Leben!

Einer Frau

Ich bin keiner, keiner Liebe wert,
Brenne nur dahin und weiß nicht wie,
Bin der Blitz, der aus der Wolke fährt,
Bin der Wind, der Sturm, die Melodie.

Dennoch nehm ich Liebe viel und gern,
Nehme Wollust, nehme Opfer hin,
Mich begleiten Tränen nah und fern,
Weil ich fremd und ohne Treue bin.

Treu bin ich allein dem Stern in meiner Brust,
Der zum Untergang hinüberweist,
Der mir Folter schafft aus jeder Lust,
Den mein Wesen dennoch liebt und preist.

Rattenfänger und Verführer muß ich sein,
Säe bittre Lust, die bald verloht,
Lehr euch Kinder, lehr euch Tiere sein,
Und mein Herr und Führer ist der Tod.

Es war ein Liebender ...

Es war ein Liebender, der ohne Hoffnung liebte. Er zog sich ganz in seine Seele zurück und meinte vor Liebe zu verbrennen. Die Welt ging ihm verloren, er sah den blauen Himmel und den grünen Wald nicht mehr, der Bach rauschte ihm nicht, die Harfe klang ihm nicht, alles war versunken, und er war arm und elend geworden. Seine Liebe aber wuchs, und er wollte viel lieber sterben und verkommen, als auf den Besitz der schönen Frau verzichten, die er liebte. Da spürte er, wie seine Liebe alles andre in ihm verbrannt hatte, und sie wurde mächtig und zog und zog, und die schöne Frau mußte folgen, sie kam, er stand mit ausgebreiteten Armen, um sie an sich zu ziehen. Wie sie aber vor ihm stand, da war sie ganz verwandelt, und mit Schauern fühlte und sah er, daß er die ganze verlorene Welt zu sich her gezogen hatte. Sie stand vor ihm und ergab sich ihm, Himmel und Wald und Bach, alles kam in neuen Farben frisch und herrlich ihm entgegen, gehörte ihm, sprach seine Sprache. Und statt bloß ein Weib zu gewinnen, hatte er die ganze Welt am Herzen, und jeder Stern am Himmel glühte in ihm und funkelte Lust durch seine Seele. – Er hatte geliebt und dabei sich selbst gefunden. Die meisten aber lieben, um sich dabei zu verlieren.

Mon rêve familier

aus dem Französischen
des Paul Verlaine

Ich träume wieder von der Unbekannten,
Die schon so oft im Traum vor mir gestanden.

Wir lieben uns, sie streicht das wirre Haar
Mir aus der Stirn mit Händen wunderbar.

Und sie versteht mein rätselhaftes Wesen
Und kann in meinem dunklen Herzen lesen.

Du fragst mich: ist sie blond? Ich weiß es nicht.
Doch wie ein Märchen ist ihr Angesicht.

Und wie sie heißt? Ich weiß nicht. Doch es klingt
Ihr Name süß, wie wenn die Ferne singt –

Wie Eines Name, den du Liebling heißt
Und den du ferne und verloren weißt.

Und ihrer Stimme Ton ist dunkelfarben
Wie Stimmen von Geliebten, die uns starben.

Klingsor an Edith

Lieber Stern am Sommerhimmel!

Wie hast Du mir gut und wahr geschrieben, und wie ruft Deine Liebe mir schmerzlich zu, wie ewiges Leid, wie ewiger Vorwurf. Aber Du bist auf gutem Wege, wenn Du mir, wenn Du Dir selbst jede Empfindung des Herzens eingestehst. Nur nenne keine Empfindung klein, keine Empfindung unwürdig! Gut, sehr gut ist jede, auch der Haß, auch der Neid, auch die Eifersucht, auch die Grausamkeit. Von nichts andrem leben wir als von unsern armen, schönen, herrlichen Gefühlen, und jedes, dem wir unrecht tun, ist ein Stern, den wir auslöschen.

Ob ich Gina liebe, weiß ich nicht. Ich zweifle sehr daran. Ich würde kein Opfer für sie bringen. Ich weiß nicht, ob ich überhaupt lieben kann. Ich kann begehren, und kann mich in andern Menschen suchen, nach Echo aushorchen, nach einem Spiegel verlangen, kann Lust suchen, und alles das kann wie Liebe aussehen.

Wir gehen beide, Du und ich, im selben Irrgarten, im Garten unsrer Gefühle, die in dieser üblen Welt zu kurz gekommen sind, und wir nehmen dafür, jeder nach seiner Art, Rache an dieser bösen Welt. Wir wollen aber einer des andern Träume bestehen lassen, weil wir wissen, wie rot und süß der Wein der Träume schmeckt.

Klarheit über ihre Gefühle und über die »Tragweite« und Folgen ihrer Handlungen haben nur die guten, gesicherten Menschen, die an das Leben glauben und keinen Schritt tun, den sie nicht auch morgen und übermorgen werden billigen können. Ich habe nicht das Glück, zu ihnen zu zählen, und ich fühle und handle so, wie einer, der nicht an morgen glaubt und jeden Tag für den letzten ansieht.

Liebe schlanke Frau, ich versuche ohne Glück meine Gedanken auszudrücken. Ausgedrückte Gedanken sind immer so tot! Lassen wir sie leben! Ich fühle tief und dankbar, wie Du mich verstehst, wie etwas in Dir mir verwandt ist. Wie das im Buch des Lebens zu buchen sei, ob unsre Gefühle Liebe, Wollust, Dankbarkeit, Mitleid, ob sie mütterlich oder kindlich sind, das weiß ich nicht. Oft sehe ich jede Frau an wie ein alter gewiegter Wüstling und oft wie ein kleiner Knabe. Oft hat die keuscheste Frau für mich die größte Verlockung, oft die üppigste. Alles ist schön, alles ist heilig, alles ist unendlich gut, was ich lieben darf. Warum, wie lange, in welchem Grad, das ist nicht zu messen.

Ich liebe nicht Dich allein, das weißt Du, ich liebe auch nicht Gina allein, ich werde morgen und übermorgen andre Bilder lieben, andere Bilder malen. Bereuen aber werde ich keine Liebe, die ich je gefühlt, und keine Weisheit oder Dummheit, die ich ihretwegen begangen. Dich liebe ich vielleicht, weil Du mir ähnlich bist. Andre liebe ich, weil sie so anders sind als ich.

Es ist spät in der Nacht, der Mond steht überm Salute. Wie lacht das Leben, wie lacht der Tod!

Wirf den dummen Brief ins Feuer, und wirf ins Feuer

Deinen Klingsor

Wetterleuchten

Wetterleuchten fiebert fern,
Der Jasmin mit sonderbaren
Lichtern wie ein scheuer Stern
Schimmert bleich in deinen Haaren.

Deiner wundersamen Macht,
Deiner schweren, sternelosen,
Opfern Küsse wir und Rosen,
Atemlose, schwüle Nacht.

Küsse ohne Glück und Glanz,
Die wir kaum geküßt bereuen –
Rosen, die in trübem Tanz
Überreife Blätter streuen.

Nacht, die ohne Tau vergeht!
Liebe ohne Glück noch Tränen!
Über uns ein Wetter steht,
Das wir fürchten und ersehnen.

Ich denke oft: unsere ganze Kunst ist bloß ein Ersatz, ein mühsamer und zehnmal zu teuer bezahlter Ersatz für versäumtes Leben, versäumte Tierheit, versäumte Liebe. Aber es ist doch nicht so. Es ist ganz anders. Man überschätzt das Sinnliche, wenn man das Geistige nur als einen Notersatz für fehlendes Sinnliches ansieht. Das Sinnliche ist um kein Haar mehr wert als der Geist, so wenig wie umgekehrt. Es ist alles eins, es ist alles gleich gut. Ob du ein Weib umarmst oder ein Gedicht machst, ist dasselbe. Wenn nur die Hauptsache da ist, die Liebe, das Brennen, das Ergriffensein, dann ist es einerlei, ob du Mönch auf dem Berge Athos bist oder Lebemann in Paris.

Was im Denken und in der Kunst mein Vorzug ist, das macht mir im Leben, besonders bei den Frauen, oft Beschwerden: daß ich meine Liebe nicht fixieren kann, daß ich nicht Eines und Eine lieben kann, sondern das Leben und die Liebe überhaupt lieben muß.

Der Anfang aller Kunst ist die Liebe; Wert und Umfang jeder Kunst werden vor allem durch des Künstlers Fähigkeit zu Liebe bestimmt.

Wiedersehen

Hast du das ganz vergessen,
Daß einst dein Arm in meinem hing
Und Wonne unermessen
Von deiner Hand in meine Hand
Von meinem Mund in deinen überging,
Und daß dein blondes Haar
Einst einen flüchtigen Frühling lang
Der selige Mantel meiner Liebe war,
Und daß die Welt einst duftete und klang,
Die jetzt so grau verdrossen liegt,
Von keinem Liebessturm, von keiner Torheit
mehr gewiegt?

Was wir einander wehe tun,
Die Zeit verweht's, das Herz vergißt;
Die seligen Stunden aber ruhn
In einem Glanz, der ohne Ende ist.

Was der Dichter am Abend sah

Der südliche Julitag sank glühend hinab, die Berge schwammen im blauen Sommerdunst mit rosigen Gipfeln, im Gefilde kochte schwül das schwere Wachstum, strotzend stand der hohe fette Mais, in vielen Kornfeldern war das Korn schon geschnitten, in den lauen, mehlig satten Staubgeruch der Landstraße flossen aus Feldern und Gärten süß und überreif die vielen Blumendüfte. Im dicken Grün hielt die Erde noch die Tageswärme zurück, die Dörfer strahlten aus goldenen Giebeln warmen Nachglanz in die beginnende Dämmerung.

Von einem Dorfe zum andern ging auf der heißen Straße ein Liebespaar, ging langsam und ziellos, den Abschied verzögernd, manchmal lose Hand in Hand, manchmal umschlungen, Schulter an Schulter. Schön und schwebend gingen sie, in leichten Sommerkleidern schimmernd, auf weißen Schuhen, barhaupt, gezogen von Liebe, im leisen Abendfieber, das Mädchen mit weißem Gesicht und Halse, der Mann braun verbrannt, beide schlank und aufrecht, beide schön, beide im Gefühl der Stunde Eins geworden und wie aus einem Herzen genährt und getrieben, beide doch tief verschieden und weit voneinander. Es war die Stunde, in der eine Kameradschaft zur Liebe und ein Spiel zum Schicksal werden wollte. Beide lächelten sie, und waren beide ernst bis fast zur Traurigkeit.

Kein Mensch ging zu dieser Stunde die Straße zwischen den beiden Dörfern, die Feldarbeiter hatten schon Feierabend. Nahe einem Landhaus, das hell durch Bäume schien, als stünde es noch in der Sonne, blieben die Liebenden stehen und umarmten sich. Sanft führte der Mann das Mädchen zum Rand der Straße, da lief eine niedere Mauer hin, auf die setzten sie sich, um noch beisammen zu bleiben, um nicht ins Dorf und zu Menschen zu müssen, um nicht den Rest des gemeinsamen Weges schon zu verbrauchen. Still saßen sie auf der Mauer, in Nelken und Steinbrech, Reblaub über sich. Durch Staub und Duft kamen Töne vom Dorf her, Kinderspiel, Ruf einer Mutter, Männergelächter, ein altes Klavier fern und schüchtern. Stille saßen sie, lehnten aneinander, sprachen nicht, fühlten gemeinsam Laub über sich dunkeln, Düfte um sich irren, warme Luft in erster Ahnung von Tau und Kühle schauern.

Das Mädchen war jung, war sehr jung und schön, schlank und herrlich kam aus dem leichten Kleide der hohe lichte Hals, schlank und lang aus weiten kurzen Ärmeln die hellen Arme und Hände. Sie liebte ihren Freund, sie glaubte ihn sehr zu lieben. Sie wußte viel von ihm, sie kannte ihn so gut, sie waren lange Zeit Freunde gewesen. Oft hatten sie, einen Augenblick lang, sich auch ihrer Schönheit und ihres Geschlechts erinnert, hatten einen Händedruck zärtlich verzögert, hatten sich kurz und spielend geküßt. Er war ihr Freund gewesen, auch ein wenig ihr Ratgeber und Vertrauter, der Ältere, der Wissendere, und nur manchmal, für Augenblicke, war ein schwaches Wetterleuchten über den Himmel ihrer Freundschaft gezuckt, kurze holde Erinnerung, daß zwischen ihnen nicht bloß Vertrauen und Kameradschaft bestand, daß auch Eitelkeit, auch Machtbegierde, auch süße Feindschaft und Anziehung der Geschlechter spielte. Nun wollte das reif werden, nun brannte dies andere auf.

Schön war auch der Mann, doch ohne die Jugend und innige Blüte des Mädchens. Er war viel älter als sie, er hatte Liebe und Schicksal gekostet, Schiffbruch und neue Ausfahrt erlebt. Streng stand Nachdenken und Selbstbewußtsein in seinem magern braunen Gesicht geschrieben, Schicksal in Stirn und Wangen gefaltet. An diesem Abend aber blickte er sanft und hingegeben. Seine Hand spielte mit der Mädchenhand, lief leise und schonend über Arm und Nacken, über Schultern und Brust der Freundin, kleine spielende Wege der Zärtlichkeit. Und während ihr Mund ihm aus dem stillen dämmernden Abendgesicht entgegen kam, innig und wartend wie eine Blume, während Zärtlichkeit in ihm aufwallte und aufsteigender Hunger der Leidenschaft, dachte er doch immerzu daran und wußte davon, daß viele andere Geliebte ebenso mit ihm durch Sommerabende gegangen waren, daß auf anderen Armen, auf anderen Haaren, um andre Schultern und Hüften seine Finger dieselben zarten Wege gegangen waren, daß er Gelerntes übte, daß er Erlebtes wiederholte, daß für ihn das ganze strömende Gefühl dieser Stunde etwas anderes war als für das Mädchen, etwas Schönes und Liebes, aber nicht mehr Neues, nicht mehr Unerhörtes, nicht mehr Erstes und Heiliges.

Auch diesen Trank kann ich schlürfen, dachte er, auch er ist süß, auch er ist wunderbar, und ich kann diese junge Blüte vielleicht besser lieben, wissender, schonender, feiner als ein junger Bursch es könnte, als ich selber es vor zehn, vor 15 Jahren gekonnt hätte. Ich kann sie zarter, klüger, freundlicher über die Schwelle der ersten Erfahrung heben als irgend ein andrer, ich kann diesen holden edlen Wein edler und dankbarer kosten als irgend ein Junger. Aber ich kann ihr nicht verbergen, daß nach dem Rausch die Sattheit kommt, ich kann ihr nicht über den ersten Rausch hinaus einen Liebenden vorspielen, wie sie ihn träumt, einen nie Ernüchterten. Ich werde sie zittern und weinen sehen und werde kühl und heimlich ungeduldig sein. Ich werde mich vor dem Augenblick fürchten, fürchte mich jetzt schon vor dem Augenblick, da sie mit erwachenden Augen die Ernüchterung kosten muß, da ihr Gesicht keine Blume mehr sein und im aufzuckenden Schreck über das verlorene Mädchentum sich verziehen wird.

Sie saßen schweigend auf der Mauer im blühenden Gekräut, aneinander geschmiegt, hin und wieder von Wollust überschauert und enger aneinander getrieben. Sie sprachen nur selten ein Wort, ein lallendes, kindisches Wort: Lieber – Schatz – Kind – hast Du mich lieb?

Da kam aus dem Landhause, dessen Schein im Laubdunkel nun auch zu erblassen begann, ein Kind gegangen, ein kleines Mädchen, vielleicht zehn Jahre alt, barfuß, auf schlanken bräunlichen Beinen, im kurzen dunklen Kleid, mit dunklem langem Haar überm bleichbräunlichen Gesicht. Spielend kam sie daher, unschlüssig, etwas verlegen, ein Springseil in der Hand, lautlos liefen die kleinen Füße über die Straße. Sie kam spielerisch daher, schrittwechselnd, gegen den Ort, wo die Liebenden saßen. Sie ging langsamer, als sie zu ihnen kam, als ginge sie ungern vorüber, als zöge etwas hier sie an, wie einen Abendfalter die Phloxblume anzieht. Leise sang sie ihren Gruß »buona sera«. Freundlich nickte das große Mädchen von der Mauer herüber, freundlich rief der Mann ihr zu: »Ciao, cara mia.«

Das Kind ging vorüber, langsam, ungern, und zögerte mehr und mehr, blieb nach 50 Schritten stehen, kehrte um, zögernd, kam wieder näher, ging nah an dem Liebespaar vorüber, blickte verlegen und lächelnd her, ging weiter, verschwand im Garten des Landhauses.

»Wie hübsch sie war!« sagte der Mann.

Wenig Zeit verging, wenig hatte die Dämmerung sich vertieft, da kam das Kind von neuem aus der Gartenpforte hervor. Es blieb einen Augenblick stehen, äugte heimlich die Straße entlang, erspähte die Mauer, das Reblaub, das Liebespaar. Dann begann das Kind zu rennen, lief in schnellem Trab auf nackten federnden Sohlen die Straße heran, am Paar vorbei, kehrte rennend um, lief bis zum Gartentor, machte eine Minute halt, und rannte nochmals und noch zweimal, dreimal ihren stillen einsamen Trab.

Schweigend sahen die Liebenden ihr zu, wie sie lief, wie sie umkehrte, wie der kurze dunkle Rock um die schlanken Kinderbeine schlug. Sie fühlten, daß dies Traben ihnen galt, daß ein Zauber von ihnen ausstrahlte, daß dies kleine Mädchen in seinem Kindertraum die Ahnung von Liebe und schweigendem Rausch des Gefühls empfinde.

Der Lauf des Mädchens wurde nun zu einem Tanz, schwebend kam sie näher, wiegend, schrittwechselnd. Einsam tanzte die kleine Gestalt im Abend auf der weißen Straße. Ihr Tanz war eine Huldigung, ihr kleiner Kindertanz war ein Lied und Gebet an die Zukunft, an die Liebe. Ernst und hingegeben vollzog sie ihr Opfer, schwebte her, schwebte davon, und verlor sich am Ende in den dunkeln Garten zurück.

»Sie war von uns bezaubert«, sagte die Liebende. »Sie spürt Liebe.«

Der Freund schwieg. Er dachte: Vielleicht hat dies Kind in seinem kleinen Tanzrausch von der Liebe Schöneres und Volleres genossen als es je erleben wird. Er dachte: Vielleicht haben auch wir beide von unsrer Liebe das Beste und Innigste nun schon genossen, und was noch kommen kann, ist schale Neige.

Er stand auf und hob seine Freundin von der Mauer.

»Du mußt gehen«, sagte er, »es ist spät geworden. Ich begleite Dich bis zum Kreuzweg.«

Eingeschlafen lag Landhaus und Garten, als sie am Tor vorübergingen. Granatblüten hingen übers Tor, noch in der einsinkenden Nacht klang hell ihr frohes Rot.

Umschlungen gingen sie bis zum Kreuzweg. Zum Abschied küßten sie sich heiß, rissen sich los, gingen auseinander, kehrten beide nochmals um, küßten sich nochmals, der Kuß gab kein Glück mehr, nur heißeren Durst. Das Mädchen begann rasch davon zu gehen, lange sah er ihr nach. Und auch in diesem Augenblick stand Vergangenheit bei ihm, sah ihm Gewesenes in die Augen: andre Abschiede, andre nächtliche Küsse, andre Lippen, andre Namen. Traurigkeit überfiel ihn, langsam ging er seine Straße zurück, Sterne kamen über den Bäumen hervor.

In dieser Nacht, die er nicht schlief, kamen seine Gedanken zu diesem Schluß:

Es ist nutzlos, Gewesenes zu wiederholen. Noch manche Frau könnte ich lieben, noch manches Jahr vielleicht ist mein Auge hell und meine Hand zärtlich, und mein Kuß den Frauen lieb. Dann muß Abschied genommen werden. Dann muß der Abschied, den ich heute freiwillig nehmen kann, in Niederlage und Verzweiflung genommen werden. Dann ist der Verzicht, der heut ein Sieg ist, nur noch schmählich. Darum muß ich heute schon verzichten, muß heut schon Abschied nehmen.

Viel habe ich heut gelernt, viel muß ich noch lernen. Von dem Kinde muß ich lernen, das uns mit seinem stillen Tanz entzückt hat. In ihm ist Liebe aufgeblüht, als es ein Liebespaar am Abend sah. Eine frühe Welle, eine bangschöne Vorahnung der Lust floß diesem Kind durchs Blut, und es begann zu tanzen, da es noch nicht lieben kann. So muß auch ich tanzen lernen, muß Lustbegierde in Musik verwandeln, Sinnlichkeit in Gebet. Dann werde ich immer lieben können, dann werde ich nie mehr Gewesenes unnütz wiederholen müssen. Diesen Weg will ich gehen.

Der Liebende

Nun liegt dein Freund wach in der milden Nacht,
Noch warm von dir, noch voll von deinem Duft,
Von deinem Blick und Haar und Kuß – o Mitternacht,
O Mond und Stern und blaue Nebelluft!
In dich, Geliebte, steigt mein Traum
Tief wie in Meer, Gebirg und Kluft hinein,
Verspritzt in Brandung und verweht zu Schaum,
Ist Sonne, Wurzel, Tier,
Nur um bei dir,
Um nah bei dir zu sein.
Saturn kreist fern und Mond, ich seh sie nicht,
Seh nur in Blumenblässe dein Gesicht,
Und lache still und weine trunken,
Nicht Glück, nicht Leid ist mehr,
Nur du, nur ich und du, versunken
Ins tiefe All, ins tiefe Meer,
Darein sind wir verloren,
Drin sterben wir und werden neugeboren.

Piktors Verwandlungen
Ein Märchen

Kaum hatte Piktor das Paradies betreten, so stand er vor einem Baume, der war zugleich Mann und Frau. Piktor grüßte den Baum mit Ehrfurcht und fragte: »Bist du der Baum des Lebens?« Als aber statt des Baumes die Schlange ihm Antwort geben wollte, wandte er sich ab und ging weiter. Er war ganz Auge, alles gefiel ihm so sehr. Deutlich spürte er, daß er in der Heimat und am Quell des Lebens sei.

Und wieder sah er einen Baum, der war zugleich Sonne und Mond.

Sprach Piktor: »Bist du der Baum des Lebens?«

Die Sonne nickte und lachte, der Mond nickte und lächelte.

Die wunderbarsten Blumen blickten ihn an, mit vielerlei Farben und Lichtern, mit vielerlei Augen und Gesichtern. Einige nickten und lachten, einige nickten und lächelten, andere nickten nicht und lächelten nicht: sie schwiegen trunken, in sich selbst versunken, im eigenen Dufte wie ertrunken. Eine sang das Lila-Lied, eine sang das dunkelblaue Schlummerlied. Eine von den Blumen hatte große blaue Augen, eine andre erinnerte ihn an seine erste Liebe. Eine roch nach dem Garten der Kindheit, wie die Stimme der Mutter klang ihr süßer Duft. Eine andere lachte ihn an und streckte ihm eine gebogene rote Zunge lang entgegen. Er leckte daran, es schmeckte stark und wild, nach Harz und Honig, und auch nach dem Kuß einer Frau. Zwischen all den Blumen stand Piktor voll Sehnsucht und banger Freude. Sein Herz, als ob es eine Glocke wäre, schlug schwer, schlug sehr; es brannte ins Unbekannte, ins zauberhaft Geahnte sehnlich sein Begehr.

Einen Vogel sah Piktor sitzen, sah ihn im Grase sitzen und von Farben blitzen, alle Farben schien der schöne Vogel zu besitzen. Den schönen bunten Vogel fragte er: »O Vogel, wo ist denn das Glück?«

»Das Glück«, sprach der schöne Vogel und lachte mit seinem goldenen Schnabel, »das Glück, o Freund, ist überall, in Berg und Tal, in Blume und Kristall.«

Mit diesen Worten schüttelte der frohe Vogel sein Gefieder, ruckte mit dem Hals, wippte mit dem Schwanz, zwinkerte mit dem Auge, lachte noch einmal, dann blieb er regungslos sitzen, saß still im Gras, und siehe: der Vogel war jetzt zu einer bunten Blume geworden, die Federn Blätter, die Krallen Wurzeln. Im Farbenglanze, mitten im Tanze, ward er zur Pflanze. Verwundert sah es Piktor.

Und gleich darauf bewegte die Vogelblume ihre Blätter und Staubfäden, hatte das Blumentum schon wieder satt, hatte keine Wurzeln mehr, rührte sich leicht, schwebte langsam empor, und war ein glänzender Schmetterling geworden, der wiegte sich schwebend, ohne Gewicht, ohne Licht, ganz leuchtendes Gesicht. Piktor machte große Augen.

Der neue Falter aber, der frohe bunte Vogelblumenschmetterling, das lichte Farbengesicht flog im Kreise um den erstaunten Piktor, glitzerte in der Sonne, ließ sich sanft wie eine Flocke zur Erde nieder, blieb dicht vor Piktors Füßen sitzen, atmete zart, zitterte ein wenig mit den glänzenden Flügeln, und war alsbald in einen farbigen Kristall verwandelt, aus dessen Kanten ein rotes Licht strahlte. Wunderbar leuchtete aus dem grünen Gras und Gekräute, hell wie Festgeläute, der rote Edelstein. Aber seine Heimat, das Innere der Erde, schien ihn zu rufen; schnell ward er kleiner und drohte zu versinken.

Da griff Piktor, von übermächtigem Verlangen getrieben,

nach dem schwindenden Steine und nahm ihn an sich. Mit Entzücken blickte er in sein magisches Licht, das ihm Ahnung aller Seligkeit ins Herz zu strahlen schien.

Plötzlich am Ast eines abgestorbenen Baumes ringelte sich die Schlange und zischte ihm ins Ohr: »Der Stein verwandelt dich in was du willst. Schnell sage ihm deinen Wunsch, eh es zu spät ist!«

Piktor erschrak und fürchtete sein Glück zu versäumen. Rasch sagte er das Wort und verwandelte sich in einen Baum. Denn ein Baum zu sein hatte er schon manchmal gewünscht, weil die Bäume ihm so voll Ruhe, Kraft und Würde zu sein schienen.

Piktor wurde ein Baum. Er wuchs mit Wurzeln in die Erde ein, er reckte sich in die Höhe, Blätter trieben und Zweige aus seinen Gliedern. Er war damit sehr zufrieden. Er sog mit durstigen Fasern tief in der kühlen Erde, und wehte mit seinen Blättern hoch im Blauen. Käfer wohnten in seiner Rinde, zu seinen Füßen wohnten Hase und Igel, in seinen Zweigen die Vögel.

Der Baum Piktor war glücklich und zählte die Jahre nicht, welche vergingen. Sehr viele Jahre gingen hin, eh er merkte, daß sein Glück nicht vollkommen sei. Langsam nur lernte er mit den Baum-Augen sehen. Endlich war er sehend, und wurde traurig.

Er sah nämlich, daß rings um ihn her im Paradiese die meisten Wesen sich sehr häufig verwandelten, ja daß alles in einem Zauberstrome ewiger Verwandlung floß. Er sah Blumen zu Edelsteinen werden, oder als blitzende Schwirrvögel dahinfliegen. Er sah neben sich manchen Baum plötzlich verschwinden: der eine war zur Quelle zerronnen, der andre zum Krokodil geworden, ein andrer schwamm froh und kühl, voll Lustgefühl, mit muntern Sinnen als Fisch von hinnen, in neuen Formen neue Spiele zu beginnen. Elefanten tauschten ihr Kleid mit Felsen, Giraffen ihre Gestalt mit Blumen.

Er selbst aber, der Baum Piktor, blieb immer derselbe, er konnte sich nicht mehr verwandeln. Seit er dies erkannt hatte, schwand sein Glück dahin; er fing an zu altern und nahm immer mehr jene müde, ernste und bekümmerte Haltung an, die man bei vielen alten Bäumen beobachten kann. Auch bei Pferden, bei Vögeln, bei Menschen und allen Wesen kann man es ja täglich sehen: Wenn sie nicht die Gabe der Verwandlung besitzen, verfallen sie mit der Zeit in Traurigkeit und Verkümmerung, und ihre Schönheit geht verloren.

Eines Tages nun verlief sich ein junges Mädchen in jene Gegend des Paradieses, im blonden Haar, im blauen Kleid. Singend und tanzend lief die Blonde unter den Bäumen hin, und hatte bisher noch nie daran gedacht, sich die Gabe der Verwandlung zu wünschen.

Mancher kluge Affe lächelte hinter ihr her, mancher Strauch streifte sie zärtlich mit einer Ranke, mancher Baum warf ihr eine Blüte, eine Nuß, einen Apfel nach, ohne daß sie darauf achtete.

Als der Baum Piktor das Mädchen erblickte, ergriff ihn eine große Sehnsucht, ein Verlangen nach Glück, wie er es noch nie gefühlt hatte. Und zugleich nahm ein tiefes Nachsinnen ihn gefangen, denn ihm war, als riefe sein eigenes Blut ihm zu: »Besinne dich! Erinnere dich in dieser Stunde deines ganzen Lebens, finde den Sinn, sonst ist es zu spät, und es kann nie mehr ein Glück zu dir kommen.« Und er gehorchte. Er entsann sich all seiner Herkunft, seiner Menschenjahre, seines Zuges nach dem Paradiese, und ganz besonders jenes Augenblicks, ehe er ein Baum geworden war, jenes wunderbaren Augenblicks, da er den Zauberstein in Händen gehalten hatte. Damals, da jede Verwandlung ihm offenstand, hatte das Leben in ihm geglüht wie niemals! Er gedachte des Vogels, welcher damals gelacht hatte, und des Baumes mit der Sonne und dem Monde; es ergriff ihn die Ahnung, daß er damals etwas versäumt, etwas vergessen habe, und daß der Rat der Schlange nicht gut gewesen sei.

Das Mädchen hörte in den Blättern des Baumes Piktor ein Rauschen, es blickte zu ihm empor und empfand, mit plötzlichem Weh im Herzen, neue Gedanken, neues Verlangen, neue Träume sich im Innern regen. Von der unbekannten Kraft gezogen, setzte sie sich unter den Baum. Einsam schien er ihr zu sein, einsam und traurig, und dabei schön, rührend und edel in seiner stummen Traurigkeit; betörend klang ihr das Lied seiner leise rauschenden Krone. Sie lehnte sich an den rauhen Stamm, fühlte den Baum tief erschauern, fühlte denselben Schauer im eigenen Herzen. Seltsam weh tat ihr das Herz, über den Himmel ihrer Seele liefen Wolken hin, langsam sanken aus ihren Augen die schweren Tränen. Was war doch dies? Warum mußte man so leiden? Warum begehrte das Herz die Brust zu sprengen und hinüberzuschmelzen zu ihm, in ihn, den schönen Einsamen?

Der Baum zitterte leise bis in die Wurzeln, so heftig zog er alle Lebenskraft in sich zusammen, dem Mädchen entgegen, in dem glühenden Wunsch nach Vereinigung. Ach, daß er von der Schlange überlistet, sich für immer allein in einen Baum festgebannt hatte! O wie blind, o wie töricht war er gewesen! Hatte er denn so gar nichts gewußt, war er dem Geheimnis des Lebens so fremd gewesen? Nein, wohl hatte er es damals dunkel gefühlt und geahnt – ach, und mit Trauer und tiefem Verstehen dachte er jetzt des Baumes, der aus Mann und Weib bestand!

Ein Vogel kam geflogen, ein Vogel rot und grün, ein Vogel schön und kühn kam geflogen, im Bogen kam er gezogen. Das Mädchen sah ihn fliegen, sah aus seinem Schnabel etwas niederfallen, das leuchtete rot wie Blut, rot wie Glut, es fiel ins grüne Kraut und leuchtete im grünen Kraut so tief vertraut, sein rotes Leuchten warb so laut, daß das Mädchen sich niederbückte und das Rote aufhob. Da war es ein Kristall, war ein Karfunkelstein, und wo der ist, kann es nicht dunkel sein.

Kaum hielt das Mädchen den Zauberstein in seiner weißen Hand, da ging alsbald der Wunsch in Erfüllung, von dem sein Herz so voll war. Die Schöne wurde entrückt, sie sank dahin und wurde eins mit dem Baume, trieb als ein starker junger Ast aus seinem Stamm, wuchs rasch zu ihm empor.

Nun war alles gut, die Welt war in Ordnung, nun erst war das Paradies gefunden. Piktor war kein alter bekümmerter Baum mehr, jetzt sang er laut Piktoria, Viktoria.

Er war verwandelt. Und weil er dieses Mal die richtige, die ewige Verwandlung erreicht hatte, weil er aus einem Halben ein Ganzes geworden war, konnte er sich von Stund an weiterverwandeln, soviel er wollte. Ständig floß der Zauberstrom des Werdens durch sein Blut, ewig hatte er Teil an der allstündlich erstehenden Schöpfung.

Er wurde Reh, er wurde Fisch, er wurde Mensch und Schlange, Wolke und Vogel. In jeder Gestalt aber war er ganz, war ein Paar, hatte Mond und Sonne, hatte Mann und Weib in sich, floß als Zwillingsfluß durch die Länder, stand als Doppelstern am Himmel.

Liebeslied

Ich bin der Hirsch und du das Reh,
Der Vogel du und ich der Baum,
Die Sonne du und ich der Schnee,
Du bist der Tag und ich der Traum.

Nachts aus meinem schlafenden Mund
Fliegt ein Goldvogel zu dir,
Hell ist seine Stimme, sein Flügel bunt,
Der singt dir das Lied von der Liebe,
Der singt dir das Lied von mir.

Aus dem Tagebuch eines Entgleisten

Von den ersten Verliebtheiten des Schulknaben an war ich ein resignierender, ein schlechter, mutloser, schüchterner und erfolgloser Liebhaber der Frauen: Jede, die ich liebte, schien mir zu gut und hoch für mich. Ich habe als Jüngling nicht getanzt, nicht geflirtet, habe nie kleine Liebesverhältnisse gehabt, und habe eine lange Ehe hindurch, tief unbefriedigt, die Frauen zwar geliebt und entbehrt, aber gemieden. Und jetzt, wo ich schon zu altern beginne, stehen plötzlich überall Frauen an meinem Weg, ungerufen, und meine alte Scheu ist verschwunden. Hände finden meine Hand, Lippen meinen Mund, und wo ich wohne, finden sich überall Strumpfbänder und Haarnadeln in den Ecken. Und mitten in diesem etwas überfüllten und hastigen Liebesleben, mitten im Lesen der kleinen Billete, im Duft von Haar und Haut und Puder und Parfüms weiß ich, weiß Einer in mir genau, wohin das will, wohin das führt. Er weiß: auch dies soll mir genommen werden, auch dieser Becher soll leergetrunken und mir bis zum Ekel wieder gefüllt werden, auch diese heimlichste und schamhafteste Begehrlichkeit soll satt werden und absterben, auch aus diesem lang begehrten Paradies soll ich bald hinweggehen mit der Erkenntnis, daß das Paradies bloß eine Schenke war, aus der man matt und erinnerungslos davonläuft. So ist es, und so trinke ich auch diesen lauen Becher, und vernichte mir auch dies lang gehegte Wunschziel.

So ist es mir mit allem ergangen, was eine Zeitlang meine Träume erhitzte: eines Tages, wenn schon der Wunsch anfing, etwas welk und müde zu werden, war er plötzlich erfüllt, die unerreichbare ersehnte Frucht fiel mir in den Schoß und auch sie war nur ein Apfel wie alle sind: man wünscht ihn, man bekommt ihn, man ißt ihn, und sein Reiz und Zauber ist erloschen. So ist es mir bestimmt. So habe ich einst die Freiheit ersehnt, und habe sie dann getrunken, so habe ich die Einsamkeit ersehnt, und sie dann ausgetrunken, und den Ruhm und das leibliche Wohlergehen, nur um satt zu werden und mit einem neuen, andern, verwandelten Durst zu erwachen. Wie habe ich in jungen Jahren die Ehe und Familie verehrt und mir kaum zu wünschen gewagt – und ich bekam Frau und Kinder, liebe Kinder, die ich zärtlich und ängstlich liebte – und es fiel alles wieder auseinander! Und wie habe ich in gierigen Jünglingsphantasien den Ruhm erträumt! Und der Ruhm kam, er war plötzlich da, und machte schnell satt, und war so dumm und so lästig! Wie habe ich mir einst ein sorgenloses einfaches Leben gewünscht, ohne Berufszwang, ohne Hunger, mit einem eigenen kleinen Haus auf dem Lande – und auch das kam, ich hatte Geld, ich baute ein eigenes hübsches Haus, pflanzte einen schönen Garten – und alles war eines Tages wieder wertlos geworden und stob hinweg! Ach und wie sehnlich wünschte ich mir in der Jugend große ferne Reisen, Rom, Sizilien, Spanien, Japan – und auch das kam, und auch das wurde mein, ich konnte reisen, ich fuhr in Wagen und auf Schiffen in viele ferne Länder, fuhr rund um die Erde, und kam zurück und hatte nun auch diese Frucht gegessen, und auch sie hatte keinen Zauber mehr!

Dasselbe erlebe ich nun mit den Frauen. Auch sie, die Fernen, die lang Begehrten, die Unerreichbaren sind jetzt gekommen. Gott weiß durch was gezogen, und ich streichle ihr Haar und ihre bangen warmen Brüste, und wundere mich, und halte schon zögernd die angebissene Frucht in der Hand, die einst so fern und paradiesisch lockte! Sie schmeckt, die Frucht, sie schmeckt süß und voll, ich darf sie nicht schelten – aber sie macht satt, sie macht schnell satt, ich fühle es schon, und wird bald weggeworfen sein. Oft habe ich mich darüber gewundert, was einst die Freunde, dann die Freundinnen zu mir zog, denn ich bin nicht treu – aber im Grunde wußte und weiß ich doch, was es ist, was sie zu mir zog, was mir immer wieder eine Art von Macht über Menschen gab. Sie alle wittern in mir etwas, die Freunde und die Frauen, was das Leben ungewöhnlich und stürmisch macht. Sie ahnen in mir Triebe und Gefühle, die wandelbar aber stark sind, sie spüren den Durst in mir, der zwar sein Ziel immer wechselt, der aber immer wieder wild und heiß aufflammt. Mich aber führt dieser Trieb und Durst durch alle Reiche der Wirklichkeit, erschöpft sie, macht sie unwirklich, durchkreist die Welt, und flieht brennend weiter ins Unbekannte und Namenlose.

Spät bin ich heut durch die Frühlingsnacht den Berg hinauf heimgekehrt, leise sang der Regen in den Maulbeerbäumen, unterm Mantel hing die kleine braune Frau an mich geklammert, bis wir Abschied nahmen. Als sie den letzten unersättlichen Kuß aus mir sog, bei ihrem Landhaus in Ceresia, sah ich jenseits aus dem Regenhimmel Blau und Sterne treten, und einer von den Sternen war mein guter Stern, war Jupiter. Den andern sah ich nicht, den Geheimnisvollen, Uranus, dem ich dienstbar bin und der mein wirres Leben aus dem groben Wust ins Geheimnis und zur Magie hinüber zieht. Aber er ist immer da, immer zieht und saugt sein stiller Geisterblick an mir.

Paradies-Traum

Es duften blaue Blumen hier und dort,
Mit bleichem Blick hält Lotos mich gefangen,
In jedem Blatte schweigt ein Zauberwort,
Aus allen Zweigen äugen still die Schlangen.
Aus Blumenkelchen wachsen straffe Leiber,
Mit Tigeraugen blinzeln aus dem Grün
Der blühenden Sümpfe lauernd weiße Weiber,
Aus deren Haaren rote Blumen glühn.
Es duftet feucht nach Zeugung und Verführung,
Nach dunkler Wollust unerprobter Sünden,
Unwiderstehlich aus verschlafnen Gründen
Lockt Frucht an Frucht zu kosender Berührung,
Geschlecht und Wonne atmet jeder Hauch
Der lauen Luft und schwillt vor Lustverlangen,
Wie Liebesfingerspiel um Brust und Bauch
Der Frauen spielen listigen Blicks die Schlangen.
Nicht die, nicht jene zieht mich werbend an,
Sie alle blühn und locken, nicht zu zählen,
Ich fühle alle, alle mir beglückend nahn,

Ein Wald von Leibern, eine Welt von Seelen.
Und langsam schwillt der Sehnsucht seliges Weh
Und löst, entfaltet mich nach hundert Seiten,
Zum Weibe schmelz ich hin, zum Baum, zum See,
Zum Quell, zum Lotos, zu den Himmelsweiten,
Auf tausend Flügeln auseinanderfaltet
Sich meine Seele, die ich Eins gemeint,
Vertausendfacht, zum bunten All gestaltet,
Erlösch ich mir und bin der Welt vereint.

Ein Herold der Liebe

In den ersten Maitagen ... ist der Kuckuck König des Waldes, überall in den stillen einsamen Tälern, auf den sonnigen Waldkuppen, in den schattigen Schluchten hört man seine tiefe Stimme werben. Sein Ruf bedeutet Frühling, sein Lied singt Unsterblichkeit, nicht umsonst ist er es, den man um die Zahl der Lebensjahre fragt. Warm und tief klingt seine Stimme durch die Wälder, sie klingt hier im Alpensüden nicht anders, als sie einst zu meinen Kinderzeiten im Schwarzwald und im Rheintal geklungen hat, nicht anders als sie einst in den Jahren am Bodensee klang, wo meine Söhne sie als Kinder zum erstenmal hörten. Sie ist die gleiche geblieben wie die Sonne, wie der Wald, wie das Grün der jungen Blätter und das Weiß und Violett der ziehenden Maiwolken. Jahr um Jahr ruft der Kuckuck, und niemand weiß, ob es noch der vom vorigen Jahr sei, und was aus den Kukkucken geworden ist, die wir als Kinder, als Knaben, als Jünglinge einst gehört haben. Diese holde tiefe Stimme klang einst wie Verheißung und Zukunft, wie Liebeswerben, wie Sturmruf, dem Glück entgegen, und klingt jetzt wie Vergangenheit; und dem Kuckuck gilt es gleich, ob wir es sind, denen er seine Mahnung zuruft, oder schon unsere Kinder und Enkel, ob er uns mit seinem Schrei in der Wiege weckt oder ob er über unsern Gräbern singt. Selten sieht man ihn, den scheuen Bruder, schon darum liebe ich ihn. Er zeigt sich nicht leicht, er will für sich bleiben. Für die allermeisten Menschen ist der Kuckuck nichts als diese schöne, tiefe, lockende Stimme im Grünen – gehört haben sie ihn viele tausendmal, gesehen haben sie ihn nie. Ich habe gestern ein ganzes Rudel von etwa zwölfjährigen Schulknaben gefragt, ob sie den »Kück« schon gesehen hätten, und bloß ein einziger sagte ja.

Ich aber habe ihn oft gesehen, den scheuen Bruder, meinen frohen Waldvetter, der den meisten unsichtbar bleibt, und von dem so entzückend frische und heimatlose Geschichten erzählt werden. Unsichtbar, beherrscht er doch zwei Monate lang den ganzen Wald als König. Ein tönender, herausfordernder Herold der Liebe, hält er von Ehe, Heim und Kinderzucht wenig. Rufe weiter, Bruder Kuckuck, du gehörst zu meinen Lieblingstieren. Ich stehe ja mit allen Tieren gut, obwohl ich selbst zu den Raubtieren gehöre, ich komme mit allen gut aus, kenne viele, habe an vielen meinen Spaß, auch an scheuen und wenig bekannten.

Und dieser Tage ist es mir wieder einmal geglückt, den Kuckuck zu sehen, und nicht einen allein, sondern ein Paar, ihn und sie. Ich sah sie vom Grunde eines Tobels aus, in dem ich Maiblumen pflückte, und ich stand eine gute Weile still wie ein verdorrter Baum, sie merkten mich nicht. Spielend jagten sie sich in den hohen Wipfeln (es stehen dort zwischen dem Kastanienwald auch hohe Eschen) auf und ab, in jubelnden Girlanden ging ihr froher, geschmeidiger Flug, langgestreckt sausten die großen, dunklen Vögel von Baum zu Baum, in immer überraschenden, plötzlichen, wilden Wendungen, plötzlich senkrecht zur Erde, plötzlich wie Raketen in die Wipfel, und alle Augenblicke saßen sie ab, kürzer als eine Sekunde, und stießen scharf und erregt ihren Schrei hervor.

Nicht in jedem Jahr meines Lebens habe ich den Kuckuck zu Gesicht bekommen, alles in allem vielleicht ein Dutzend Mal, und nun wird er mir nicht mehr oft begegnen, die Beine wollen nicht mehr so recht, bald wird der scheue Bruder Kück nur noch meinen Söhnen und Enkeln singen. Hört ihm gut zu, ihr Enkel, er weiß viel, lernt von ihm! Lernt von ihm den kühnen, freudebebenden Frühlingsflug, den werbenden, warmen Lockruf, das schweifende Wanderleben, die Verachtung des Philisters.

Liebe

Wieder will mein froher Mund begegnen
Deinen Lippen, die mich küssend segnen,
Deine lieben Finger will ich halten
Und in meine Finger spielend falten,
Meinen Blick an deinem dürstend füllen,
Tief mein Haupt in deine Haare hüllen,
Will mit immerwachen jungen Gliedern
Deiner Glieder Regung treu erwidern
Und aus immer neuen Liebesfeuern
Deine Schönheit tausendmal erneuern,
Bis wir ganz gestillt und dankbar beide
Selig wohnen über allem Leide,
Bis wir Tag und Nacht und Heut und Gestern
Wunschlos grüßen als geliebte Schwestern,

Bis wir über allem Tun und Handeln
Als Verklärte ganz im Frieden wandeln.

Casanova

Als ich ein junger Mensch war, wußte ich von Casanova nichts als dunkle Gerüchte. In den offiziellen Literaturgeschichten kam dieser große Memoirenschreiber nicht vor. Sein Ruf war der eines unerhörten Verführers und Lüstlings, und von seinen Memoiren wußte man, daß sie ein wahres Satanswerk von Schlüpfrigkeit und Frivolität seien. Es gab eine oder zwei deutsche Ausgaben davon, alte vergriffene Ausgaben in vielen Bänden, die man antiquarisch suchen mußte, wenn man sich für sie interessierte, und wer sie besaß, hielt sie in einem geschlossenen Schrank verborgen. Ich wurde mehr als dreißig Jahre alt, ehe ich diese Memoiren einst zu Gesicht bekam. Bis dahin hatte ich von ihnen nur darum gewußt, weil sie in Grabbes Lustspiel die Rolle eines Teufelsköders spielen. Dann aber kamen mehrere neue Ausgaben des Casanova heraus, auch zwei neue in deutscher Sprache, und das Urteil der Welt und der Gelehrten über das Werk und seinen Urheber veränderte sich sehr. Es war keine Schande und kein heimliches Laster mehr, diese Memoiren zu besitzen und zu lesen; im Gegenteil, es war eine Schande, sie nicht zu kennen. Und im Urteil der Kritiker wurde der früher verpönte und totgeschwiegene Casanova mehr und mehr zum Genie.

So hoch ich nun Casanovas prachtvolle Vitalität und auch seine literarische Leistung schätze, ein Genie würde ich ihn doch nicht nennen. Es fehlt diesem Virtuosen der Gefühle und großen Praktiker der Liebes- und Verführungskunst das

Heldische, es fehlt ihm vor allem gänzlich jene heroische Atmosphäre von Vereinzelung und tragischem Abgesondertsein, ohne die wir uns das Genie nicht denken können. Casanova ist keine sehr differenzierte und eigenartige, nicht einmal eine sehr aparte Persönlichkeit. Wohl aber ist er ein fabelhaft begabter Mensch (und alle echte Begabung beginnt und wurzelt im Sinnlichen, in einer guten Mitgift an Körper und Sinnen), er ist ein Kerl, der alles kann, und so wird er, mit seiner Beweglichkeit, seiner vortrefflichen Bildung, seiner schmiegsamen Lebenskunst, zum klassischen Vertreter des eleganten Typus seiner Zeit. Die elegante, weltmännische, heiter-frivole und virtuose Seite der Kultur des achtzehnten Jahrhunderts, der glänzenden Jahrzehnte vor der Revolution, finden wir in Casanova mit geradezu wunderbarer Vollständigkeit verkörpert. Weltreisender, eleganter Bummler und Genießer, Agent und Unternehmer, Spieler und gelegentlich Hochstapler, dabei von einer ebenso starken wie kultivierten Sinnlichkeit, ein Meister im Verführen, voll Zärtlichkeit, voll Ritterlichkeit gegen die Frauen, den Wechsel liebend und dennoch anhänglich, zeigt dieser glänzende Mensch eine für uns Heutige erstaunliche Vielseitigkeit. Nur aber sind alle diese Seiten nach außen gewendet, und dies ergibt eben doch wieder eine Einseitigkeit. Das Menschenideal eines hochstehenden Denkenden von heute wäre weder das »Genie« noch der Weltmann, weder der rein nach innen noch der rein nach außen gewandte Mensch, sondern der zwischen Weltverbundenheit und Einkehr, zwischen Extraversion und Introversion überlegen und harmonisch Wechselnde. Aber das ganze Leben Casanovas, der wahrlich nicht ohne Geist war, spielt sich rein in der Sphäre des Gesellschaftlichen ab, und es gehören schon sehr heftige Schicksalsschläge dazu, ihn für Augenblicke zu introvertieren, wo er dann alsbald verdüstert und sentimental wird. Erstaunlich und befremdend ist für uns vor allem die innige Verbindung von Virtuosität und Naivität in diesem gerissenen Lebenskünstler. Die Virtuosität verdankt er, nächst seiner kräftigen physischen Anlage und Leistungsfähigkeit, vor allem dem Umstande, daß ihm die endlosen, lähmenden und verdummenden Schuljahre erspart blieben, die wir heute für unerläßlich halten, um die Jugend zahm zu kriegen. Sehr früh, wie alle Männer seiner Zeit, tritt er ins Leben, wird selbständig, muß sich selber helfen, wird von Gesellschaft und Lebensnot, und nicht zuletzt von den Frauen, geformt und gedrillt, lernt Anpassung, lernt Spielen und Maskentragen, lernt List, lernt Takt, und da alle seine Gaben und Triebe sich nach außen richten und sich nur im äußeren Leben befriedigen können, wird er ein Virtuose der galanten Lebenskunst. Dabei aber bleibt er ganz und gar naiv, und noch der greise Casanova, der nicht ohne Lüsternheit die vielen Liebesabenteuer seines Lebens zu erzählen unternimmt, ist – verglichen mit einer problematischen Seele von heute – ein Lamm an Unschuld. Er verführt viele Dutzende von Mädchen und Frauen, und niemals packt ihn das Grauen der Liebe, ihre Metaphysik, nie schwindelt ihm vor ihren Abgründen. Erst ganz spät im Alter, als er in unfreiwilliger Vereinsamung, ohne Glanz, ohne Weiber, ohne Geld, ohne Abenteuer in Dux in Böhmen sitzt, kommt ihm das Leben nicht mehr ganz so einwandfrei, kommt es ihm ein wenig problematisch vor.

Und damit bestrickt er uns, mit diesen beiden Zaubern, mit der uns schulverdorbenen und durch Berufe spezialisierten Heutigen nie erreichbaren Lebensvirtuosität und mit seiner merkwürdigen Unschuld, seiner so liebenswerten und hübschen Naivität. Zuzeiten kommt sie ihm sehr zustatten, diese Naivität, denn es sind ja keineswegs bloß geraubte Jungfernschaften und gebrochene Ehen, mit denen er sein kräftiges Gewissen belastet, sondern es sind auch saftige Gaunereien, Schiebereien, Ausbeutereien mannigfacher Art, mit denen er sein Leben amüsanter macht und seine Reisen, Genüsse und Liebschaften finanziert. Und allen diesen Einwänden gegen seine Anständigkeit, allen diesen Gewissensbelastungen steht er nicht sophistisch oder zynisch gegenüber, sondern mit kindlichem Lächeln. Er gibt zu, daß er da und dort etwas gewagte Streiche gespielt und die Leute tüchtig geprellt hat, aber weiß Gott, wie er da hineingeraten ist, es geschah immer in guter Absicht oder doch nur in momentaner Vergeßlichkeit, und immer gelingt es ihm, sich spielend vor dem eigenen Urteil wie vor dem der Welt zu rechtfertigen.

Es gibt heute gerissene Schieber und gewissenlose Geschäftemacher in Menge und auch raffinierte Weiberhelden genug, ohne daß sie uns zu interessieren vermöchten. Auch dem begabtesten Manne dieser Art, wenn wir ihn mit Casanova verglichen, würden die zwei hohen Merkmale fehlen: das lebendige, stets wirksame Vorbild eines hochgezüchteten edelmännischen Lebens und dann die hohe literarische Begabung. Ich glaube nicht, daß die Liebesbriefe eines heutigen Berliner Don Juans oder Schiebers eine höhere geistige und sprachliche Kultur zeigen würden als die Magazine, deren Abonnenten jene Herren sind.

Im übrigen ist es der Boden einer vollendeten äußeren Lebenskultur, eines fest geprägten Stiles, den Casanova vor seinen heutigen Kollegen voraus hat. Die stilvoll schöne Linie seines Lebens wirkt auf uns ebenso entzückend und sehnsuchtweckend wie jede geringste Architektur, jedes letzte Möbelstück jener Zeit – es ist da eine Einheit und

Schönheit vorhanden, welche unserem Leben vollkommen fehlt. Eben darum auch ist die Befürchtung der Moralisten hinfällig, daß heutige Leser durch die Lektüre des Casanova verdorben werden könnten. Ach nein, es ist zu dieser Befürchtung kein Grund vorhanden, leider nicht. Das Schiff, auf dem unser Held dahinschwimmt, ist nicht so sehr seine persönliche Genialität oder seine persönliche Immoralität als vielmehr die Bildung und Kultur seiner Zeit. Auf einem solchen Boden, auf einem solchen Niveau genügt ein kleines persönliches Plus, um gewaltig zu wirken.

Wenn wir Heutigen den Casanova mit einer gewissen Wehmut lesen, so gilt sie vor allem diesem Milieu seines Lebens, dieser schönen durchgeformten Kultur des äußeren Lebens. So mochte etwa ein gebildeter Leser auch schon vor Jahrzehnten empfinden. Heute aber scheint auch noch etwas anderes dahingegangen und Vergangenheit geworden zu sein, was Casanova besaß, und was auch noch unsere Väter besaßen, und was noch unsere eigene Jugend besaß und ihr viele Zauber verlieh: die Ehrfurcht vor der Liebe. Sei es auch nur die Casanova-Liebe, diese galante, falterhafte, etwas verspielte und jünglinghafte ewige Verliebtheit – auch sie scheint heute außer Kurs geraten zu sein, ebenso wie die empfindsame Liebe des Rousseau und des Werther, ebenso wie die tief glühende Liebe der Helden Stendhals. Es scheint heute weder den tragischen noch den virtuosen Liebenden mehr zu geben, nur noch den flachen Heiratsschwindler oder den Psychopathen. Daß ein vollsinniger, begabter, lebenskräftiger Mann alle seine Gaben und Kräfte auf das Geldverdienen richte oder auf den Dienst an einer politischen Partei, scheint heute jedem nicht nur möglich, sondern auch richtig und normal; – daß er diese Gaben und Kräfte den Frauen und der Liebe zuwenden könnte, das kommt heute niemandem in den Sinn. Vom bürgerlichsten Durchschnittsamerika bis zum rötesten Sowjetsozialismus – in keiner wahrhaft »modernen« Weltanschauung spielt die Liebe eine andere Rolle als die unbedeutende eines nebensächlichen Lustfaktors im Leben, zu dessen Regelung einige hygienische Rezepte genügen.

Aber möglicherweise wird auch die Modernität von heute das Schicksal aller Modernitäten haben, nur einen flüchtigen Weltaugenblick zu dauern. Während das Problem der Liebe, soweit ich die Geschichte kenne, nach Augenblicken der Ablenkung immer wieder höchst aktuell werden kann.

Verführer

Gewartet habe ich vor vielen Türen,
In manches Mädchenohr mein Lied gesungen,
Viel schöne Frauen sucht ich zu verführen,
Bei der und jener ist es mir gelungen.
Und immer, wenn ein Mund sich mir ergab,
Und immer, wenn die Gier Erfüllung fand,
Sank eine selige Phantasie ins Grab,
Hielt ich nur Fleisch in der enttäuschten Hand.
Der Kuß, um den ich innigst mich bemühte,
Die Nacht, um die ich lang voll Glut geworben,
Ward endlich mein – und war gebrochene Blüte,
Der Duft war hin, das Beste war verdorben.
Von manchem Lager stand ich auf voll Leid,
Und jede Sättigung ward Überdruß;
Ich sehnte glühend fort mich vom Genuß
Nach Traum, nach Sehnsucht und nach Einsamkeit.
O Fluch, daß kein Besitz mich kann beglücken,

Daß jede Wirklichkeit den Traum vernichtet,
Den ich von ihr im Werben mir gedichtet
Und der so selig klang, so voll Entzücken!
Nach neuen Blumen zögernd greift die Hand,
Zu neuer Werbung stimm ich mein Gedicht
Wehr dich, du schöne Frau, straff dein Gewand!
Entzücke, quäle – doch erhör mich nicht!

Ballnacht

Ein Erlebnis, das mir ... unbekannt geblieben war, obwohl jeder Backfisch und Student es kennt, wurde mir in dieser Ballnacht zuteil: das Erlebnis des Festes, der Rausch der Festgemeinschaft, das Geheimnis vom Untergang der Person in der Menge, von der Unio mystica der Freude. Oft hatte ich davon sprechen hören, jeder Dienstmagd war es bekannt, und oft hatte ich das Leuchten im Auge der Erzählenden gesehen und hatte immer halb überlegen, halb neidisch dazu gelächelt. Jenes Strahlen in den trunkenen Augen eines Entrückten, eines von sich selbst Erlösten, jenes Lächeln und halb irre Versunkensein dessen, der im Rausch der Gemeinschaft aufgeht, hatte ich hundertmal im Leben an edlen und an gemeinen Beispielen gesehen, an besoffenen Rekruten und Matrosen ebenso wie an großen Künstlern, etwa im Enthusiasmus festlicher Aufführungen, und nicht minder an jungen Soldaten, die in den Krieg zogen, und noch in jüngster Zeit hatte ich dies Strahlen und Lächeln des glücklich Entrückten bewundert, geliebt, bespöttelt und beneidet ... Solch ein Lächeln, solch ein kindhaftes Strahlen, hatte ich zuweilen gedacht, sei nur ganz jungen Menschen möglich oder solchen Völkern, die sich keine starke Individuation und Differenzierung der einzelnen gestatteten. Aber heute, in dieser gesegneten Nacht, strahlte ich selbst dies Lächeln, schwamm ich selbst in diesem tiefen, kindhaften, märchenhaften Glück, atmete ich selbst diesen süßen Traum und Rausch aus Gemeinschaft, Musik, Rhythmus, Wein und Geschlechtslust, dessen Lobpreis im Ballbericht irgendeines Studenten ich einst so oft mit Spott und armer Überlegenheit mit angehört hatte. Ich war nicht mehr ich, meine Persönlichkeit war aufgelöst im Festrausch wie Salz im Wasser. Ich tanzte mit dieser oder jener Frau, aber nicht nur sie war es, die ich im Arm hatte, deren Haar mich streifte, deren Duft ich einsog, sondern alle, alle die andern Frauen mit, die im selben Saal, im selben Tanz, in derselben Musik wie ich schwammen und deren strahlende Gesichter wie große phantastische Blumen mir vorüberschwebten, alle gehörten mir, allen gehörte ich, alle hatten wir aneinander teil. Und auch die Männer gehörten dazu, auch in ihnen war ich, auch sie waren mir nicht fremd, ihr Lächeln das meine, ihr Werben das meine, meines das ihre.

Nelke

Rote Nelke blüht im Garten,
Läßt verliebte Düfte glühen,
Will nicht schlafen, will nicht warten,
Einen Trieb nur hat die Nelke:
Rascher, heißer, wilder blühen!

Eine Flamme seh ich prangen,
Wind in ihre Röte rennen,
Und sie zittert vor Verlangen,

Einen Trieb nur hat die Flamme:
Rascher, rascher zu verbrennen!

Du in meinem Blute innen,
Liebe du, was soll dein Träumen?
Willst ja nicht in Tropfen rinnen,
Willst in Strömen, willst in Fluten
Dich vergeuden, dich verschäumen!

Ins Leben verliebt

Die Liebkosungen Marias taten der wunderbaren Musik nicht weh, die ich heut gehört hatte, sie waren ihr würdig und ihre Erfüllung. Langsam zog ich die Decke von der schönen Frau, bis ich mit meinen Küssen zu ihren Füßen gelangt war. Als ich mich zu ihr legte, lächelte ihr Blumengesicht mich allwissend und gütig an.

In dieser Nacht, an Marias Seite, schlief ich nicht lange, aber tief und gut wie ein Kind. Und zwischen den Schlafzeiten trank ich ihre schöne heitere Jugend und erfuhr im leisen Plaudern eine Menge wissenswerter Dinge über ihr und Herminens Leben. Ich hatte über diese Art von Wesen und Leben sehr wenig gewußt, nur beim Theater hatte ich früher gelegentlich ähnliche Existenzen, Frauen wie Männer, angetroffen, halb Künstler, halb Lebewelt. Jetzt erst sah ich ein wenig in diese merkwürdigen, diese seltsam unschuldigen, seltsam verdorbenen Leben hinein. Diese Mädchen, von Hause meist arm, zu klug und zu hübsch, um ihr ganzes Leben einzig auf irgendeinen schlecht bezahlten und freudlosen Broterwerb zu stellen, lebten alle bald von Gelegenheitsarbeit, bald von ihrer Anmut und Liebenswürdigkeit.

Sie saßen zuweilen ein paar Monate an einer Schreibmaschine, waren zeitweise die Geliebten wohlhabender Lebemänner, bekamen Taschengelder und Geschenke, lebten zu Zeiten in Pelz, Auto und Grand Hotel, zu andern Zeiten in Dachkammern und waren zur Ehe zwar unter Umständen durch ein hohes Angebot zu gewinnen, im ganzen aber keineswegs auf sie erpicht. Manche von ihnen waren in der Liebe ohne Begehrlichkeit und gaben ihre Gunst nur widerwillig und unter Feilschen um den höchsten Preis. Andre, und zu ihnen gehörte Maria, waren ungewöhnlich liebesbegabt und liebesbedürftig, die meisten auch in der Liebe mit beiden Geschlechtern erfahren; sie lebten einzig der Liebe wegen und hatten stets neben den offiziellen und zahlenden Freunden noch andre Liebesbeziehungen blühen. Emsig und geschäftig, sorgenvoll und leichtsinnig, klug und doch besinnungslos lebten diese Schmetterlinge ihr ebenso kindliches wie raffiniertes Leben, unabhängig, nicht für jeden käuflich, vom Glück und guten Wetter das Ihre erwartend, ins Leben verliebt und doch viel weniger an ihm hängend als die Bürger, stets bereit, einem Märchenprinzen in sein Schloß zu folgen, stets mit halbem Bewußtsein eines schweren und traurigen Endes gewiß.

Maria lehrte mich – in jener wunderlichen ersten Nacht und in den folgenden Tagen – vieles, nicht nur holde neue Spiele und Beglückungen der Sinne, sondern auch neues Verständnis, neue Einsichten, neue Liebe. Die Welt der Tanz- und Vergnügungslokale, der Kinos, der Bars und Hotelteehallen, die für mich, den Einsiedler und Ästheten, noch immer etwas Minderwertiges, Verbotenes und Entwürdigendes hatte, war für Maria, für Hermine und ihre Kameradinnen die Welt schlechthin, war weder gut noch böse, weder begehrens- noch hassenswert, in dieser Welt blühte ihr kurzes sehnsüchtiges Leben, in ihr waren sie heimisch und erfahren. Sie liebten einen Champagner oder eine Spezialplatte im Grill Room, wie unsereiner einen Komponisten oder Dichter liebte, und sie verschwendeten an einen neuen Tanzschlager oder an das sentimentale, schmalzige Lied eines Jazzsängers dieselbe Begeisterung, Ergriffenheit und Rührung wie unsereiner an Nietzsche oder an Hamsun. Maria erzählte mir von jenem hübschen Saxophonbläser Pablo und sprach von einem amerikanischen song, den er ihnen zuweilen gesungen habe, und sie sprach davon mit einer Hingerissenheit, Bewunderung und Liebe, die mich rührte und ergriff weit mehr als die Ekstasen irgendeines Hochgebildeten über ausgesucht vornehme Kunstgenüsse. Ich war bereit mitzuschwärmen, sei der song, wie er wolle; Marias liebevolle Worte, ihr sehnsüchtig aufblühender Blick riß breite Breschen in meine Ästhetik. ... Maria schien mir die erste wirkliche Geliebte zu sein, die ich je gehabt hatte. Immer hatte ich von den Frauen, die ich geliebt hatte, Geist und Bildung verlangt, ohne je ganz zu merken, daß auch die geistvollste und verhältnismäßig gebildetste Frau niemals dem Logos in mir Antwort gab, sondern stets ihm entgegenstand; ich brachte meine Probleme und Gedanken zu den Frauen mit, und völlig unmöglich hätte es mir geschienen, ein Mädchen länger als eine Stunde zu lieben, das kaum ein Buch gelesen hatte, kaum wußte, was Lesen ist, und einen Tschaikowsky von einem Beethoven nicht hätte unterscheiden können. Maria hatte keine Bildung, sie hatte diese Umwege und Ersatzwelten nicht nötig, ihre Probleme wuchsen alle unmittelbar aus den Sinnen. Mit den ihr gegebenen Sinnen, mit ihrer besonderen Figur, ihren Farben, ihrem Haar, ihrer Stimme, ihrer Haut, ihrem Temperament so viel Sinnen- und Liebesglück als irgend möglich zu erringen, für jede Fähigkeit, für jede Biegung ihrer Linien, jede zarteste Modellierung ihres Körpers beim Liebenden Antwort, Verständnis und lebendiges, beglückendes Gegenspiel zu finden und hervorzuzaubern, dies war ihre Kunst und Aufgabe. Schon bei jenem ersten schüchternen Tanz mit ihr hatte ich das empfunden, hatte diesen Duft einer genialen, entzükkend hochkultivierten Sinnlichkeit gewittert und war von ihr bezaubert gewesen.

Ich lernte, daß die kleinen Spielzeuge, Mode- und Luxussachen nicht bloß Tand und Kitsch sind und eine Erfindung geldgieriger Fabrikanten und Händler, sondern berechtigt, schön, mannigfaltig, eine kleine oder vielmehr große Welt von Dingen, welche alle den einzigen Zweck haben, der Liebe zu dienen, die Sinne zu verfeinern, die tote Umwelt zu beleben und zauberhaft mit neuen Liebesorganen zu begaben, vom Puder und Parfüm bis zum Tanzschuh, vom Fingerring bis zur Zigarettendose, von der Gürtelschnalle bis zur Handtasche. Diese Tasche war keine Tasche, der Geldbeutel kein Geldbeutel, Blumen keine Blumen, der Fächer kein Fächer, alles war plastisches Material der Liebe, der Magie, der Reizung, war Bote, Schleichhändler, Waffe, Schlachtruf.

Jedes Leben wird erst durch Spaltung und Widerspruch reich und blühend. Was wäre Vernunft und Nüchternheit ohne das Wissen vom Rausch, was wäre Sinnenlust, wenn nicht der Tod hinter ihr stünde, und was wäre Liebe ohne die ewige Todfeindschaft der Geschlechter?

Nach meiner Meinung sind in meiner Generation weit mehr Menschenleben durch allzugroße Einschnürung und Hemmung des Trieblebens verpfuscht worden als durch das Gegenteil. Darum habe ich in einigen meiner Bücher mich zum Anwalt und Helfer dieses unterdrückten Trieblebens gemacht – aber nie, ohne die Ehrfurcht vor den hohen Forderungen beiseite zu lassen, die von den Weisen und von den Religionen gestellt werden. Unser Ziel ist auch nicht: auf Kosten unsrer Natur zu lauter Geist zu werden. Unser Ziel ist auch nicht: auf Kosten der Güte, der Liebe und Menschlichkeit ein möglichst wildes Willkürleben zu führen. Sondern wir müssen zwischen den beiden Forderungen, denen der Natur und denen des Geistes, unsern Weg suchen, aber nicht einen starren Mittelweg, sondern jeder seinen eigenen, elastischen, auf welchem Freiheit und Bindung abwechseln wie Einatmen und Ausatmen.

Weg zur Mutter

Manchmal duftet aus dem öden Grau
Eine Stunde voller Seligkeit,
Blumig wie der Name einer Frau:
Dagmar, Eva, Lise, Adelheid.
Manchmal schimmert so ein weißer Blitz
Mädchenhaut aus eines Ärmels Spalt,
Liebesblick aus schmalem Augenschlitz,
Kurzer Freuden holder Aufenthalt.
Und obwohl ich ihre Kürze kenne,
Bin ich voll Verlangen nach der Lust,
Sende Liebesblicke aus und brenne
Zärtlich auf an jeder Frauenbrust.

So zum Kinde bin ich jetzt geworden,
Das in seiner kleinen Freuden Flucht
Gierig läuft und heimlich allerorten
Mutterduft und Mutterbrüste sucht.
Seid willkommen, kurze Liebesfeuer,
Seid geküßt, ihr Augen braun und blau,
Spiel der Werbung, buntes Abenteuer,
Sei willkommen, ewige Mutter Frau!
Dich zu lieben, weiß ich, führt zum Tod,
Eilig ist mein Faltertraum verloht.
Laß mich nicht im Dunkeln einst verderben,
Mitten in den Flammen laß mich sterben!

Sie sind achtzehn Jahre alt... Sie müssen Liebesträume, Liebeswünsche haben. Vielleicht sind sie so, daß Sie sich vor ihnen fürchten. Fürchten Sie sich nicht! Sie sind das Beste, was Sie haben! Sie können mir glauben. Ich habe damit viel verloren, daß ich in Ihren Jahren meine Liebesträume vergewaltigt habe. Man muß das nicht tun ... Man darf nichts fürchten und nichts für verboten halten, was die Seele in uns wünscht. ... Man kann ... seine Triebe und sogenannten Anfechtungen mit Achtung und Liebe behandeln. Dann zeigen sie ihren Sinn, und sie haben alle Sinn.

Verwandlung der Liebe in Kunst

Ich habe, wie Goldmund, zur Frau ein naiv sinnliches Verhältnis, und würde wahllos lieben wie Goldmund, wenn nicht eine angeborene, anerzogene Achtung vor der Seele des Mitmenschen (also der Frau) und eine ebenso anerzogene Scheu vor dem bedenkenlosen Sichhingeben an die Sinne mich zügeln würde …

Daß Goldmund, und wie er ich selbst, den Frauen gegenüber keineswegs das Wünschenswerte oder auch nur Durchschnittliche zu erleben und zu leisten fähig ist, daß er im direkten Verhältnis zu ihnen über den sinnlichen Genuß und eine etwas hilflose Artigkeit nicht weit hinauskommt, das sehe ich ebenso wie Sie es sehen. Das sinnliche Vergnügen am Weibe ist für Goldmund nicht Weg zum seelischen Besitzergreifen oder zu einem Verhältnis, in dem Mann und Weib sich zu wertvollern Persönlichkeiten steigern, sondern er erreicht die Sublimierung der Liebe erst in der Kunst, erst auf einem Umweg, erst durch einen Ersatz. Dazu muß ich mich bekennen. Ich möchte um des Lebens allein willen nicht leben, ich möchte um der Frau allein willen nicht lieben, ich bedarf des Umweges über die Kunst, ich bedarf des einsamen und versponnenen Vergnügens des Künstlers, um mit dem Leben zufrieden sein, ja um es ertragen zu können.

Daß das eine gebrechliche, keineswegs ideale, keineswegs vorbildliche Lebens- und Menschenart bedeutet, ist mir wohl bewußt. Aber es ist *meine* Art, es ist die Art, die ich einzig verstehe, die ich einzig darzustellen, aus der heraus ich einzig das Leben zu deuten versuchen kann.

Wenn Goldmund, ohne etwas hinzuzulernen, ohne seine Erlebnisse konsequent zu durchdenken, immer wieder zu den Frauen läuft, so ist das für mich etwa so, wie wenn eine Biene immer und immer wieder zu den Blumen fliegt, immer wieder der gleichen dunklen Anziehung folgend einen Tropfen Saft mitnimmt, ihr Verhältnis zu den Blumen nie vertieft und vergeistigt, dafür aber zuhause, die Blumen schnell vergessend, ihren Honig macht: sie tut auch das nicht aus irgend edlen und sehr bewußt werdenden Antrieben, sondern ebenfalls zwanghaft, weil es der ihr persönlich unerreichbare Sinn ihres Lebens, weil es der Bienenstock, weil es die Zukunft und Nachkommenschaft von ihr verlangt, weil sie irgendwie dienen und sich hingeben muß. So dient Goldmund nicht der Frau, und dient nicht der Beseelung seiner Liebe, sondern er trinkt bei der Frau, als der für ihn wirksamsten Quelle der Natur, den Tropfen Erlebnis, den Tropfen Lust und Qual, aus dem er, wenn die Zeit dafür da ist, seine Werke machen wird, seinen Honig.

Sokrates würde nicht so tun. Aber z. B. ein Mensch wie Mozart erinnert mich sehr an Goldmund. Und für mich wäre die Welt ohne Mozart noch ärmer als sie es ohne Sokrates wäre. Aber ich glaube auch von Bach, von Händel, von Tizian, daß sie, obwohl ganz andre Persönlichkeiten als Mozart, ganz ebenso dem Gesetz ihres Typus, ihres Bienentums gefolgt sind, und daß keiner von ihnen sein Leben ertragen hätte ohne den stillen, vielleicht nie bewußt gewordenen Glauben an den Sinn des Honigmachens, an den Sinn eines Lebens, das immer wieder den Extrakt seines Erlebten in Waben niederlegt, deren Füllung nun eben Bienenglück und Bienenschicksal ist.

Die Geheimnisvolle

So viele Frauen, wenn sie lieben, geben
Uns in der Wollust ihr Geheimnis preis,
Wir pflücken es, und kennen sie fürs Leben.
Denn ob die Liebe auch zu täuschen weiß,
Ob auch die Wollust noch vermag zu trügen:
Wo beide Eins sind, können sie nicht lügen.

Du hast mit mir das Sakrament gefeiert,
Und Wollust schien bei dir mit Liebe Eins,
Und dennoch hast du dich mir nicht entschleiert,
Du hast das bange Rätsel deines Seins
Mir nie gelöst und anvertraut im Lieben,
Bist immer ein Geheimnis mir geblieben.

Dann bist du, plötzlich meiner müd, gegangen,
Und tatest mir zum letzten Male weh.
Ein Stück von mir blieb noch bei dir gefangen,
Und wenn ich fern dich Schlanke gehen seh,
Kann ich die fremde schöne Frau begehren,
Als ob wir nie ein Paar gewesen wären.

Wer lieben kann, ist glücklich

Je älter ich wurde und je schaler die kleinen Befriedigungen mir schmeckten, die ich in meinem Leben fand, desto mehr wurde mir klar, wo ich die Quelle der Freuden und des Lebens suchen müsse. Ich erfuhr, daß Geliebtwerden nichts ist, Lieben aber alles, und mehr und mehr meinte ich zu sehen, daß das, was unser Dasein wertvoll und lustvoll macht, nichts anderes ist als unser Fühlen und Empfinden. Wo irgend ich etwas auf Erden sah, das man »Glück« nennen konnte, da bestand es aus Empfindungen. Geld war nichts, Macht war nichts. Man sah viele, die beides hatten und elend waren. Schönheit war nichts, man sah schöne Männer und Weiber, die bei aller Schönheit elend waren. Auch die Gesundheit wog nicht schwer; jeder war so gesund als er sich fühlte, mancher Kranke blühte bis kurz vor dem Ende vor Lebenslust, und mancher Gesunde welkte angstvoll in

Furcht vor Leiden hin. Glück aber war überall da, wo ein Mensch starke Gefühle hatte und ihnen lebte, sie nicht vertrieb und vergewaltigte, sondern pflegte und genoß. Schönheit beglückte nicht den, der sie besaß, sondern den, der sie lieben und anbeten konnte.

Es gab vielerlei Gefühle, scheinbar, aber im Grunde waren sie eins. Man kann alles Gefühl Willen nennen, oder wie immer. Ich nenne es Liebe. Glück ist Liebe, nichts anderes. Wer lieben kann, ist glücklich. Jede Bewegung unsrer Seele, in der sie sich selber empfindet und ihr Leben spürt, ist Liebe. Glücklich ist also der, der viel zu lieben vermag. Lieben aber und Begehren ist nicht ganz dasselbe. Liebe ist weise gewordene Begierde; Liebe will nicht haben; sie will nur lieben. Darum war auch der Philosoph glücklich, der seine Liebe zur Welt in einem Netz von Gedanken wiegte, der immer und immer neu die Welt mit seinem Liebesnetz umspann. Aber ich war kein Philosoph.

Auf den Wegen der Moral und Tugend aber war für mich auch kein Glück zu holen. Da ich wußte, glücklich machen kann nur die Tugend, die ich in mir selbst empfinde, in mir selbst erfinde und hege – wie konnte ich da irgendeine fremde Tugend mir aneignen wollen! Aber das sah ich: das Gebot der Liebe, einerlei ob es von Jesus oder von Goethe gelehrt wurde, dies Gebot wurde von der Welt völlig mißverstanden! Es war überhaupt kein Gebot. Es gibt überhaupt keine Gebote. Gebote sind Wahrheiten, wie der Erkennende sie dem Nichterkennenden mitteilt, wie der Nichterkennende sie auffaßt und empfindet. Gebote sind irrtümlich aufgefaßte Wahrheiten. Der Grund aller Weisheit ist: Glück kommt nur durch Liebe. Sage ich nun »Liebe deinen Nächsten!«, so ist das schon eine verfälschte Lehre. Es wäre vielleicht viel richtiger zu sagen: »Liebe dich selbst so wie deinen Nächsten!« Und es war vielleicht der Urfehler, daß man immer beim Nächsten anfangen wollte ...

Jedenfalls: das Innerste in uns begehrt Glück, begehrt einen wohltuenden Zusammenklang mit dem, was außer uns ist. Dieser Klang wird gestört, sobald unser Verhältnis zu irgendeinem Ding ein andres ist als Liebe. Es gibt keine Pflicht des Liebens, es gibt nur eine Pflicht des Glücklichseins. Dazu allein sind wir auf der Welt. Und mit aller Pflicht und aller Moral und allen Geboten macht man einander selten glücklich, weil man sich selbst damit nicht glücklich macht. Wenn der Mensch »gut« sein kann, so kann er es nur, wenn er glücklich ist, wenn er Harmonie in sich hat. Also wenn er liebt.

Und das Unglück in der Welt, und das Unglück bei mir selber kam also daher, daß das Lieben gestört war. Von hier aus wurden mir die Sprüche im Neuen Testament plötzlich wahr und tief. »So ihr nicht werdet wie die Kinder« – oder »Das Himmelreich ist inwendig in euch«.

Dies war die Lehre, die einzige Lehre in der Welt. Dies sagte Jesus, dies sagte Buddha, dies sagte Hegel, jeder in seiner Theologie. Für jeden ist das einzig Wichtige auf der Welt sein eigenes Innerstes – seine Seele – seine Liebesfähigkeit. Ist die in Ordnung, so mag man Hirse oder Kuchen essen, Lumpen oder Juwelen tragen, dann klang die Welt mit der Seele rein zusammen, war gut, war in Ordnung.

... Nichts vermag der Mensch so zu lieben wie sich selbst. Nichts vermag der Mensch so zu fürchten wie sich selbst. So entstand zugleich mit den andern Mythologien, Geboten und Religionen des primitiven Menschen auch jenes seltsame Übertragungs- und Scheinsystem, nach welchem die Liebe des Einzelnen zu sich selber, auf welcher das Leben ruht, dem Menschen für verboten galt und verheimlicht, verborgen, maskiert werden mußte. Einen andern zu lieben galt für besser, sittlicher, für edler, als sich selbst zu lieben. Und da die Eigenliebe nun doch einmal der Urtrieb war und die Nächstenliebe neben ihr niemals recht gedeihen konnte, erfand man sich eine maskierte, erhöhte, stilisierte Selbstliebe, in Form einer Art von Nächstenliebe auf Gegenseitigkeit ... So wurde die Familie, der Stamm, das Dorf, die Religionsgemeinschaft, das Volk, die Nation zum Heiligtum ... Der Mensch, der sich selber zuliebe nicht das kleinste Sittengebot übertreten darf – für die Gemeinschaft, für Volk und Vaterland darf er alles tun, auch das Furchtbarste, und jeder sonst verpönte Trieb wird hier zu Pflicht und Heldentum. So weit war die Menschheit bis jetzt. Vielleicht würden auch die Götzenbilder der Nationen mit der Zeit noch fallen, und in der neu entdeckten Liebe zur ganzen Menschheit käme vielleicht die alte Urlehre wieder neu zum Durchbruch.

Solche Erkenntnisse kommen langsam, man windet sich zu ihnen in Spiralen hinan. Und wenn sie da sind, so ist es, als habe man sie im Sprung, im Nu erreicht. Aber Erkenntnisse sind noch nicht Leben. Sie sind der Weg dazu, und mancher bleibt ewig auf dem Weg.

Wie der stöhnende Wind –

Wie der stöhnende Wind durch die Nacht
Stürmt mein Verlangen nach dir,
Jede Sehnsucht ist aufgewacht –
O du, die mich krank gemacht,
Was weißt du von mir!
Leise lösch ich mein spätes Licht,

Fiebernde Stunden zu wachen,
Und die Nacht hat dein Angesicht,
Und der Wind, der von Liebe spricht,
Hat dein unvergeßliches Lachen!

Gefühle und Sentimentalitäten verwerfe und hasse ich nicht, sondern frage mich: Womit leben wir denn eigentlich, wo spüren wir das Leben, wenn nicht in unsren Gefühlen? Was hilft mir ein voller Geldsack, ein gutes Bankkonto, eine flotte Bügelfalte und ein hübsches Mädchen, wenn ich dabei nichts fühle, wenn meine Seele sich nicht rührt? Nein, so sehr ich Sentimentalitäten an anderen hassen kann, an mir selbst liebe und verwöhne ich sie eher ein wenig. Das Gefühl, die Zartheit und leichte Erregbarkeit der seelischen Schwingungen, das ist ja meine Mitgift, daraus muß ich mein Leben bestreiten. Wäre ich auf meine Muskelkraft angewiesen und ein Ringer oder Boxer geworden, so würde kein Mensch von mir verlangen, ich solle Muskelkraft für etwas Untergeordnetes ansehen. Wäre ich stark im Kopfrechnen und wäre Leiter eines großen Büros, so würde kein Mensch mir zumuten, die Stärke im Kopfrechnen als eine Minderwertigkeit zu verachten. Vom Dichter aber verlangt die jüngste Zeit, und manche junge Dichter verlangen es selber von sich, daß sie gerade das, was den Dichter ausmacht, die Erregbarkeit der Seele, die Fähigkeit sich zu verlieben, die Fähigkeit zu lieben und zu glühen, sich hinzugeben und in der Welt der Gefühle das Unerhörte und Übernormale zu erleben – daß sie gerade diese ihre Stärke hassen und sich ihrer schämen und sich gegen alles wehren sollen, was »sentimental« heißen könnte. Nun ja, mögen sie es tun; ich mache nicht mit, mir sind meine Gefühle tausendmal lieber als alle Schneidigkeit der Welt, und sie allein haben mich davor bewahrt, in den Kriegsjahren die Sentimentalität der Schneidigen mitzumachen und für die Schießerei zu schwärmen.

Die Welt zu durchschauen, sie zu erklären, sie zu verachten, mag großer Denker Sache sein. Mir aber liegt einzig daran, die Welt lieben zu können, sie nicht zu verachten, sie und mich nicht zu hassen, sie und mich und alle Wesen mit Liebe und Bewunderung und Ehrfurcht betrachten zu können.

Mit der Liebe ist es geradeso wie mit der Kunst: wer nur das Größte zu lieben vermag, der ist ärmer und geringer, als wer am Kleinsten aufglühen kann.

Es ist wunderlich mit der Liebe, auch in der Kunst. Sie vermag, was alle Bildung, aller Intellekt, alle Kritik nicht vermag, sie verbindet das Fernste, stellt das Älteste und Neueste nebeneinander. Sie überwindet die Zeit, indem sie alles aufs eigene Zentrum bezieht. Sie allein gibt Sicherheit, sie allein hat recht, weil sie nicht recht haben will.

Je weniger ich im ganzen an unsere Zeit glauben kann, je mehr ich das Menschentum verkommen und verdorren zu sehen meine, desto weniger stelle ich diesem Verfall die Revolution entgegen, und desto mehr glaube ich an die Magie der Liebe. In einer Sache schweigen, über die alles klatscht, ist schon etwas. Über Menschen und Einrichtungen ohne Feindschaft lächeln, das Minus an Liebe in der Welt durch ein kleines Plus an Liebe im Kleinen und Privaten bekämpfen: durch vermehrte Treue in der Arbeit, durch größere

Geduld, durch Verzicht auf manche billige Rache des Spotts und der Kritik: das sind allerlei kleine Wege, die man gehen kann.

Die Welt und das Leben zu lieben, auch unter Qualen zu lieben, jedem Sonnenstrahl dankbar offenstehen und auch im Leid das Lächeln nicht ganz zu verlernen – diese Lehre jeder echten Dichtung veraltet nie, und ist heute notwendiger und dankenswerter als je.

Besinnung

Göttlich ist und ewig der Geist.
Ihm entgegen, dessen wir Bild und Werkzeug sind,
Führt unser Weg; unsre innerste Sehnsucht ist:
Werden wie Er, leuchten in Seinem Licht.
Aber irden und sterblich sind wir geschaffen,
Träge lastet auf uns Kreaturen die Schwere.
Hold zwar und mütterlich warm umhegt uns Natur,
Säugt uns Erde, bettet uns Wiege und Grab;
Doch befriedet Natur uns nicht,
Ihren Mutterzauber durchstößt
Des unsterblichen Geistes Funke
Väterlich, macht zum Manne das Kind,
Löscht die Unschuld und weckt uns zu Kampf
und Gewissen.

So zwischen Mutter und Vater,
So zwischen Leib und Geist

Zögert der Schöpfung gebrechlichstes Kind,
Zitternde Seele Mensch, des Leidens fähig
Wie kein andres Wesen, und fähig des Höchsten:
Gläubiger, hoffender Liebe.

Schwer ist sein Weg, Sünde und Tod seine Speise,
Oft verirrt er ins Finstre, oft wär ihm
Besser, niemals erschaffen zu sein.
Ewig aber strahlt über ihm seine Sehnsucht,
Seine Bestimmung: das Licht, der Geist.
Und wir fühlen: ihn, den Gefährdeten,
Liebt der Ewige mit besonderer Liebe.

Darum ist uns irrenden Brüdern
Liebe möglich noch in der Entzweiung,
Und nicht Richten und Haß,
Sondern geduldige Liebe,
Liebendes Dulden führt
Uns dem heiligen Ziele näher.

Der Fehler bei solchen Fragen und Klagen ist vermutlich der, daß wir von außen etwas geschenkt bekommen möchten, was wir nur selber, mit eigener Hingabe, in uns zu erlangen vermögen. Wir verlangen, das Leben müsse einen Sinn haben – aber es hat nur ganz genau so viel Sinn, als wir selber ihm zu geben imstande sind. Weil der Einzelne das nur unvollkommen vermag, hat man in den Religionen und Philosophien versucht, die Frage tröstend zu beantworten.

Diese Antworten laufen alle auf das Gleiche hinaus: den Sinn erhält das Leben einzig durch die Liebe. Das heißt: je mehr wir zu lieben und uns hinzugeben fähig sind, desto sinnvoller wird unser Leben ... Sie gehen durch die Natur, um Trost zu suchen, und sind enttäuscht darüber, daß diese Natur so »passiv und teilnahmslos« daliegt. Aber wie viel Teilnahme haben Sie der Natur geschenkt? Sie haben nicht gesehen und gespürt, wie schwer auch sie es hat, wie vom Käfer bis zum Baum jedes Wesen zu kämpfen, zu arbeiten, zu leiden, zu entbehren hat, wie jedes sich unter Kampf und Opfern ins Ganze einordnen und sich seinen Gesetzen fügen muß. Sie waren der Natur gegenüber ebenso teilnahmslos und liebelos wie umgekehrt. – Hier liegt das Problem. Und darüber sage ich kein Wort weiter, darüber müssen Sie selbst nachdenken.

Es ist ein merkwürdiges, doch einfaches Geheimnis der Lebensweisheit aller Zeiten, daß jede kleinste selbstlose Hingabe, jede Teilnahme, jede Liebe uns reicher macht, während jede Bemühung um Besitz und Macht uns Kräfte raubt und ärmer werden läßt. Das haben die Inder gewußt und gelehrt, und dann die weisen Griechen, und dann Jesus und seither noch Tausende von Weisen und Dichtern, deren Werke die Zeiten überdauern, während Reiche und Könige ihrer Zeit verschollen und vergangen sind. Ihr mögt es mit Jesus halten oder mit Plato, mit Schiller oder mit Spinoza, überall ist das die letzte Weisheit, daß weder Macht noch Besitz noch Erkenntnis selig macht, sondern allein die Liebe. Jedes Selbstlossein, jeder Verzicht aus Liebe, jedes tätige Mitleid, jede Selbstentäußerung scheint ein Weggeben, ein Sichberauben, und ist doch ein Reicherwerden und Größerwerden, und ist doch der einzige Weg, der vorwärts und aufwärts führt. Es ist ein altes Lied und ich bin ein schlechter Sänger und Prediger, aber Wahrheiten veralten nicht und sind stets und überall wahr, ob sie nun in einer Wüste gepredigt, in einem Gedicht gesungen oder in einer Zeitung gedruckt werden.

Wenn man die Sprüche des Neuen Testaments nicht als Gebote nimmt, sondern als Äußerungen eines ungewöhnlich tiefen Wissens um die Geheimnisse unsrer Seele, dann ist das weiseste Wort, das je gesprochen wurde, der kurze Inbegriff aller Lebenskunst und Glückslehre, jenes Wort »Liebe deinen Nächsten wie dich selbst«, das übrigens auch schon im Alten Testament steht. Man kann den Nächsten weniger lieben als sich selbst – dann ist man der Egoist, der Raffer, der Kapitalist, der Bourgeois, und man kann zwar Geld und Macht sammeln, aber kein frohes Herz haben, und die feinsten und schmackhaftesten Freuden der Seele sind einem verschlossen. Oder man kann den Nächsten mehr lieben als sich selbst – dann ist man ein armer Teufel, voll von Minderwertigkeitsgefühlen, voll Verlangen, alles zu lieben, und doch voll Ranküne und Plagerei gegen sich selber, und lebt in einer Hölle, die man sich täglich selber heizt. Dagegen das Gleichgewicht der Liebe, das Liebenkönnen, ohne hier oder dort schuldig zu bleiben, diese Liebe zu sich selbst, die doch niemandem gestohlen ist, diese Liebe zum andern, die das eigne Ich doch nicht verkürzt und vergewaltigt! Das Geheimnis alles Glücks, aller Seligkeit ist in diesem Wort enthalten. Und wenn man will, so kann man es auch nach der indischen Seite hin drehen und ihm die Bedeutung geben: Liebe den Nächsten, denn er ist du selbst!, eine christliche Übersetzung des »tat twam asi«. Ach, alle Weisheit ist so einfach, ist schon so lange, schon so genau und unzweifelhaft ausgesprochen und formuliert worden! Warum gehört sie uns nur zuzeiten, nur an den guten Tagen, warum nicht immer?

Der Weg der Liebe ist darum so schwer zu gehen, weil in der Welt an Liebe wenig geglaubt wird, weil sie überall auf Mißtrauen stößt.

Die Welt ist krank an Ungerechtigkeit, ja. Sie ist noch viel mehr krank aus Mangel an Liebe, an Menschentum, an Brudergefühl. Das Brudergefühl, das dadurch genährt wird, daß man zu Tausenden marschiert und Waffen trägt, ist mir sowohl in der militärischen wie revolutionären Form nicht annehmbar.

Im vierten Kriegsjahr

Wenn auch der Abend kalt und traurig ist
Und Regen rauscht,
Ich singe doch mein Lied zu dieser Frist,
Weiß nicht, wer lauscht.

Wenn auch die Welt in Krieg und Angst erstickt,
An manchem Ort
Brennt heimlich doch, ob niemand sie erblickt,
Die Liebe fort.

Ich verstehe es und billige es, wenn ein Mensch viel von sich selbst verlangt, wenn er aber diese Forderung auf andere ausdehnt und sein Leben zum »Kampf« für das Gute macht, so muß ich mich des Urteils darüber enthalten, denn ich halte von Kampf, Aktion, Opposition nicht das mindeste; ich glaube zu wissen, daß jeder Wille zur Änderung der Welt zu Krieg und Gewalt führt, und kann darum mich keiner Opposition anschließen, denn ich billige die letzten Konsequenzen nicht, und halte das Unrecht und die Bosheit auf Erden nicht für heilbar. Was wir ändern können und sollen, das sind wir selber: unsere Ungeduld, unser Egoismus (auch der geistige), unser Beleidigtsein, unser Mangel an Liebe und Nachsicht. Jede andere Änderung der Welt, auch wenn sie von den besten Absichten ausgeht, halte ich für nutzlos.

Weich ist stärker als hart.
Wasser ist stärker als Fels.
Liebe ist stärker als Gewalt.

Dem Frieden entgegen

Für die Waffenstillstandsfeier
des Radio Basel

Aus Haßtraum und Blutrausch
Erwachend, blind noch und taub
Vom Blitz und tödlichen Lärm des Krieges,
Alles Grauenhaften gewohnt,
Lassen von ihren Waffen,
Von ihrem furchtbaren Tagwerk
Die ermüdeten Krieger.
›Friede!‹ tönt es

Wie aus Märchen, aus Kinderträumen her.
›Friede.‹ Und kaum zu freuen
Wagt sich das Herz, ihm sind näher die Tränen.

Arme Menschen wir,
So des Guten wie Bösen fähig,
Tiere und Götter! Wie drückt das Weh,
Drückt die Scham uns heute zu Boden!

Aber wir hoffen. Und in der Brust
Lebt uns glühende Ahnung
Von den Wundern der Liebe.
Brüder! Uns steht zum Geiste,
Steht zur Liebe die Heimkehr
Und zu allen verlornen
Paradiesen die Pforte offen.

Wollet! Hoffet! Liebet!
Und die Erde gehört euch wieder.

Das Böse entsteht immer da, wo die Liebe nicht ausreicht.

Phantasie und Einfühlungsvermögen sind nichts anderes als Formen der Liebe.

Wenn es irgend etwas gibt, was ich den Lesern raten möchte, so ist es dies: die Menschen zu lieben, auch die schwachen, auch die Nichtnützlichen, nicht aber sie zu richten.

Wenn andre ein Buch oder Kunstwerk, das Ihnen lieb ist ablehnen, dann ist es unnütz sich dagegen zu wehren oder das Buch verteidigen zu wollen. Man soll zu seiner Liebe stehn und soll sie bekennen, gewiß, aber man soll sich über den Gegenstand dieser Liebe nicht streiten. Es führt zu nichts. Die Bücher der Dichter bedürfen weder der Erklärung noch der Verteidigung, sie sind überaus geduldig und können warten, und wenn sie etwas wert sind, dann leben sie.

Todesruf ist auch Liebesruf. Der Tod wird süß, wenn wir ihn bejahen, wenn wir ihn als eine der großen, ewigen Formen des Lebens und der Verwandlung annehmen.

Quellennachweis

9 *Auf dem Eise:* Geschrieben ca. 1900, aufgenommen in H. Hesse, »Die Kunst des Müßiggangs«, Frankfurt am Main 1973, S. 112ff. Hier Teilabdruck.

13 *Zu spät:* Geschrieben 1909. Aus H. Hesse, »Die Gedichte«, Frankfurt am Main 1977.
Zitate aus H. Hesse, »Der Steppenwolf« (1927), WA* 7, S. 358; »Peter Camenzind« (1904), WA 1, S. 400, einem unveröffentlichten Brief und »Gertrud« (1910), WA 3, S. 86.

14 Zitat aus »Der Weg der Liebe«, WA 10, S. 448.
Hans Dierlamms Lehrzeit: Erstdruck 1909. Aus H. Hesse, »Gesammelte Erzählungen«, Frankfurt am Main 1977.

49 Zitate aus H. Hesse, »Gesammelte Briefe«, Bd. I, S. 105, einem unveröffentlichten Brief, einem Vierzeiler aus »Die Gedichte«, a.a.O., und aus H. Hesse, »Demian« (1919), WA 5, S. 147.

50 *Der Zyklon:* Erstdruck 1913. Aus »Gesammelte Erzählungen«.

70 Zitat aus »Peter Camenzind«, WA 1, S. 448.
Ich liebe Frauen: Aus »Die Gedichte«, a.a.O.

71 *An jenem Sommerabend:* Teildruck von »Fragment aus der Jugendzeit«. Geschrieben 1907. Aus »Gesammelte Erzählungen«, a.a.O.

82 *Elisabeth:* Geschrieben 1900. Aus »Die Gedichte«, a.a.O.

83 *Je schöner es war ...:* Aus »Peter Camenzind« (1904), WA 1, S. 366ff.

88 *So ziehen Sterne:* Geschrieben 1898. Aus »Die Gedichte«, a.a.O.
Verstehen Sie das?: Teildruck aus »Liebesopfer«. Erstdruck 1907. Aus »Gesammelte Erzählungen«, a.a.O.

93 *Die Flamme:* Geschrieben 1910. Aus »Die Gedichte«, a.a.O.
Zitate aus »Ausgewählte Briefe«, Frankfurt am Main 1974, S. 239f. und »Klein und Wagner«, WA 5, S. 251.

94 *Als ich sechzehn Jahre alt war:* Teildruck aus »Brief eines Jünglings« in »Die Kunst des Müßiggangs«, a.a.O., S. 55ff.

* WA = H. Hesse-Werkausgabe, Frankfurt am Main 1970. Dahinter die jeweilige Bandnummer mit Seitenverweis.

97 *Lied an die Geliebte:* Geschrieben 1924. Aus »Die Gedichte«, a.a.O.

98 *Erinnerungen:* Geschrieben 1905. Teildruck aus »Eine Fußreise im Herbst« in »Gesammelte Erzählungen«, a.a.O.

100 *Wie sind die Tage:* Geschrieben 1911. Aus »Die Gedichte«, a.a.O.

Liebe: Geschrieben 1906. Aus »Die Kunst des Müßiggangs«, a.a.O., S. 50ff.

105 Zitat aus »Gesammelte Briefe«, Bd. 2, S. 354.

106 *Im Scherz:* Aus »Die Gedichte«, a.a.O.

Zitat aus »Der innere Reichtum« in »Die Kunst des Müßiggangs«, a.a.O., S. 179.

Zitat aus »Im Philisterland«, WA 6, S. 175ff.

108 Zitat aus »Peter Camenzind« (1904), WA I, S. 397.

Taedium vitae: Erstdruck 1908. Hier Textauszug. Vollständig in »Gesammelte Erzählungen«, a.a.O.

127 *Liebeslied:* Geschrieben 1907. Aus »Die Gedichte«, a.a.O.

128 *Iris:* Geschrieben 1918. Aus H. Hesse, »Die Märchen«, Frankfurt am Main 1975.

149 *Abend im April:* Geschrieben 1922. Bisher unveröffentl. Gedicht.

Erwartung des Abenteuers: Teildruck aus H. Hesse, »Wanderung« (1920), WA 6, S. 139ff.

151 *Einer Frau:* Geschrieben 1920. Aus »Die Gedichte«, a.a.O.

152 *Es war ein Liebender …* Aus H. Hesse, »Demian« (1919), WA 5, S. 147f.

153 *Mon rêve familier:* Aus »Die Gedichte«, a.a.O.

154 *Klingsor an Edith:* Aus H. Hesse, »Klingsors letzter Sommer« (1920), WA 5, S. 324f.

156 *Wetterleuchten:* Aus »Die Gedichte«, a.a.O.

Zitat aus »Klingsors letzter Sommer«, WA 5, S. 303f.

Zitat aus »Gesammelte Briefe«, Bd. 2, S. 43.

Zitat aus einer Rezension von 1914.

157 *Wiedersehen:* Geschrieben ca. 1916. Aus »Die Gedichte«, a.a.O.

158 *Was der Dichter am Abend sah:* Geschrieben ca. 1924. Aus »Die Kunst des Müßiggangs«, a.a.O., S. 213ff.

164 *Der Liebende:* Geschrieben 1921. Aus »Die Gedichte«, a.a.O.

165 *Piktors Verwandlungen:* Geschrieben 1922. Aus »Die Märchen«, a.a.O.

171 *Liebeslied:* Geschrieben 1920. Aus »Die Gedichte«, a.a.O.

Aus dem Tagebuch eines Entgleisten: Geschrieben 1922. Teildruck aus »Materialien zu Hesses ›Steppenwolf‹«, Frankfurt am Main 1972, S. 201 ff.

174 *Paradies-Traum:* Geschrieben 1926. Aus »Die Gedichte«, a.a.O.

175 *Ein Herold der Liebe:* Geschrieben 1927. Teildruck aus »Mai im Kastanienwald« in H. Hesse, »Kleine Freuden«, Frankfurt am Main 1977, S. 222 ff.

177 *Liebe:* Aus »Die Gedichte«, a.a.O.

178 *Casanova.* Geschrieben 1925. Aus H. Hesse, »Eine Literaturgeschichte in Rezensionen und Aufsätzen«, WA 12, S. 115 ff.

183 *Verführer:* Geschrieben 1926. Aus »Die Gedichte«, a.a.O.

184 *Ballnacht:* Aus »Der Steppenwolf« (1927), WA 7, S. 359 ff.

185 *Nelke:* Geschrieben 1919. Aus »Die Gedichte«, a.a.O

186 *Ins Leben verliebt:* Aus »Der Steppenwolf« (1927), WA 7, S. 326 ff.

189 Zitate aus »Der Steppenwolf« (1927), WA 7, S. 333; aus »Narziß und Goldmund« (1930), WA 8, S. 198; und aus H. Hesse, »Ausgewählte Briefe«, Frankfurt am Main 1974, S. 415.

190 *Weg zur Mutter:* Geschrieben 1926. Aus »Die Gedichte«, a.a.O.

Zitat aus »Demian«, WA 5, S. 111 f.

191 *Verwandlung der Liebe in Kunst:* Auszug aus einem Brief vom April 1931 in »Gesammelte Briefe«, Bd. 3, S. 275 ff.

193 *Die Geheimnisvolle:* Geschrieben 1928. Aus »Die Gedichte«, a.a.O.

194 *Wer lieben kann, ist glücklich:* Geschrieben 1918. Teildruck von »Aus Martins Tagebuch« in »Kleine Freuden«, a.a.O., S. 131 ff.

197 *Wie der stöhnende Wind:* Aus »Die Gedichte«, a.a.O.

198 Zitat aus H. Hesse, »Die Nürnberger Reise« (1927), WA 7, S. 135 f.

199 Zitat aus H. Hesse, »Siddhartha« (1922), WA 5, S. 467.
Zitate aus »Expressionismus in der Dichtung«, WA 11, S. 207 f., aus »Ausgewählte Briefe«, a. a. O., S. 91, und aus einem Vorwort zum Storm-Mörike-Briefwechsel, 1919.

200 *Besinnung:* Geschrieben 1933. Aus »Die Gedichte«, a. a. O.

201 Zitat aus »Ausgewählte Briefe«, a. a. O., S. 465 f.

202 Zitat aus »Zu Weihnachten«. Geschrieben 1907. In »Die Kunst des Müßiggangs«, a. a. O., S. 80.
Zitat aus H. Hesse, »Kurgast« (1924), WA 7, S. 105 f.

203 Zitate aus »Der Weg der Liebe«, WA 10, S. 446, und aus »Ausgewählte Briefe«, a. a. O., S. 100.

204 *Im vierten Kriegsjahr:* Geschrieben 1917. Aus »Die Gedichte«, a. a. O.
Zitat aus »Ausgewählte Briefe«, a. a. O., S. 107 f.
Zitat aus »Siddhartha« (1922), WA 5, S. 445.

205 *Dem Frieden entgegen:* Geschrieben 1945. Aus »Die Gedichte«, a. a. O.

206 Zitate aus »Gesammelte Briefe«, Bd. 3, S. 182, und aus einem unveröffentlichten Brief.
Zitate aus »Ausgewählte Briefe«, a. a. O., S. 138, S. 375 f., und aus »Gesammelte Briefe«, Bd. 3, S. 65.

Zu dieser Ausgabe

insel taschenbuch 2855: Der vorliegende Text folgt der Ausgabe: Hermann Hesse, Wer lieben kann, ist glücklich. Über die Liebe. Zusammengestellt von Volker Michels. © Suhrkamp Verlag Frankfurt am Main 1986. Umschlagabbildung: nach einem Aquarell von Hermann Hesse. © Heiner Hesse Arcegno 2002.

NF 425/1/1.02

Hermann Hesse

Das Glasperlenspiel

Versuch einer Lebensbeschreibung
des Magister Ludi Josef Knecht
Sonderausgabe zum 125. Geburtstag 2002
576 Seiten. Gebunden

Mit seinem Alterswerk *Das Glasperlenspiel* hat Hermann Hesse in den Jahren 1930 bis 1942 eine Gegenwelt zum Zeitalter des Faschismus und zum kommerziellen Kulturbetrieb entworfen. »Es galt für mich«, schrieb er rückblickend, »einen geistigen Raum aufzubauen, in dem ich leben und atmen konnte. Allen Vergiftungen der Welt zum Trotz mußte ich das Reich des Geistes und der Seele als existent und und unüberwindlich sichtbar machen ... « Weil es für Hesse keinen Fortschritt gab ohne die Verwirklichung von Utopien, entwickelte er im *Glasperlenspiel* das Modell eines Erziehungssystems, das von staatlichem Dirigismus nicht beeinflußbar ist. Die in der Pädagogischen Provinz Kastalien entwickelte Technik des Glasperlenspiels zielt in eine interdisziplinäre Vernetzung von Kunst und Wissenschaft, Mathematik und Musik. Diese aktuelle, ebenso weit in die Zukunft wie in die Kulturgeschichte zurückblickende Synopse von abendländischem und asiatischem Denken verliert ihren utopischen Charakter am Beispiel der Biographie von Josef Knecht, der Kastalien in dem Augenblick verläßt, als es in Bürokratie und unsozialem Selbstzweck zu erstarren droht.

NF 429/1/1.02

Hermann Hesse
125. Geburtstag 2002

Das Jubiläumsprogramm im Suhrkamp und im Insel Verlag

Blick nach dem Fernen Osten. Erzählungen, Legenden, Gedichte und Betrachtungen. Herausgegeben von Volker Michels. 486 Seiten. Gebunden

Die schönsten Erzählungen. Zusammengestellt von Volker Michels. 464 Seiten. Gebunden

Das Glasperlenspiel. Versuch einer Lebensbeschreibung des Magister Ludi Josef Knecht. 576 Seiten. Gebunden

Hermann Hesse als Maler. Vierundvierzig Aquarelle. Ausgewählt von Bruno Hesse und Sandor Kuthy. Mit Texten von Hermann Hesse und einem Essay von Volker Michels. 136 Seiten. Gebunden

Hermann Hesses Indienreise. Eine Moritat. Bebildert und in Verse gebracht von Otto Blümel. Mit einem Nachwort von Volker Michels. Großdruck. it 2430. 90 Seiten

Schmetterlinge. Betrachtungen, Erzählungen, Gedichte. Zusammengestellt von Volker Michels. Mit farbigen Illustrationen. Großdruck. it 2424. 160 Seiten

Stufen des Lebens. Briefe. Ausgewählt und mit einem Nachwort versehen von Siegfried Unseld. IB 1231. 96 Seiten

Tessiner Bilderbuch. Mit 28 mehrfarbig aquarellierten Federzeichnungen. Mit einem Nachwort von Rätus Luck. 88 Seiten. Leinen

NF 423/1/1.02

Literatur der Moderne
im insel taschenbuch
Eine Auswahl

Thomas Bernhard. Bernhard für Boshafte. Ausgewählt von Raimund Fellinger. it 3224. 120 Seiten

Bertolt Brecht
- Die Flaschenpost und andere Geschichten aus der Weimarer Zeit. Herausgegeben von Jan Knopf. it 2948. 249 Seiten
- Die Gedichte in einem Band. Herausgegeben von Jan Knopf. it 3331. 1540 Seiten
- Lektüre für Minuten. Aus seinen Stücken, Gedichten, Schriften und autobiographischen Texten. Auswahl und Nachwort von Günter Berg. it 2864. 212 Seiten
- Liebesgedichte. Ausgewählt von Werner Hecht. it 2824. 117 Seiten

Max Frisch
- Skizze eines Unglücks. Erzählungen aus dem Tagebuch 1966-1971. Großdruck. it 2391. 101 Seiten

Hermann Hesse
- Die Antwort bist Du selbst. Briefe an junge Menschen. Herausgegeben von Volker Michels. it 2583. 420 Seiten
- Bäume. Betrachtungen und Gedichte mit Fotografien von Pieter Jos van Limbergen. Zusammenstellung der Texte von Volker Michels. it 455. 141 Seiten
- Eigensinn macht Spaß. Individuation und Anpassung. Ein Lesebuch. Zusammengestellt von Volker Michels. Großdruck. it 2373. 275 Seiten. it 2856. 192 Seiten
- Die Enheit hinter den Gegensätzen. Religionen und Mythen. it 2898. 192 Seiten
- Farbe ist Leben. Eine Auswahl seiner schönsten Aquarelle. Vorgestellt von Volker Michels. it 1810. 173 Seiten

- Franz von Assisi. Mit Fresken von Giotto und einem Essay von Fritz Wagner. it 1069. 127 Seiten
- Freude am Garten. Betrachtungen, Gedichte und Fotografien. Mit farbigen Abbildungen des Dichters. it 2204. 240 Seiten
- Die Gedichte. Herausgegeben und mit einem Nachwort von Volker Michels. 700 Seiten. Gebunden. it 2762. 840 Seiten.
- Gedichte des Malers. Zehn Gedichte mit farbigen Zeichnungen. it 893. 48 Seiten
- Hesse für Gestreßte. Herausgegeben von Volker Michels. it 2538. 160 Seiten
- Jedem Anfang wohnt ein Zauber inne. Lebensstufen. Zusammengestellt von Volker Michels.
  Großdruck. it 2357. 280 Seiten. it 2854. 208 Seiten.
- Kurgast. Großdruck. it 2386. 132 Seiten
- Das Leben bestehen. Krisis und Wandlung. it 2858. 196 Seiten
- Lebenszeiten. Ein Brevier, ediert von Siegfried Unseld. Mit Abbildungen und Dokumenten. Großdruck. it 2343. 290 Seiten
- Das Lied des Lebens. Die schönsten Gedichte. it 2859. 256 Seiten
- Luftreisen. Herausgegeben von Volker Michels. Mit zahlreichen Abbildungen. it 1604. 81 Seiten
- Magie der Farben. Aquarelle aus dem Tessin. Mit Betrachtungen und Gedichten zusammengestellt und mit einem Nachwort versehen von Volker Michels. it 482. 114 Seiten
- Mit dem Erstaunen fängt es an. Herkunft und Heimat. Natur und Kunst. it 2899. 195 Seiten
- Mit der Reife wird man immer jünger. Betrachtungen und Gedichte über das Alter. Mit Fotografien von Martin Hesse. Herausgegeben von Volker Michels. Großdruck.
  it 2311. 191 Seiten. it 2857. 148 Seiten
- Piktors Verwandlungen. Ein Liebesmärchen, vom Autor handgeschrieben und illustriert, mit ausgewählten Gedichten und einem Nachwort versehen von Volker Michels.
  it 122. 91 Seiten
- Schmetterlinge. Betrachtungen, Erzählungen, Gedichte. Mit einem Nachwort von Volker Michels. it 2424. 155 Seiten

NF 25/2/9.07

- Siddhartha. Eine indische Dichtung. Großdruck. it 2432. 192 Seiten
- Tessin. Betrachtungen, Gedichte und Aquarelle. Herausgegeben und mit einem Nachwort versehen von Volker Michels. it 1494. 307 Seiten
- Vogel. Ein Märchen. Großdruck. it 2399. 100 Seiten
- Wanderung. Aufzeichnungen. Mit 14 Aquarellen. it 2354. 135 Seiten
- Wer lieben kann, ist glücklich. Über die Liebe. it 2855. 224 Seiten
- Wolken. Betrachtungen und Gedichte. Herausgegeben und mit einem Nachwort versehen von Volker Michels. Mit Fotografien von Pieter Jos van Limbergen. it 3332. 180 Seiten
- Wunder der Liebe. Liebesgedichte. Herausgegeben und mit einem Nachwort versehen von Volker Michels. it 2263. 125 Seiten

Hugo von Hofmannsthal
- Brief des Lord Chandos. Poetologische Schriften, Reden und erfundene Gespräche. Herausgegeben von Hansgeorg Schmidt-Bergmann. it 2659. 307 Seiten
- Die Erzählungen. Herausgegeben von Hansgeorg Schmidt-Bergmann. it 2622. 388 Seiten
- Die Gedichte. Herausgegeben von Hansgeorg Schmidt-Bergmann. it 2633. 251 Seiten
- Jedermann. Das Spiel vom Sterben des reichen Mannes. Mit einem Nachwort von Joachim Seng. it 3113. 134 Seiten

Ödön von Horváth. Horváth für Boshafte. it 3276. 120 Seiten

Franz Kafka
- Brief an den Vater. Mit einem Nachwort von Hans-Ulrich Treichel. it 2949. 93 Seiten
- Lektüre für Minuten. Ausgewählt von Peter Höfle. it 3051. 130 Seiten

Marie Luise Kaschnitz
- Der alte Garten. Ein Märchen. it 2394. 277 Seiten

NF 25/3/9.07

- Eisbären. Ausgewählte Erzählungen. it 4. 175 Seiten
- Elissa. Roman. it 1694. 188 Seiten
- Ferngespräche. Erzählungen it 1422. 324 Seiten
- Gedichte. Ausgewählt und mit einem Nachwort versehen von Elisabeth Borchers. it 2803. 272 Seiten
- Liebe beginnt. Roman. it 1603. 180 Seiten
- Liebesgedichte. Ausgewählt von Elisabeth Borchers. it 3123. 123 Seiten
- Liebesgedichte. Ausgewählt und mit einem Nachwort versehen von Elisabeth Borchers. it 2895. 154 Seiten
- Menschen und Dinge 1945. Zwölf Essays. Mit einem Nachwort von Karl Krolow. it 1710. 116 Seiten
- Mit Marie Luise Kaschnitz durch Rom. Herausgegeben von Iris Schnebel-Kaschnitz und Michael Marschall von Bieberstein. Mit Fotografien von Mario Clementi. it 2607. 196 Seiten
- Orte und Menschen. Aufzeichnungen. Mit einem Nachwort von Marcel Reich-Ranicki. it 1361. 176 Seiten
- Steht noch dahin. Betrachtungen. it 1729. 88 Seiten
- Tage, Tage, Jahre. Aufzeichnungen. it 1453. 364 Seiten
- Weihnachten. Ausgewählt von Iris Schnebel-Kaschnitz. it 3305. 126 Seiten
- Zwischen Immer und Nie. Gestalten und Themen der Dichtung. it 1527. 318 Seiten

Wolfgang Koeppen
- Die Erben von Salamis oder Die ernsten Griechen. Mit farbigen Fotografien. Großdruck. it 2401. 80 Seiten
- Muß man München nicht lieben? Herausgegeben von Alfred Estermann. Mit Fotografien von Isolde Ohlbaum. it 2712. 154 Seiten
- Reisen nach Frankreich. Mit farbigen Fotografien von Angelika Dacqmine. it 2218. 268 Seiten
- Übers Jahr vielleicht wieder in Venedig. Phantasien über eine Traumstadt. Herausgegeben von Alfred Estermann. it 3176. 133 Seiten

NF 25/4/9.07

Karl Kraus

- Karl Kraus für Boshafte. Ausgewählt von Christine M. Kaiser. it 3240. 112 Seiten
- Karl Kraus für Gestreßte. Aphorismen. Herausgegeben von Christian Wagenknecht. it 2190. 137 Seiten

Rainer Maria Rilke

- Ausgesetzt auf den Bergen des Herzens. Gedichte aus den Jahren 1906 bis 1926. it 98. 206 Seiten
- Das Buch der Bilder. it 26. 111 Seiten
- Die Aufzeichnungen des Malte Laurids Brigge. it 630 und it 2565. 226 Seiten
- Das Buch der Bilder. it 26. 111 Seiten
- Denn Bleiben ist nirgends. Über Alter und Verlust. Herausgegeben von Ulrich Baer. it 3222. 112 Seiten
- Die Verwandlung der Welt ins Herrliche. Über das Glück. Herausgegeben von Ulrich Baer. it 3220. 106 Seiten
- Duinneser Elegien. Die Sonnette an Orpheus. it 80. 89 Seiten
- Du mußt Dein Leben ändern. Über das Leben. Herausgegeben von Ulrich Baerit. it 3218. 96 Seiten
- Erste Gedichte. Larenopfer. Traumgekrönt. Advent. it 1090. 154 Seiten
- Es gibt nur – die Liebe. Über die Liebe. Herausgegeben von Ulrich Baer. it 3219. 99 Seiten
- Ewald Tragy. it 1142. 81 Seien
- Die Gedichte. it 2246. 1132 Seiten
- Frühe Gedichte. it 878. 111 Seiten
- Frühling. Ausgewählt von Thilo von Pape. it 3255. 118 Seiten
- Gedichte. Aus den Jahren 1902 bis 1917. Illustriert von Max Slevogt. it 701. 236 Seiten
- Gedichte aus den späten Jahren. Herausgegeben von Franz-Heinrich Hackel. it 1178. 139 Seiten
- Geschichten vom lieben Gott. Mit Illustrationen von E. R. Weiß. it 43. 109 Seiten
- Der göttlichste Trost ist im Menschlichen. Über Glaube und